英国王妃の事件ファイル⑫

貧乏お嬢さまの結婚前夜

リース・ボウエン　田辺千幸 訳

Four Funerals and Maybe a Wedding

by Rhys Bowen

コージーブックス

FOUR FUNERALS AND MAYBE A WEDDING
(A Royal Spyness Mystery #12)
by
Rhys Bowen

この本を、『英国王妃の事件ファイル』シリーズのオーディオブックの朗読者だったキャサリン・ケルグレンに捧げます。あまりに早すぎる死でした。

ケイティは美しくて、快活で、親切で、とても才能に恵まれた人でした。わたしの本のすべての登場人物に命を吹きこんでくれました。アウディ賞にもう少しでノミネートされるところでしたし、ある年はメリル・ストリープを負かしてベスト女性ナレーター賞を受賞しています。彼女のいないオーディオブックなどとても想像できません。

謝辞

例によって、バークレー社の素晴らしいチームであるミシェル、ロクサーナ、ジェニファー、そしてわたしの人生がいたって順調にスムーズに運ぶように取り計らってくれる、マーケティングとソーシャル・メディアの天才たちに感謝します。最初の編集者ジョンと、アインスレーほど立派ではない家（とはいえ、それほど遜色もない）に毎夏わたしを滞在させてくれる義理の妹のメアリー・ヴィヴィアンにお礼を言わせてください。

本書のあるシーンのヒントとなる愉快な鳥の話を聞かせてくれた、ハンク・フィリッピ・ライアンにも感謝します。

貧乏お嬢さまの結婚前夜

主要登場人物

ジョージアナ（ジョージー）……ラノク公爵令嬢
ダーシー・オマーラ……アイルランド貴族の息子。ジョージーの婚約者
ベリンダ……ジョージーの学生時代からの親友
クレア・ダニエルズ……ジョージーの母
ビンキー……ラノク公爵。ジョージーの兄
フィグ……ラノク公爵夫人。ジョージーの義姉
ゾゾ（ザマンスカ王女）……ポーランドの亡命貴族。未亡人
ヒューバート・アンストルーサー……クレアの元夫
クイーニー……ジョージーのメイド
プランケット……アインスレーの執事
マクシー……アインスレーの従僕
ジョアニー……アインスレーのメイド
モリー……アインスレーのキッチンメイド
フェルナンド……アインスレーの料理人
ビル・バグリー……アインスレーの庭師
テッド・ホスキンス……アインスレーの庭師
ミセス・ホルブルック……アインスレーの元家政婦
ベン・ウェイランド……アインスレーの元庭師

ヘイミッシュ・ヘクター・アルバート・エドワード
グレンギャリーおよびラノク公爵
と
ヒルダ・アーミントルード・ラノク公爵夫人は

妹である

ヴィクトリア・ジョージアナ・シャーロット・ユージーニー
と
ジ・オナラブル・ダーシー・バーン・オマーラ
アイルランド・キレニー城キレニー卿の息子

の結婚式に貴殿を招待いたします。

7月27日、土曜日午後2時
無原罪懐胎教会教会、ファーム・ストリート、
メイフェア

式のあとは下記においでください。
ラノクハウス、ベルグレーブ・スクエア、ロンドンW1

一九三五年六月一二日　水曜日

イートン・スクエア一六番地　ロンドンW1

今回ばかりはすべてが順調に進んでいる。とても信じられない。ダーシーが留守のあいだ、わたしはポーランドの王女ザマンスカ（友人たちからはゾゾと呼ばれている）の家に滞在していて、結婚式の準備をしているところだ。こんな言葉を記す日が来るなんて、考えてもいなかった。それもダーシーのような素敵な人となんて。ラノク城から逃げだして、ロンドンにやってきたのが昨日のことのようだ。お金もなければ、友人もいなかった。でもほんの数週間後には、それが現実になる。わお。ミセス・ダーシー・オマーラ。ジェーン・オースティンの描いたジェーン・ベネットなら、「こんなに幸せでいいのかしら？」と言うところだ。

わたしは、イートン・スクエア（念のために言っておくと、ロンドンでも一、二を争う高級住宅地だ）にあるザマンスカ王女の美しいジョージア王朝様式の邸宅で、最上階の自分の部屋の窓の前に立っていた。今日もまた気持ちのいい夏の日だった。イギリスの夏には珍しく、ここのところ晴れの日が続いている。それどころか、友人のベリンダの力になるべく訪れていたイタリアから帰ってきて以来、春はずっといいお天気だった。五月には国王陛下の即位二五周年の式典があって、国王、王妃両陛下は屋根のないランドー馬車でセント・ポール大聖堂までの華々しいパレードを行った。これはセント・ポール大聖堂で行われる祝賀行事のひとつで、感動的な経験だった。

いまは自分が持っている服を改め、ミセス・ダーシー・オマーラとしてのこれからの人生に使えそうなものがあるかどうかを確認しているところだ。国王陛下の親戚であることを考えれば、ごく普通の〝ミセス〟になるのは地位がさがるように思えるけれど、ダーシーは貴族の息子でオナラブルという敬称がつくし、わたしも公爵の娘だから、今後もレディ・ジョージアナと呼ばれることに変わりはない――わたしのメイドのクイーニーみたいに、忘れることがなければ。

豪華な衣装ダンスに吊るしてある服を眺め、わたしは顔をしかめた。着古したツイードのスカート、白いブラウスが二枚、スコットランドの実家にいた頃、猟場番人の妻がわたしのために仕立ててくれたコットンのワンピースが数着。オートクチュールにはほど遠い！　もちろん、わたしたちが豪勢な家に住むことはない。ダーシーの父親であるキレニー卿は、キレニー城を自分の家だと思ってほしいと言ってくれていて、それにはおおいに感謝しているとはいえ、あそこは一年を通して過ごしたいと思うような場所ではなかった（ラノク城同様、わたしにとっては寒すぎるし、わびしすぎる！）。それに、ダーシーは仕事のために――それがなにかは秘密だけれど――ロンドンにいなければならないときがあった。

わたしたちはバッキンガム宮殿に招待されたり、ゾゾ王女の国際色豊かな遊び人たちのグループ（そのなかには親戚のデイヴィッド王子と彼の友人のアメリカ人女性も含まれていた）とひとときを過ごしたりと、華やかな場に赴くことが時折ある。そのたびごとに、ほかの女性たちのパリ仕立ての衣装に比べると、自分のタンスの中身が悲しくなるほど貧弱であることを思い知らされるのだ。だが、こちらの方面でも希望がないわけではなかった。元公爵夫人で、とんでもなく裕福なドイツ人男性と近々結婚しようとしているわたしの母が、ロンドンで一緒に嫁入り支度を調えようと約束してくれていた。イタリアでひどく厄介な事態に陥ったときにわたしが助けたことを深く感謝しているらしい。とはいえ、母の言葉をあてにするのは危険だ。母ほど気まぐれな人間はいないし、わずか二歳のわたしを置いて父のもとを逃げだして以来、母を信用できたためしはないからだ。それでも今回は本当に窮地に陥っていたから、わたしのためにそれなりに散財してもいいと思うくらいには感謝しているはずだ！

母が約束を果たしてくれたら、女学生のようなつまらない服の大部分は捨ててしまおうと決めた。そしてお洒落な新しいわたしに生まれ変わるのだ。イタリアで大きく背中の開いた借り物のドレスを着たときには、振り返る人が少なからずいた。洗練された、セクシーな女。それがわたし。〈タトラー〉誌に載ったわたしの写真には、きっとこんなキャプションがつく。〝ロイヤル・アスコット（英国王室が主催する競馬）でシャネルのドレスをまとったレディ・ジョージアナ〟〝カウズ・ウィーク（ワイト島で毎夏行われるヨットレース）初日の粋な装いのレディ・ジョージアナ〟……そこまで考えたところで、ばかばかしくなってやめた。わたしの夫となる男性は、わたしと同じくらい貧乏だ。

眼下の広場は午後の静けさに包まれていた。窓から入ってくる風は暖かく、セイヨウスイカズラと薔薇の甘い香りがした。広場の中央にある庭園ではツグミが楽しげにさえずっている。あか抜けた制服を身に着けた子守が、豪華な乳母車を押して歩いている。来年はわたしも……でも、わたしは自分で乳母車を押したかった。どちらにしろ、わたしたちに子守を雇う余裕はないだろう。

窓に背を向けたちょうどそのとき、階下で玄関のベルが鳴るのが聞こえた。ゾゾは二人乗りの自家用小型機を飛ばしてパリまで買い物に行っているので、いまこの家にはいない。窓からできるかぎり身を乗り出してみたけれど、玄関の上にはひさしがあるのでなにも見えなかった。いったいだれだろうと考えながら、耳をすました。ゾゾが留守だということを知らない人間だろう。やがて階段をあがる軽やかな足音がして、だれかがわたしの部屋のドアをノックした。ドアを開けると、ゾゾのメイドのクロティルドが立っていた。

「お嬢さま、お客さまがいらしています」彼女が言った（彼女はいまだにフランス語なまりが強い）。

「だれかしら？」わたしは一瞬、ダーシーが予定より早く帰ってきたのかもしれないと、空しい期待を抱いた。けれどダーシーであれば、〝お客さま〟と呼ばれることはない。クロティルドの脇をするりと抜けて、階段を駆けあがっていたことだろう。

「女性の方です」クロティルドが言った。「カードは出されませんでした。〝ここにレディ・ジョージアナ・ラノクがいることはわかっています。彼女と話がしたいの〟とおっしゃっただけで」

さあ、大変。大ごとのようだ。わたしは鏡をのぞきこみ、自分が見苦しくないかどうかを確かめた。満足できる姿ではなかった。暑い日だったし、コットンのワンピースはしわだらけだ。クロティルドも気づいたらしく、こう言った。「お嬢さまの緑色のシルクのドレスを洗って、アイロンをかけてあります。お客さまには、少しお待ちいただくように伝えます」

「ありがとう、クロティルド。お客さまには、紅茶でもレモネードでもなんでもご希望のものを差しあげてちょうだいね」

「もちろんです、お嬢さま」クロティルドは完璧なメイドだった。どんな状況にあっても、するべきことを心得ている。銅版画を見せるためにゾゾが男性の友人を招待したときには見ないふりをし、ありえないくらいできの悪いわたしのメイドのクイーニーがベルベットを焦がしたときには、その穴を見事に修復してくれた。だがその最悪のメイドのクイーニーは、ここにはいない。いまもまだアイルランドのダーシーの親戚の家にいて、料理人になるべく奮闘中だ。自分たちの家に引っ越した際は彼女を呼び寄せるべきなのかどうか、わたしはまだ決めかねている。問題は、有能なメイドはお金がかかり、わたしたちにはあまりお金がないということだった。結婚のお祝いにメイドを贈ってくれないかと母に頼んでみてもいいかもしれない。けれどこれまでの経験から、あまりに完璧すぎるメイドが常に望ましいわけではないこともわかっていた。

わたしは急いで緑色のシルクのドレスに着替えると、髪を梳かし、穏やかで落ち着いた体を装いながら階段をおりた。

「お客さまは小さいほうの居間にいらっしゃいます、お嬢さま」クロティルドが言った。わたしはその部屋のドアを開けた。客はティーカップを手に、窓のそばの椅子に座っていた。わたしが入っていくと顔をあげ、不機嫌そうな表情を見せた。

「ようやく見つけたわ、ジョージアナ。いったいどこに行ったのだろうと思っていたのよ。あなたときたら、全然連絡してこないんですもの。まだイタリアにいるのかしらと思っていたのだけれど、あの外国の王女さまのところに滞在しているのかもしれないとビンキーが言い出したの。そのとおりだったわね」

わたしはがっかりした。普段はフィグと呼ばれている、義理の姉のラノク公爵夫人だ。

「こんにちは、フィグ」わたしは彼女の傍らに椅子を引き寄せながら、できるだけ明るい口調で挨拶した。「驚いたわ。会えてよかった。夏のあいだはスコットランドにいるんだとばかり思っていたのよ。だから連絡しなかったの」

フィグの眉間のしわが深くなった。「スコットランドにいたのよ。でもお医者さまに会うためにロンドンに来たの。いまいましいスコットランドから逃げてこられてよかったわ。今年の春はずっと雨続きだったんですもの。それにビンキーはゴルフを始めたの。何キロも続くヒースの茂みのなかで、ばかみたいに小さなボールを打って穴に入れるだけの遊びよ。なんていう時間の無駄なのかしら」

「お医者さま？」わたしは慎重にその言葉を繰り返した。「どこか悪いわけじゃないわよね？まさか、また赤ちゃんが生まれるなんて言わないわよね？」

「とんでもない」フィグは天を仰いだ。「もう跡継ぎはいるんだから、そのあとのことは考えなくてもいいってビンキーには言ったのよ。あんなすきま風だらけで寒い、白い象みたいなラノク城を受け継ぎたい人間がいるならの話だけれど」

「それじゃあ、ただの検診なのね？」わたしは確認した。

「実を言うと、ビンキーの足の爪のせいなの」フィグはいかにも汚らわしそうに言った。「巻き爪になっていて、そのせいでゴルフが楽しめないんですって。治すにはちょっとした手術が必要みたいで、大事を取ってロンドンでやったほうがいいだろうってビンキーは考えたの。だからわたくしは、足の爪のためにロンドンまで来なくてはいけないなら、せめてアスコットくらいは連れていってくれてもいいでしょうって言ったのよ。スコットランドではおめかしする機会すら滅多にないんですもの。新しい帽子を買うかもしれないわ」

「素敵ね」わたしは言った。「初日に行くの？　向こうで会うかもしれないわね」

「あなたもアスコットに行くの？」フィグはむっとした口ぶりだった。まるで、わたしが嫌がらせをしていると言わんばかりだ。「初日に？」

「ええ。王妃陛下に招待されているのよ」

「王妃陛下と一緒に初日に行くの？」フィグは今度は本当に苦々しい顔になった。彼女は、メアリ王妃陛下がわたしを気に入ってくださっていて、定期的に宮殿に招待してくださることを快く思っていない——そしてわたしが王家の血を引いていて、自分が引いていないことも。わたしは気まずい雰囲気を取り繕おうとして言った。「アスコットにつきものの帽子は、フィグはわたしのシルクのドレスを眺めて、顔をしかめた。「そのドレスは、なかなか素ゾゾに借りるつもりなの。彼女ったら、とても奇抜な帽子を持っているのよ」

敵ね。外国の王女さまから借りているの？」

「え？　この古ぼけたドレスのこと？」と言いたくてたまらなかったけれど、真面目な顔のままでいられるとは思えなかったから、代わりにこう言った。「母からもらったの。母のお古のなかで、わたしが着られるものはごくわずかなのよ。これは母が着ると、足首までであるゆったりとしたデザインなのに、わたしが着ると丈も短いし体の線も出てしまうわ。でも、とりあえずシルクだから」

「あなたのお母さまのことでひとつ確かに言えるのは、服の趣味がいいということね」

フィグは紅茶をひと口飲んでから、言い添えた。「男性についてはそうは言えないけれど。彼女のいまの恋人はだれなのか、訊いてもいいかしら？　ポロの選手？　レーシング・ドライバー？　テキサスの石油業者？」

「どれもみんな過去の人よ。いまは、ドイツの実業家のマックス・フォン・ストローハイムと付き合っているわ。あなたも会ったことがあると思うけれど。いい人よ。もう付き合って数年になるし、それどころか来月には結婚する予定なの。ベルリンで盛大に式を挙げるんですって。わたしは花嫁主介添え人（メイド・オブ・オナー）になるの」

「まあまあ。だれもかれもがこの夏に結婚するみたいじゃないの。あなたもだけれど。〈タイムズ〉紙で婚約が発表されていたそうね。わたくしが来たのはそのことなのよ。まだ招待状をもらっていないけれど……」

「まだ細かいことまで決まっていないからなのよ、フィグ。王位継承権を放棄する許可がおりたという連絡をもらったところなの。それまでは、なにも進めることができなかった。日にちは七月二七日に決めたわ。招待状を印刷して、送らなければいけないと考えていたところよ」

「それは大きな決断よ、ジョージアナ。社会における自分の地位と義務を簡単に放棄するものではないわ。ビンキーは絶対に、わたくしと結婚するために王位継承権を放棄したりはしなかったでしょうね」

　わたしは真面目な顔を崩すまいとした。正気な男性は、フィグと結婚するためになにかを放棄しようとはしないだろう。わたしもそれほど気前がいいとは言えないが、フィグはラノク城で暮らすようになってからというもの、わたしに辛く当たってきた。生まれ育った家にもうわたしの居場所はないのだと思い知らせるように。

「わたしは王位継承権三五番なのよ、フィグ。隕石の衝突や伝染病で王家の人たちが全滅したら、わたしより先にあなたの子供たちが王座につくんだわ」

「それはそうだけれど……」フィグはもう一度紅茶を飲むと、天板がガラス製の小さなテーブルにカタンと音を立ててカップとソーサーを置いた。

「なにがあろうと、わたしはダーシーと結婚するつもりだから。国会が許してくれなかったら、アルゼンチンに逃げていたわ」

「それじゃあ、あなたはスコットランドの家で結婚式をするつもりだと考えてもいいのかしら？」

「ラノク城で？　とんでもない」思っていた以上に強い口調になった。そう言ったあとで、あそこがフィグの家であり、彼女が一年のほとんどを過ごしていることを思い出し、言い添えた。「結婚式には友だちに来てほしいのよ。でもラノク城はとても辺鄙なところにあるでしょう？　もし来てもらったら、お城に泊まることになるし、そうしたらあなたがもてなさなくてはいけなくなるのよ、フィグ。それにラノク家の親戚のことを考えてみて――食欲旺盛な毛むくじゃらのいとこたち。すごくお金がかかるわ」

痛いところを突いたのはわかっていた。フィグほどけちな人にわたしは会ったことがない。彼女の顔がぴくりと動いた。「確かにそのとおりね」ひと呼吸置いてから、言葉を継いだ。「それに、どうやってラノク城まで来てもらうと言うの？　バスも列車もないのに」

「そうなのよ。それに、数キロ四方にカトリックの教会もないし」

フィグがぱちぱちとせわしげにまばたきをした。「カトリックの教会？　あなた、カトリック教会で式を挙げるつもりなの？」

「カトリック教徒と結婚するんですもの」

「まさか、改宗するつもりじゃないでしょうね？」あたかも、わたしが原住民と結婚して食人族になると言ったかのような、フィグの口ぶりだった。

「まだ決めてはいないの。ロンドンで司祭さまからいろいろ教えていただくことになっているの――これからどういうことになるのかを。子供をカトリック教徒として育てることを約束しなくてはいけないみたい」

フィグはわたしの手に手を重ねた。「ジョージー、あなたは本当にそれでいいの？　それって……」

「フィグ、はっきり言っておくわね」わたしは冷静さを失うまいとした。「わたしはダーシーを愛しているの。彼と結婚したいの。彼にとって宗教は大切なものだけれど、わたしのほうは義務的にたまに教会に行くにすぎないもの」

「英国国教会のちゃんとした式を挙げられないのよ？　カトリックのお祈りだけになるかもしれないのよ？」

「だとしたら、サクラメントにはならないわね」

「なんですって？」

「教会の考える神聖な結婚。わたしは正式に結婚したということにはならないのかもしれない。でも彼と結婚できるなら、どこで式を挙げようとどうでもいいの」

「それで、その式はどこでするの？　ロンドン？」

「ええ、そのつもりよ。母やマックス、ヨーロッパから来る友人たちにもそのほうが楽ですもの。ダーシーは、ロンドンにいるときはファーム・ストリート教会って呼ばれている教会に行っているの。だから、そこで挙げてもいいんじゃないかと思っているのよ」

「ファーム・ストリート？」ぎょっとしたようにフィグの眉毛が吊りあがった。「いったいそれはどこにあるの？」

今度こそ、笑いをこらえきれなかった。「メイフェアよ。みんなそう呼んでいるけれど、本当の名前は無原罪懐胎教会だかなんだか、とてもローマっぽいものなの。上流階級のカトリックの人たちが行くロンドンの教会よ」

「カトリック教徒に上流階級の人なんているの？」フィグは見くだすようなまなざしでわたしを見た。

「あら、いるわよ。たとえば、ローマ教皇。それから、ノーフォーク公爵も。彼は筆頭公爵だから、あなたよりひとつ階級が上よ、フィグ。それからもちろんゾゾ王女がいるわ。王女より上流階級の人ってそれほどいないわよ」

「ポーランドの王女じゃないの。ああいった国では、学校の運動会で賞をあげるみたいに、階級を与えるのよ。それに彼女は王子と結婚したから、王女になったにすぎないわ」

「それはそうね。その前はただの伯爵婦人だった。とにかく、教会をいっぱいにできるくらい、上流階級のカトリック教徒はたくさんいるということよ」

「あなたは結婚式まで王女の家にいるつもりなの？　この家から教会に向かうの？　披露宴はどうするの？」

わたしは大きく息を吸った。「そのことなんだけれど、フィグ。もしもあなたとビンキーが結婚式に出てくれるつもりがあるなら、ロンドンのラノクハウスから教会に向かいたいの。花嫁を引き渡す役をビンキーにしてほしいの」

フィグは居心地悪そうに身じろぎした。「カトリックの信仰の場であなたと並んで歩くことを彼がどう思うかしら。でも彼はあなたのことがとても好きだし、とにかく優しい人だからきっと引き受けるんでしょうね」一度言葉を切り、やっとの思いでこう尋ねた。「結婚式の費用はわたくしたちが出すことになるのかしら？」

「母が嫁入り衣装を用意してくれることになっているし、ベリンダがウェディングドレスを作ってくれているの」わたしは答えた。「ゾゾはここで披露宴を開いてくれるつもりだと思うけれど、できればラノク家のロンドンの家でやりたいのよ。もちろん、豪華なものじゃなくていいの。シャンパンとケーキとつまめるものが少しあれば。それくらいなら、できるでしょう？」

フィグの顔がピンク色に染まった。「ええ、できると思うわ」フィグはそう答えると、どこか生き生きとした顔つきでわたしに向かって指を振った。「ビンキーはもちろんキルトを着るのよ。ポッジがページボーイ（教会の結婚式で聖書を運ぶ役割の男の子）になって、アディは花嫁介添え人（ブライズ・メイド）ができるくらいしっかりしているかしら？」

フィグが次第に乗り気になってきたのがわかった。

「キルト姿のビンキーは素敵だわ」わたしは彼女の背中を押すべく、言い添えた。

「それにバグパイプ。ビンキーはバグパイプが大好きなのよ。ミスター・マクタヴィッシュを連れてくるわ」

「わお」バグパイプの音色はわたしの体に染みついているはずなのだけれど、定期的にその音で夜明けに起こされてきたせいか、いまではうんざりするばかりだ。「バグパイプは必要かしら？」

「ラノク家の結婚式にバグパイクがないですって？」フィグはショックを受けたようだ。

「それはありえないわ、ジョージアナ。ビンキーはそれだけは譲らないわよ」

兄と義理の姉が満足してくれるなら、結婚式の最後に五分間のバグパイプを我慢するくらい、些細な犠牲だとわたしは考え直した。

「ええ、そうね」わたしはとっておきの笑顔を作った。「もちろんバグパイプは必要だわ」

2

六月一八日　火曜日
ロイヤル・アスコット初日

両陛下と共にアスコットに向かう。これ以上恐ろしいことがあるかしら？　粋に見えなくてはいけないし、もちろんウサギの穴に足を突っ込んだりしてはいけない。やっと子供の頃の不器用さは克服したと思った矢先に、いつもなにか新しいトラブルが勃発する。でも、今日だけはお願いだから勘弁して！　王家の人たちが一緒にいて、世界中の人たちが見ているの！

ゾゾの数ある帽子のうちのどれが滑稽に見えず、粋だと思ってもらえるだろうと、わたしは鏡の前で何時間も悩んでいた。クロティルドがわたしのベッドの上に山ほどの帽子箱を並べ、次から次へと帽子を差し出してくる。彼女の表情を見れば、どれがよくてどれがだめなのかはすぐにわかった。鮮やかなピンク色の羽根のついたものは絶対にだめだ。暴風のなかに立つフラミンゴみたいに見える。気に入ったのは、つばがとても大きな白い麦わら帽子だ。顔に影を作るので、謎めいて見える。けれど、振り返るたびにだれかにぶつかってしまうだろうという気がした。王妃陛下が小エビのカナッペに顔を突っ込むことにでもなったら大変だ。そういうわけで、上品な青いピルボックス帽に決めた。クロティルドがうなずいたので、青と白のリネンのスーツに合わせるにはいい選択であることがわかった。

一〇時にはタクシーでバッキンガム宮殿に向かった。今日ばかりはそれなりに見栄えがしていたらしく、使用人用の入り口でいいのかと運転手に尋ねられることはなかった。本当は一〇時半に行けばよかったのだけれど、国王陛下が時間にはとてもうるさいことを知っていたし、サンドリンガムの時計が三〇分進めてあることもわかっていたから、早めに行くほうがいいだろうと考えたのだ。賢明だった。両陛下はいつでも出かけられるように身支度を調えて、階段をあがったところに置かれた椅子に座っていた。国王陛下は灰色のモーニング・スーツとシルクハット、メアリ王妃は灰色のシルクのドレスに渦巻くようなオーストリッチの羽根飾りのついたつばの大きな帽子という装いだ。おふたりの存在感は圧倒的で、わたしは階段をあがりながらごくりと唾を飲んだ。

「ああ、ジョージー、来たのだね」国王陛下はそう言いながら、ニッチに置かれた金メッキの時計にちらりと目を向けて、満足そうにうなずいた。「素晴らしい日ではないかね?」

「とてもいいお天気ですね、サー。あまり暑くもありませんし」わたしはそう言いながら、膝を曲げてお辞儀をした。親戚であっても国王であることに変わりはないから、お辞儀をして〝サー〟と呼ばなくてはならないのだ。

「とても素敵ですね、ジョージアナ」お辞儀をして頬にキスをしたわたしに王妃陛下が言った（つばの広い帽子を選ばなくてよかった。王妃陛下の目をつついていたところだ）。「ふさわしい装いですよ」

わたしは勧められた椅子に腰をおろしたが、そのあとはぎこちない沈黙が続いた。陛下たちを前にして、こちらから会話を始めるわけにはいかないからだ。だが時計がカチカチと時を刻む音が耳について、わたしはなにか言わなくてはいけないような気になった。

「お体の具合はいかがですか、サー？」わたしは国王陛下に尋ねた。

「快方に向かっているようだ」国王陛下が答えた。

「陛下はいまもまだ、先月の祝典の余韻に浸っているのですよ」王妃陛下はいとおしそうに国王陛下を眺めた。「本当に素晴らしいひとときでした。ザ・マルに並んでいたあれだけの人たち。わたくしたちにとって、永遠の宝物ですよ。そうですよね、陛下？」王妃陛下は手を伸ばし、国王陛下の手に重ねた。その目には心配そうな表情が浮かんでいる。国王陛下は肺炎にかかって以来、完全には回復していないのだ。

「大騒ぎだったし、着替えも大変だった」国王陛下はそう言いながらも、うれしそうだ。

「本当に素晴らしかったと思います」わたしは言った。

ダイムラーが一五分早く到着し、わたしたちは国王陛下の侍従と王妃陛下の女官と共に出発した。「ほかの王家の方々もいらっしゃるんですか？」わたしは尋ねた。

「ケント公たちは来ますよ。あなたはマリナと親しかったんでしたね。バーティとエリザベスは来ません。エリザベスは連れていってほしいとせがんでいたのですけれどね。あの子は馬に夢中なのですよ。ですが、今回ばかりは父親を説得することはできなかったようですね。吃音（きつおん）があるせいで、バーティは人が大勢集まる場所を嫌いますからね」

「あいつは訓練が足らんのだ」国王が声を荒らげた。「吃音など克服できる。〝大きく息を吸って、一気に声を出せばいい〟とわたしがいつも言ってやったのに」

父親を前にすると、ヨーク公の吃音がひどくなる理由がわかる気がした。

「デイヴィッド王子は？」わたしはおそるおそる尋ねた。アメリカ人女性を連れ歩いている彼が、ふたりの頭痛の種であることはわかっている。

「デイヴィッド？　来るのか来ないのか、あの子のことはだれにもわかりません」王妃陛下がそっけなく言った。「王族としての務めは、あの子にとって優先順位が低いようです。どこかの女性がぱちんと指を鳴らせば、あの子は一目散に駆けつけるのでしょう。彼女をアスコットに連れてこないことを祈るばかりです。もし連れてきても、もちろん会ったりはしません」

「あの息子のおかげで、どれほど大変な思いをさせられていることか」国王陛下が言った。「あの性悪女のどこがいいのか、わたしにはさっぱりわからない。若くもなければ、美しくもないではないか。魅力ある、ふさわしい女性を何人も送りこんでやったのだぞ。いったいなにを考えているのか、まったく理解できん。彼女と結婚できるとでも考えているのだろうか――二度も離婚している女性ではないか」

「二度目の離婚が成立しているのかどうかもわかりませんよ」王妃陛下が指摘した。ウェストミンスター・ブリッジに向かう車のなかに、ぎこちない沈黙が広がった。

「もっと楽しい話をしましょうか」王妃陛下が切りだした。「あなたの結婚式のことですよ、ジョージアナ。準備は進んでいますか？　どこで式を挙げるのかは決まりましたか？」

「実はまだなんです。メイフェアのファーム・ストリートにふさわしい教会があるようなんですが。ラノクハウスの近くです」

「あら、ブロンプトン礼拝堂もラノクハウスに近いのではなかったかしら？　招待客が全員入れるだけの広さがある教会にしなくてはいけませんよ。わたくしたちの家族は全員が出席するつもりですし、ケンジントン宮殿にお住まいのあなたの大おばさまたちも、招待しなければ気を悪くなさいます。それに、あなたはヨーロッパのいろいろな王家の方々と血がつながっていますよね。あの人たちも出席したいのではないかしら。たとえば、ブルガリアの若い夫婦とか。あの人たちの結婚式にはあなたも出席したんでしたね？」

　さあ、困った。王妃陛下は、わたしに内緒でヨーロッパの王族たちを招待するつもりだったの？　お腹を空かせた何百人ものヨーロッパ人にシャンパンとケーキを振る舞うことになれば、フィグはいい顔をしないだろう。それに、ジークフリート王子ににらまれながら教会の身廊を歩くのはごめんだ。フィグは、どうにかしてわたしを彼と結婚させようとした。彼のあだ名は魚顔だった。それだけ説明すれば充分だ。そうでしょう？

「どうしてウェストミンスター寺院か、せめて、聖マーガレット教会にしないのだ？」国王陛下が尋ねた。

「彼女はカトリック教徒と結婚するのですよ、ジョージ」王妃陛下が穏やかに答えた。

「まったくばかげている」国王陛下がつぶやいた。ばかげているのは、わたしがカトリック教徒と結婚することなのか、それともウェストミンスター寺院で式を挙げられないことなのか、わたしにはわからなかった。実を言えば、わたしは心底安堵していた。ウェストミンスター寺院の身廊を歩くことにでもなれば、恐ろしさのあまり死んでしまうかもしれない！

「そのカトリックの男にはなにかうまいことを言って、ウェストミンスター寺院でちゃんとした式を挙げればいい」国王陛下の口調はどこか生き生きしていた。

「せっかくですが、わたしの婚約者はカトリックの式典でなければ教会で式を挙げようとはしないと思います」国王に反論するのは賢明ではないとわかっていたから、わたしはようやくのことで言葉をしぼり出した。

「まったくばかばかしい」

「日取りと場所が決まったら、すぐに教えてくださいね？」王妃陛下があわてて口をはさんだ。「わたくしたちも必ず出席するようにしますし、招待しなければならない親戚のリストを秘書に届けさせます」

「もちろんです。日取りは七月二七日に決めました。ダーシーはいま留守にしていますが、戻ってきたらできるだけ早くくわしいことを決めるつもりです」

「あとはブライズメイドですね」王妃陛下はたったいま思いついたかのように、わたしに向き直った。「ブライズメイドはどうするのですか？」

「メイド・オブ・オナーは学生時代の親友に頼みます。姪はまだ幼くてできないんですが、甥がページボーイをやりたがっているんです」

「エリザベスとマーガレットも、頼まれれば喜んでブライズメイドをやりますよ」王妃陛下が言った。「小さな女の子はおめかしするのが好きですからね。エリザベスにドレスのトレーンを持たせるといいですよ。マーガレットは行儀よくできるくらいの年になっていると思いますしね」

「小さなかんしゃく玉だよ、あの子は」国王陛下はさもおかしそうに笑った。

わお。ふたりの王女がわたしのドレスのトレーンを持つ。ヨーロッパ中の王族たちに、ドレスを踏んづけてつんのめるわたしを見せることになるんだろうか？　昔、社交界にデビューしたときみたいに。

車は町を出て、バークシャーの緑あふれる田園地方を走っていく。競馬場に到着すると、大きな歓声があがった。いくつもの顔が車をのぞきこんでいる。〝一緒に乗っているのはいったいだれ？〟というコックニーなまりが聞こえてくると、急激に緊張が高まった。

アスコットに行くのがどういうことなのか、わたしは深く考えていなかった。厳密な礼儀作法とドレスコードが定められた王家の人間のための区画があることは知っていたけれど、日陰に作られたボックス席に座り、シャンパンを飲みながら、走る馬を眺めるのだろうというくらいしか、想像していなかった。だが屋根のない馬車が数台目の前に並んでいるのを見て、突如として現実が見えてきた。

「風が強くなくてよかったこと」王妃陛下が言った。「去年のことを覚えていますか？　帽子を頭にのせておくのが大変だったのですよ。レディPがハンドバッグにヘアピンを山のように入れてくれていなかったら、わたくしの帽子はどこかに飛んでいってしまっていたでしょうね」

前の席に座っていた女官のレディPが振り返った。「今日も予備のヘアピンを用意してあります、陛下。突然、風が吹き始めたときのために。馬車に乗られる前に、もう一度帽子を確認しておきますか？」

「ヘアピンをジョージアナに渡してちょうだい」王妃陛下が言った。「万一必要になったときには、彼女が直してくれますから」

それを聞いて、わたしは両陛下と一緒に屋根のない馬車に乗ることになっているのだとわかった。ああ、どうしよう。

「陛下、わたしは馬車には乗らないほうがいいと思います。王家の方々のための区画で待っていますから。みなさんは陛下たちをよくご覧になりたいはずです」

「その反対ですよ、ジョージアナ。これは、あなたが王家の人間として参加できる最後の王室行事になるかもしれません。あなたにはその一分一秒を楽しんでもらいたいのですよ」

わたしはようやく、王妃陛下がなにをしようとしているのかを理解した。わたしは王位継承権を放棄した。今後は王家の人間ではなくなることを、陛下はわたしに教えようとしているのだ。もうバッキンガム宮殿でのディナーや王家の方々の結婚式に招待されることはないだろう。わたしはミセス・ダーシー・オマーラになる。ただの主婦に。実際のところ、それほど残念だとは思わなかった。バッキンガム宮殿に足を踏み入れるのはいつだって怖かったし、ミセス・ダーシー・オマーラという言葉はとてもいい響きだ。

わたしたちは馬車に乗りこんだ。つまずくこともなければ、つんのめって国王陛下の膝の上に座りこむこともなかった自分が誇らしかった。うしろをついてくるほかの馬車には王家のほかの方々が乗っていて、わたしたちは大きな歓声を浴びながら、大通り——競馬場まで一・五キロほどの直線だった——を進んだ。確かにこれはいままでにない経験で、両陛下のあとについて王家のための区画へと歩いていくうちに、わたしの頰はいつしか赤らんでいた。だれかがわたしに向かって膝を曲げてお辞儀をするなんて、すごく妙な気がした。両陛下のうしろ、いまはケント公爵夫人となったマリナ王女の隣に腰をおろしたときには、おおいにほっとした。マリナは笑顔でわたしの手を握りしめた。

「会えてうれしいわ、ジョージー。先頭の馬車でお洒落な帽子をかぶっているのは、あなたに違いないって思ったのよ。結婚式の準備は進んでいる?」

「今週中にはドレスの最初のデザイン画ができてくるはずだし、嫁入り衣装を調えるために母が来ることになっているの」

「いま考えているところなの」話の聞こえるところに王妃陛下がいることはわかっていた。「決まったらできるだけ早く招待状を送るわ」

わたしはあたりを見まわしたが、デイヴィッド王子もビンキーとフィグの姿も見えなかったのでほっとした。レースが始まった。若い侍従がわたしの代わりに賭けてくれた。馬のことはまったくわからなかったから適当に選んだら……勝った。次のレースでは負けた。ダーシーの父親がアイルランドで競走馬の厩舎（現在のオーナーはゾゾ王女だ）を管理していたから、クロスカントリー競馬や障害物レースを見たことはあったけれど、これほど華やかで壮大な平地でのレースは初めてだ。ひづめの音も軽やかに目の前を駆け抜けていく馬は、圧倒的な迫力があった。レースの合間には、パドックを歩く馬たちを見ることができた。

「ぼくは七番の馬が好きですね」エスコートしてくれた若い男性が言った。「しっかりしたいい脚をしている。どう思われます、レディ・ジョージアナ？」

わたしは五番がいいと言おうとしたところで、全身が凍りついた。光のいたずらかもしれないと思いながら、まばたきをした。けれど小さな雲の向こうから太陽が顔を出しても、見えているものは変わらなかった。体にぴったりしたドレスとデイジーで飾った素晴らしい帽子を身に着けたオリーブ色の肌の魅力的な女性と並んで、ダーシーがパドックに立っている。ふたりの距離は、あの帽子ならそれ以上は近づけないくらい近かった。親密な会話を交わしているらしく、顔を寄せ合っている。彼女はダーシーを見あげたかと思うと、笑顔でうなずいた。わたしは息ができなくなった。冷静さを失わず、大人の女性として彼に呼びかければいいとわたしのなかでささやく声があった。「ここよ、ダーシー。驚いたわ。わたしよ、あなたの婚約者よ」ダーシーは驚き、わたしに見つかったことでばつの悪い思いをするだろう。けれど声を出すことはできなかった。いまはただここを逃げだして、家に帰りたいだけだ。隠れたかった。

「座りたいわ」わたしはかろうじてそう言うと、よろめきながら自分の席に向かって歩いた。頭のなかで様々な考えが渦を巻いている。彼は仕事で外国に行っているのだとばかり思っていた。ロンドンの近くにいるのなら、どうして真っ先にわたしに会いに来てくれなかったの？　その女性はだれ？　ふたりだけの冗談を交わしているみたいに、どうしてそんなに身を寄せ合っているの？　本当に胸が痛んだ。

かろうじて席に戻り、座りこんだ。

「どうかしたの、ジョージー？」マリナが尋ねた。「顔が真っ青よ。大丈夫？　冷たいレモネードを頼みましょうか？」

「いいえ、なにもいらないわ、ありがとう。大丈夫だから。ちょっと疲れただけ」わたしは真正面に視線を向け、王妃陛下の後頭部と馬場を見つめた。だれかに話したかった。だれかに抱きしめられ、大丈夫よと言ってもらいたかった。これまで何度同じことを言われたことか。〝ベッドを渡り歩くのは、あなたの階級の人たちにとって娯楽のようなものなんでしょう？〟ダーシーとわたしは結婚式を挙げるまではと、清らかな関係を保ってきた。彼はついに我慢できなくなって、相手をしてくれる女性を見つけたのかもしれない。ダーシーのように魅力的で素敵な人を拒否する女性がいるかしら？

この場で吐いてしまうかもしれないと思った。いまはただ家に帰りたいばかりだ。けれど王家の方々が帰るまではここを動けないし、そもそもわたしには帰る家がない。いま滞在しているのはゾゾ王女の家で、そこにはメイドと家政婦がいるだけだ。近くに頼れる人はいない。いるとしたら……わたしはマリナ王女を見た。彼女の夫、国王陛下の四番目の息子であるジョージ王子は、結婚前は最悪のプレイボーイとして知られていた。マリナはそれを知っていて結婚したのだろうか？　わたしたちのような階級では、夫が愛人を囲ったり、遊びまわったりするのは普通のことなの？

「マリナ」わたしは声を潜めた。「結婚したとき、夫はあなたを裏切らないって考えていた？」

マリナは面白がっているような顔をこちらに向けた。「健康な若い男性はみんな、結婚前は遊びたいものだと思うわ」

「でも、いま彼はあなたを裏切っていないと思う？　それとも、なにも訊かない、なにも言わないことにしているの？」

「ずいぶん妙なことを訊くのね」マリナが言い、わたしは行きすぎた質問をしたことに気づいた。

「ごめんなさい。こんなこと、訊くべきじゃなかったわ。でも、わたしももうすぐ結婚するでしょう？　夫になる人はこれまで修道士のような生活を送ってきたわけじゃないから、だから……」

「ジョージがわたしを裏切っていないかどうかを知りたいのね？　いまのところは、わたしを大切にしてくれているわ。でもわたしたちはまだ結婚して半年ですもの。彼がクラブに行くと言ったなら――クラブに行くんだと信じる。信じなければ、人生は惨めなものになるもの。疑いを抱きながらの人生ほど辛いものはないわ」

「そうね、そうでしょうね」わたしはうなずき、馬場を見つめ続けた。わたしは、信用できないとわかっている人と結婚したいだろうか？　彼が出かけるたびに、別の女性と会っているのかもしれないと心配し続けるのだろうか？　結婚式の前に逃げ出す勇気がわたしにはある？　それとも、どんなことがあってもわたしはダーシーと一緒にいたい？　いまは答えが出せなかった。

六月一八日　火曜日
イートン・スクエアに戻ってきた

すべてが順調に進んでいるなんて、日記に書くんじゃなかった。神さまに逆らうようなものなのに。ダーシーはまだ会いに来てくれない。ロンドンからほんの五〇キロほどのところにいるのに。彼は本当はわたしと結婚なんてしたくなくて、どうやって逃げようかと考えているのかもしれない。ああ――わたしはどうすればいい？

アスコットから帰ってきたわたしは、ひとしきり泣いた。これほど孤独を感じたことはなかった。誤解なのだと自分に言い聞かせようとした。ダーシーは古い友人か、長らく音信不通だった親戚に会っただけなのかもしれない。それでも疑問は残った。仕事で外国に行くと言っていた彼が、どうして競馬場にいたの？　ロンドンのすぐ近くまで来ていたのに、どうしてわたしに会いに来なかったの？ 筋の通った答えは見つからなかった。
イートン・スクエアには一通の手紙が届いていた。イタリアの消印があって、差出人は学生時代の友人のベリンダだった。

愛しいジョージー！

連絡しなきゃいけないことはわかっていたんだけれど、イギリスでの昔の暮らしに戻る勇気をかき集めなくちゃいけなかったの。ここの湖はきれいだし、フランチェスカはわたしを甘やかしてくれるんですもの。でも、もうこれ以上ここにいるべきじゃないって気づいたわ。カミラと赤ちゃんに何度か会いに行ったの。あの子はすくすく育っていて、ふたりともすっかりあの子に夢中だった。でも、わたしがそばにいるのは健全とは言えないわよね。それにほかのこともあって……パウロがわたしを見ていることに気づいたのよ。昔みたいな、誘うようなまなざしで。彼がわたしに好意を持っているって、認めるわけにはいかないのよ。心がぐらついてしまうかもしれない。彼に夢中だったときが、確かにあったんですもの。
そういうわけで、荷造りをして帰ることにしたわ。あなたに会いたくてたまらない！ あなたがいなくなってから、寂しくてたまらなかったわ。それに、わたしが怠けていたわけじゃないことを聞いたら、あなたも喜んでくれると思うの。ウェディングドレスのデザイン画を持っていくわね。あなたがそれでいいって言ってくれたら、一緒に生地を買いに行きましょう。わたしもあなたと同じくらいわくわくしているのよ。

一八日に帰るわ。まだ王女さまの家にいるのよね？　馬小屋コテージに戻ったら、すぐに電話するわね。

あなたの友人、ベリンダ

ベリンダが一八日に帰ってくる。今日だ！　テーブルに手紙を置いたときには、わたしは微笑んでいた。愛しいベリンダ。彼女になら話すことができる。彼女なら、わたしの気持ちをわかってくれるだろう。彼女自身、男性に裏切られたことがあるのだから――それももっと悲惨な状況で。わたしはマッジョーレ湖でしばらく彼女と過ごし、最近になって帰ってきたところだった。そのお礼として、彼女はウェディングドレスをデザインすると言ってくれていた。早くデザイン画が見たくてたまらない。わくわくするべきだったけれど、頭のなかでささやく声があった。デザインしてもらったものが、無駄になったらどうする？

けれど、その声には耳を傾けまいと決めた。強く、勇敢になるのだ。ベリンダはあんな恐ろしい目に遭ったけれど、最後はすべて丸く収まったのだから。

「わたしはダーシーを信用する」声に出して言ってみた。「ダーシーが会いにきて、なにもかも説明してくれて、彼を疑った自分をばかみたいに思うに決まっている」

その日の夜、彼が来ることを半分期待していたけれど、彼は現われなかった。翌朝になっても。ベリンダに会いたくてたまらなかったけれど、万一のことを考えると、家を留守にしたくはない。住所録を取り出して、ベリンダの昔の電話番号を調べていると、玄関のベルが鳴った。「お願いだから、フィグじゃありませんように」わたしはつぶやいた。

クロティルドの軽やかな足音が階段をのぼってきて、ドアをノックする音がした。

「お客さまです、お嬢さま。スーツケースをお持ちになっています」

「名前は名乗った？」

「はい、ミス・ウォーなんとかでした」

「ウォーバートン＝ストーク？」

「そうだと思います。とても早口なんです。お洒落な若い女性です」

それ以上聞く必要はなかった。わたしはすでに階段を駆けおりていた。モーニングルームのドアを開けると、そこには以前とまったく変わらないベリンダがいた。

「ジョージー！」ベリンダは叫びながら、両手を広げて駆け寄ってきた。

「元気だった？　今日も素敵ね」わたしは言った。「列車の旅はどうだったの？」

「なんとか我慢できたわ。メイドなしで旅をするのは、本当にいらつくわね。家に着いてすぐ、昔のメイドのフローリーを呼び戻そうと思って連絡したの。そうしたら、もう別の働き口を見つけていたのよ。別の働き口ですって！　別の人のところで！　忠誠心っていうものはないのかしら？」

思わず、頬が緩んだ。「あなたがどれくらい留守にするのか、そもそも戻ってくるのかどうかも、彼女にはわからなかったのよ。それで、これからどうするの?」

「メイドを紹介してくれるエージェンシーとやらに行くほかはないわね。また一から始めて、新しい子を訓練しなきゃいけないのかと思うとうんざりするわ。朝になってわたしの寝室から男の人がこっそり出てくるのを見て、そのたびにショックを受けていたんじゃ困るもの」

「男性とは縁を切るんじゃなかったの?」

ベリンダは渋い顔をした。「そうだったわ。わたしは貞潔な生活を送って、猫を飼うのよ」

「あなたって、猫が好きだった?」わたしはこらえきれずに笑いだしていた。

ベリンダも笑い始めた。「実を言うと、大嫌いよ。でも独身女性って、猫を飼うものでしょう? それであなたのいまのメイドはどんな子なの?」

「いまはゾゾのメイドのクロティルドを借りているの。素晴らしいメイドよ」

「あの牛みたいな顔のとんでもない子は? ようやくくびにしたの?」

「クイーニーはアイルランドに置いてきたわ。料理人になるための修業中よ」

「なんてことかしら。いま頃は、アイルランドの人間の半分に毒を盛っているんじゃない?」

「そうでもないの。意外なことになかなか腕がいいらしいわ。いくつかトラブルはあったみたいだけれど、まだ台所を燃やしてはいないようだし」

「それじゃあ、結婚しても彼女を呼び戻すことはないのね?」

「まだ決めていないのよ。決まっていないことがたくさんあるの。どこに住むのかさえ、わからないんだもの」

「結婚といえば――」ベリンダはスーツケースをソファの上に置いて、開いた。「わたしがどんなウエディングドレスをデザインしたのか、見たい？」

「ええ、もちろんよ」こんな状態ではあっても、わたしはわくわくした。

「これはあくまでも仮のデザイン画なの。あなたはフリルや凝った飾りのない、シンプルで簡素なものを好むだろうと思ったのよ」

ベリンダはデザイン画を差し出した。確かにシンプルなデザインだった――足首までストンとしたほぼ直線的なドレスで、裾は床についてからうしろへと流れている。袖はなく、襟元には白い羽根飾りがついていた。わお。わたしはごくりと唾を飲んだが、なんとかうれしそうな表情を作ってベリンダの顔を見た。

「これはすごく――その――モダンね、ベリンダ。わたしが着るには、ちょっと洗練されすぎているんじゃないかしら？」

「まさにそこがポイントなのよ」ベリンダは言った。「みんなはあなたのことをいまだにスコットランドの山奥から来た、若い田舎娘だと考えがちよ。だから社交界の名士や王家の親戚たちに、あなたは彼らと同じくらい洗練されているんだって見せてやりたいの」

「すごくぴったりしているみたいだけれど、どうやって歩くの？」

「スカートにはスリットが入るのよ。見えないようにしてあるから、身廊を歩くまではわからないの。それにこのきれいな長い裾は、あなたのうしろで生きているみたいに動くのよ」

「襟元の羽根飾りは？」

「シンプルすぎるのもよくないでしょう？　繊細なシルクで仕立てるつもりだけれど、ちょっとは飾りも必要だわ。羽根が今年の流行なのよ」

言葉が見つからなかった。ふさわしい人が着れば、さぞ見事だろうということはわかる。たとえば、少年のような肢体の持ち主のシンプソン夫人なら着こなすだろう。でもわたし？背が高くて、ひょろりとしていて――タイトスカートをはくと、なにかにつまずきがちのジョージーだったら？　悲惨なことになるのは目に見えている。

「とりあえず、着てみてちょうだい」ベリンダが言った。「試着できるようにサンプルを作ってきたの」ベリンダはスーツケースから白い服を取り出して、バサバサと振った。「安いサテンだけれど、だいたいの感じはわかるはずよ」

「わたしの部屋に行ったほうがいいわね。ここだと、窓から見えてしまうわ」わたしは先に立って階段をあがり、ドレスを持ったベリンダがそのあとをついてきた。コットンのワンピースを脱ぎ、ベリンダの手を借りて新しいドレスを足から着た。腰の上まで引っ張りあげ、腕を通し、背中のホックを留めていく。向きを変えて鏡をのぞきこんだ。鼻に刺さりそうな羽根飾りのついた、長く白いチューブにしか見えない。

昨日からのストレスが大きすぎて、これ以上礼儀正しい態度を取ることができなかった。

「まるで、大蛇に呑まれたみたいに見えるわ」思わずそう口走っていた。

「親戚の野暮ったい公爵夫人みたいに時代遅れの格好がしたいのなら、ふわふわひらひらしたものを何重にも重ねればいいんだわ」ベリンダは傷ついたような口ぶりだった。「デザイナーのドレスはいつだって、すごく粋で衝撃的なものなのよ。でもあなたが思い切ったことをしたくないと言うのなら……」ベリンダは背中のホックを乱暴にはずし始めた。

「ベリンダ」わたしはためらいがちに、彼女の腕に手を置いた。「気を悪くしたなら、ごめんなさい。これは素敵なドレスだと思うわ。でもわたしには似合わない。わたしは王女になった気分を味わいたいのよ。歩く排水管じゃなくて。ダーシーはひと目見たら、絶対に大笑いするわ」

ベリンダはため息をついた。「最初からやり直しっていうことね」その声はまだ怒りを含んでいた。

「そんなに手間をかけなくてもいいのよ。だって、結婚式がなくなるかもしれないんだから」そう言ったとたんに、どっと涙があふれだした。

ベリンダはわたしをなだめようとして、ベッドに座らせた。

「ジョージー、あなたを困らせるつもりじゃなかったの。怒ったりしてごめんなさい。あなたが喜んでくれるとばかり思っていたのに、そうじゃなかったんですもの」

「わたしもごめんなさい」わたしはしゃくりあげながら言った。「楽しみにしていたのよ。でもわたしには似合いそうもないし、なにもかも思うようにならないし、それに結婚そのものがなくなるかもしれないんだもの」

ベリンダはわたしの隣に腰をおろし、わたしの手を握った。「ダーシーがおじけづいたの？」

「わからない」わたしは打ち明けた。「わたしがおじけづいたのかもしれない」

アスコットでの出来事を話した。

「結論を急ぎすぎじゃない？」ベリンダが言った。「ダーシーは社交的なタイプでしょう？きれいな女性と話をするのが好きだし。だれかと話をしているとき、よく肩や腕に手を置いているわよ」

「でも彼は仕事で外国に行くって言ったのよ。ロンドンから一時間のところにいるのなら、どうしてわたしに会いに来ないの？ ちゃんとした婚約者なら、真っ先にそうするものじゃない？」

ベリンダの眉間にしわが寄った。「ええ、そうね。それはそのとおりだわ。でもなにか理由があるのよ。きっとそのうちダーシーが会いにくるわよ。どういうことなのってあなたが訊いたら、古い友人に会ったから新婚旅行のホテルはどこがいいかを教えてもらっていたんだって答えるに決まっているわ」

「彼がまだわたしを連れていくつもりならね」わたしはつっけんどんに言った。「ベリンダ、とてもやっていける自信がないわ。彼が留守にするたびに気をもまなきゃいけないなんて、どんな人生なの？ わたしは、ほかの女の人と楽しんだりしない夫が欲しいの。それほど大げさなことを言っているとは思わないわ。そうでしょう？」

「わたしたちの階級の人のほとんどは、あなたは大げさだって言うでしょうね。大方の貴族の女性は、不貞な夫を見て見ぬふりをすると思うわよ。それに自分たちもそういう機会があれば、ためらわないでしょうね。わたしたちの階級では、受け入れられている娯楽なのよ」

「わたしは嫌なの。わたしには、ひいおばあさまの血が濃く流れているんだと思うわ。ひいおばあさまには、アルバート王子以外の人はいなかったのよ」

「それはどうかしら」ベリンダはいたずらっぽく笑った。「ミスター・ブラウンとの噂とか、ふたりでヘザーの茂みに消えていったとかいう話はどうなの?」

「悪意ある噂に決まっているわ。それにどちらにしろ、アルバートが死んだずっとあとのことだもの。彼が生きていたときは、ふたりは互いを大切にしていたのよ」

「それなら結婚する前に、ダーシーにきちんと確かめることね」ベリンダが言った。「あなたの気持ちを伝えて、ほかの女性に目移りするなら結婚はできないって言うのよ」

「なんてこと」わたしは手で口を押さえた。「とてもそんなこと言えないわ」

「ルールを決めなきゃだめよ、ジョージー。でないと、惨めな人生を送ることになる」

「そうね」わたしはため息をついた。「きっと、なんでもないことに大騒ぎしているだけなんだと思うわ。いまにもダーシーがやってきて、なにもかも説明してくれるに決まっている」

「その調子よ」ベリンダは立ちあがり、勇気づけるようにわたしを軽く叩いた。「さあ、やらなきゃいけないことがいろいろあるわよ。結婚式はいつなの?」

「七月二七日に決めたの。今月末には母の結婚式でベルリンに行くことになっているし、国王、王妃両陛下がバルモラル城に行く前じゃなきゃいけないから」

「まあ。陛下たちも出席なさるの？」

「必ず出席するって、王妃陛下はおっしゃっているわ」

「だとすると、かなり大がかりなものになるわね」

「王妃陛下の考えどおりにすれば、そうなるわ。ヨーロッパの王室の方々を招待する話が出ていたから。わたしの親戚は招待してくれるのを待っているだろうって」

「あなたはそうしたいの？」

「まさか！　わたしの好きなようにできるなら、何人かの親しい友人を呼んで田舎の小さな教会で挙げたいわ」

「それなら、そう言えばいいのよ。あなたの結婚式なんだから。国王陛下たちが費用を出してくれるわけじゃないんでしょう？」

「だと思うわ」

「それなら、あなたはなんだって好きなようにしていいのよ。小さな教会。親しい友人。王家の人たちを呼べるほど広くなくてすみませんって」

ベリンダが笑顔で言い、わたしも笑みを返した。「そうね、そのほうがずっといいわ。王家の人たちに見られながら教会を歩くだなんて、どれほど緊張すると思う？　でも、ほかにも心配事があるのよ、ベリンダ。エリザベス王女とマーガレット王女がブライズメイドになりたがるだろうって、王妃陛下がおっしゃったの」

「まあ。ふたりとは知り合いなの？」

「ええ。よく知っているわ。エリザベスとは一度、ちょっとした冒険をしたことがあるの。でも想像してみて……ふたりの王女にドレスの裾を持ってもらって、身廊を歩くのよ？」

「それってつまり、わたしがふたりの王女のためにブライズメイドのドレスを作らなきゃいけないっていうこと？」ベリンダはうれしそうだ。「大変な作業になるわ、ジョージー。でもそれで、わたしの名前が知られることになるかしら？」

「なると思うわ。でも、お願いだから排水管はやめてね。あの子たちが……そう、小さな王女さまに見えるようなドレスにして」

「その代金はだれが払ってくれるのかしら？　あなたのドレスはわたしからの結婚のお祝いにするつもりだけれど、ブライズメイドが大勢となると……」

「費用はすべて出すって母が約束してくれているの」わたしは言った。「それに大勢にはならないわ。ほかに小さな女の子はいないはずだもの。姪のアデレイドはまだ小さすぎて、なにをするかわからないし」

ベリンダはため息をつきながら、短く切り揃えたつややかな黒い髪をかきあげた。

「できるかぎりのことはするわ。でも、面倒なことになってきたわね。王女さまたちの採寸をするのなら、急いでメイフェアの作業場の準備をしないといけない」

「あなたがピカデリーに呼ばれることになると思うわ」わたしは言った。「ああ、ベリンダ、本当にすごく面倒なことになってきたと思わない？」

「とにかく、あなたのドレスが最優先よ。あなたも王女さまみたいに見えるのがいいんでしょう？」

「シンプルだけれど優雅なものがいいわ」

「でもフリルは嫌なのよね？　巨大なメレンゲみたいに見えるのは」

「もちろんよ」

「わたしの家に来てちょうだい。一緒にドレスの写真を見て、あなたが気に入るものを探してみましょう」

「そうね、それがいいわ」

わたしは玄関までベリンダを送っていき、イートン・スクエアを遠ざかる彼女に手を振った。ぐっと気分が上向いていた。自分の好きなドレスを作ってもらえるし、ダーシーとはちゃんと話し合おう。きっとなにもかもうまくいく。王家の人たちと王女たちのことは、無理やり頭から追い出した。

六月二〇日　木曜日
イートン・スクエア一六番地

まだダーシーは来ない。どうして会いに来てくれないの？　しばらくはかなり気分も上向いていたけれど、いまはまたどんと落ちこんでいる。

でもベリンダが戻ってきてくれて、本当によかった。あのドレスは心底ぞっとしたけれど、話し相手がいるのはいいものだ。あまりお洒落すぎないものを作ってもらうように、彼女を説得できるといいのだけれど。羽根飾りもなしにしてもらわないと〝誓います〟と言う代わりに、くしゃみをすることになってしまう。

〝誓います〟というチャンスがあればだけど。

その日も次の日も、ダーシーは姿を見せなかった。ダーシーが来たらすぐに電話をするようにとクロティルドに厳命してから、わたしはベリンダの家に向かった。ベリンダとふたりでソファに座り、〈タトラー〉誌のバックナンバーで結婚式の写真を眺めた。残念なことに、たっぷりと羽根飾りのついた、ほっそりした長いドレスが流行のようだ——歩く排水管のような女性が大勢いた。けれど、スカートが花のようにふわりと広がった、わたしに似合いそうだと思えるイブニングドレスも何枚かあった。いくつかデザイン画を描くとベリンダが約束してくれた。王女たちのドレスのデザインはとてもかわいらしかった。そちらに問題はなさそうだ。


ベリンダは新しいメイドを雇っていた——ハドルストーン。その名前を聞いたときには、笑わないようにするのが大変だった。

「そんな名前、聞いたことある？」ベリンダが言った。

「その名前で呼ぶわけじゃないでしょう？　下の名前はなんていうの？」

「教えてくれないのよ。ちゃんとしたレディズ・メイドは苗字で呼ばれるものだと言って」

「フランス人でなければね。でも、彼女は正しいわ。メイドとしてはどうなの？」

「とてもきちんとしているし、間違ったことはしないの。亡くなった伯爵夫人のメイドだったのよ。わたしのささやかな住まいは、足りないものだらけだって思うんでしょうね。長くはもたないかもしれないわ。お互いが我慢できなくなるような気がする」

「いつから来るの？」

「今週の終わりからよ。もうすでに後悔しているところ。働き者のイタリア人の子を見つけて、連れてくればよかったわ」

「母親を置いてはこないわよ」わたしは言った。「アイルランド人のいい子がいたんだけれど、家を離れようとはしなかったもの」

「近頃では使用人を見つけるのが本当に大変よね。わたしたちの親の時代は、どうしてあれほど簡単だったのかしら？」

ハドルストーンがやってくる前に必死になって掃除をしているベリンダを残し、わたしは彼女の家をあとにした。

イートン・スクエアに着いてみると、タクシーがちょうど止まったところだった。窓が開き、「ヤッホー！　ジョージー！」と呼びかける声がした。母だ。タクシーの運転手は急いで車を降りると、ぐるりと回って母の側のドアを開けた。降り立った母は、いつもどおりものすごくお洒落だった——紺色のセーラージャケットに白のワイドパンツ、粋なセーラー帽という装いだ。〝海辺での楽しいひととき〟を歌いあげるミュージカル・コメディの第二幕から、抜け出てきたように見えることを除けば。母が料金を払いながら親切ねと声をかけると、タクシーの運転手は顔を赤くした。

今日ばかりは、母に会えてうれしかった。「いつロンドンに着いたの？」例によって、頰から五センチのところにキスをしながら、わたしは尋ねた。

「昨日よ」

「どこに泊まっているの？」

「クラリッジズに決まっているでしょう？」わたしの腕に手をからめた母と並んで、玄関へと階段をのぼっていく。「このあいだは新しいところを試してみたの。ザ・ドーチェスターよ。でも悲しいかな、足りないところだらけだったわ。それに、わたしのことをわかってくれているところのほうがいいのよ。クラリッジズは、スイートルームにわたしの好きな花を飾っておいてくれるの。少しやりすぎではあるけれどね。居間にグランドピアノが置いてあるんだから。まったくばかげていると思わない？　わたしはピアノなんて弾かないのに。きっと、ノエルが訪ねてくるかもしれないって思っているのね」

友人のノエル・カワードのことだ。わたしは笑いをこらえきれなくなった。ロンドンのイースト・エンドにある長屋で育った母が、ごく当たり前のように贅沢を楽しんでいる。わたしは玄関のドアを開けて、母を応接室に案内した。

「王女さまはいるの？」母が尋ねた。

「パリで買い物をしているわ」

「あら、わたしもパリにいたのよ。向こうでばったり会わなかったのが残念だわ。それじゃあ、あなたはここでひとりなのね？　それとも愛しのダーシーとふたりきりのときを楽しんでいるのかしら？」

「いまはわたしひとりきりよ。彼は仕事でどこかに行っているの」

「このあいだ、パリでダーシーを見かけた気がしたのよ」母が言った。「でもわたしはタクシーのなかだったし、彼はリッツに入っていくところだったから」母は優雅に肩をすくめた。

「わたしの見間違いだったかもしれない。フランスには、色の黒いハンサムな男の人は大勢いるから」

聞きたくなかったとわたしは思った。ダーシーと謎の女性とパリのリッツが、頭のなかで即座に結びついた。あわてて話題を変えた。

「マックスも一緒なの？」

「彼はとても忙しいのよ。工場はいま、ものすごい勢いで稼働しているの。それにお父さまの具合が悪いから、親孝行な息子を演じているというわけ。これは楽しい女同士の時間でしょう？　あなたの嫁入り衣装を揃えるのよ。さぞ楽しいと思うわ」

母は興奮を抑えきれないように、わたしの腕をぎゅっとつかんだ。

「でもどこで買い物をするかを決める前に、あなたに見せたいものがあるの」母はソファに腰をおろすと、ハンドバッグを開けて、一枚の紙を取り出した。なにも言わずに、わたしに差し出した。

アルバート・スピンクスとヘッティ・ハギンズは一九三五年八月一七日、エセックス州ホーンチャーチの教区教会において結婚いたします。

その後、エセックス州ホーンチャーチ、グランヴィル・ドライヴ二二番地の裏庭で披露パーティーを行います。

母は大きくため息をつくと、険しいまなざしをわたしに向けた。「もう届いていた？」

「いいえ、まだよ。おじいちゃんはわたし宛の手紙をどこに送ればいいのか、知らないんだと思うわ。それともラノクハウスに送ったけれど、フィグが燃やしてしまったのかもしれない。でもこうなることはわかっていたの。話してくれたもの」

「まったくあの人ときたら、なにを考えているのかしら？　彼女がうまく丸めこんだんだと思うのよ。父は昔から情にもろい人だったから」

「おじいちゃんは寂しいのよ、お母さま。それに彼女はお料理が上手なの」

母は赤く塗った爪で、いらだたしげにソファの肘掛けを叩いた。

「あなたは、こんなばかげたことを認めるの？」

「歓迎するとは言えないわ。彼女は髪にカーラーを巻いて、口には煙草をくわえているような、不愉快で嫌な人よ。でもおじいちゃんを幸せにしてくれるなら、わたしたちが文句を言うべきじゃないと思うの」

「文句を言っちゃいけないの？　ミセス・ヘッティ・ハギンズがわたしの母親になるのに？」

「エッティ・アギンズって言うほうが発音は近いわね」思わず笑みが浮かんだ。「とんでもなく粗野な人よ。おばあちゃんでもばあちゃんでも、どっちでも好きなほうで呼んでくれていいって言われたわ。考えられる？」

「いますぐエセックスに行って、父を説得しなきゃだめよ。彼女はわたしにお金があって、あなたに身分があることを知っているから、ただそれだけの理由で父をつかまえようとしているんじゃないのかしら」

「その可能性はあるわね」わたしは言った。「かなり貪欲な人みたいだから」

「それなら、父を誘拐でもなんでもしないと。教会に行って、〝正当な理由で異議のある方は〟って言われたら、立ちあがるのよ」

わたしは声をあげて笑った。「どんな正当な理由があるの？　髪にカーラーを巻いているのは、理由にはならないと思うわよ」

「父は耄碌(もうろく)しているって言うのよ。自分がなにをしているのかわかっていないって」

「おじいちゃんほど頭が切れる人はいないわ」わたしは言った。「おじいちゃんが決めることよ、お母さま。わたしたちはほんのときたまおじいちゃんの人生に顔を出すだけだもの。夜、ひとりきりでラジオを聴いているのはもううんざりだって、おじいちゃんが言っていたわ」

「それなら、ベルリンに連れていけばいいわ」母が考えこみながら言った。「きっとマックスが、庭のあるこぢんまりしたコテージを見つけてくれる」

「おじいちゃんがドイツ人のことをどう思っているか、知っているでしょう？　ジミーおじさんが戦死したことをいまも許してはいないのよ」

「ドイツ人をひとまとめにして憎むなんで、ばかげているわ。ほとんどは命令に従っただけの、罪のない若者だったのよ。イギリスの兵士と同じ」

「マックスもそのひとりだったの？」

「幸いなことに、彼は戦争に行く必要はなかったの。大切な仕事についていたから。当時、たまたま銃を作っていた父親の会社のひとつを任されていたのよ」

「運がよかったのね」わたしはひと呼吸置いてから、尋ねた。「お母さま、マックスはナチスととても親しくしているようだけれど、心配じゃないの？」

「親しくなんてしていないわ」母がぴしゃりと言った。「彼は、パンのどちら側にバターが塗られているかを知っているだけ。頭がいいからうまく調子を合わせて、工場で大量の注文を請け負っているのよ」

「でも、調子を合わせられなくなるときが来たら？　お母さまはどうするの？　ミセス・マックス・フォン・ストローハイムとして、あの人たちのなかで生きていくのが幸せなの？　聞いているかぎりでは、どんどん過激になっていくみたいに思えるけれど」

「わたしは政治には関わらないようにしているわ。それにわたしだって、パンのどちら側にバターが塗られているかはわかっているのよ」母は結婚式の招待状を手に取った。「とにかく、問題はこのばかげた茶番よ。田舎にコテージを買うのはどうかしら？　いますぐ父を彼女から遠ざけるのよ」

「おじいちゃんはお母さまのお金は受け取らないわ。ドイツのお金だと言って、手はつけない」

「本当に頑固なんだから。わたしたちも、ウナギのゼリー寄せとウェルク（貝の一種）を食べて、〝ニーズ・アップ・マザー・ブラウン〟を踊らなきゃいけないかしらね？」

わたしはまた笑った。

「お母さまったら、本当に鼻もちならないんだから。そういうところで育ったんだってこと、覚えている?」

「もちろんよ。さっさとそこから逃げ出したこともね。わたしの両親はふたりとも素晴らしい人だったわ。けなすつもりなんてない」

「おじいちゃんは、わたしがこれまで出会ったなかで最高の人よ」わたしは言った。「大人になるまで、会わせてもらえなかったことが腹立たしくてたまらないわ」

「わたしもそうだったのよ」母が言った。

「そうなの?」

「ええ。ラノク城のあのぞっとするような陰鬱さにもう一秒たりとも耐えられなくなってあなたのお父さんと別れたときに、子供に対する権利はすべて放棄して、二度と顔を見せてはいけないってはっきりと言い渡されたの」

「本当に? 知らなかった」

「本当よ。あの人たちは、あなたに厳しく目を光らせていた。わたしがサー・ヒューバート・アンストルーサーと結婚したとき、彼はあなたを養女にしたがったの。でもあの人たちは耳を貸さなかった」

「ええ、そのことは聞いたわ」

「彼はとてもあなたを気に入っていたのよ。本当にいい人だったわ。彼と結婚して幸せだった」

「それなのに、どうして別れたの？」わたしもサー・ヒューバートのことは大好きだったのだ。

「山がたくさんありすぎたのよ。彼ときたら、いつも山に登っていて留守だったんですもの。そんなときに、モンテカルロのレース・ドライバーが現われて……あまりにも大きな誘惑だったわ。きっとわたしは、男の人が好きすぎるのね」

「マックスと結婚したあと、またほかのレース・ドライバーが現われたらどうするの？」

母は訳知り顔で微笑んだ。「わたしも年を重ねて、賢明になったのよ。もう以前のようにそんな人が次々に現われないことはわかっているの。いまあるものに感謝しなければいけないこともね」

母はまた立ちあがった。「もう帰らないと。することが山ほどあるのよ。髪を染めて、ペディキュアをして、新しい靴を作って……」

「帰る前に、お茶か冷たい飲み物でもどうかしら？　クロティルドを呼ぶわ」

「時間がないのよ、ジョージー。今夜、クラリッジズにいらっしゃい。一緒に夕食をとりましょう。新しい料理人はとても腕がいいと思うの。そのあとで、買い物の計画を立てましょう。あなたのおじいさんを救出する戦略も考えないといけないし」母は振り返って、指を振った。「あなたはいくつも殺人事件を解決してきたわよね？　年配女性を殺す方法を知っているんじゃない？」

「お母さま！」わたしはぎょっとした。
「ちょっと言ってみただけよ」母はそう言い残し、部屋を出ていった。

5

六月二〇日　木曜日
イートン・スクエア一六番地

突如として、面倒なことばかりになった。おじいちゃんの結婚、とんでもないわたしのドレス、スコットランドで式を挙げさせるつもりだったフィグ、大がかりな結婚式を望む王妃陛下、パリのリッツに入るところを目撃された花婿。それなのにわたしは、すべてが順調だと思っていたなんて！

来客はもうたくさんとわたしは思った。だれかが訪ねてくるたびに、気がかりな知らせが新たにもたらされる。今夜、クラリッジズで母と夕食を共にする約束をしなければよかったと後悔した。そのためには一番上等のイブニングドレスを着て、タクシーを呼ばなければいけない。少なくともお母さまはたっぷりお金を持っていて、わたしの嫁入り衣装を揃えると約束してくれたから、その心配はしなくてよさそうだ。けれどいまは自分の部屋にこもり、丸くなって眠りたかった。炉棚の上の旅行用時計を見た。着替えをするまでに、ひと眠りする時間はある！

わたしは二階にあがり、自分のベッドで横になって広場から流れてくる音に耳をすました。ロンドンの真ん中にしては、驚くほど平和だ。庭園の中央にある大木でさえずる鳥の声。風がそよぐ音。車のドアがばたんと閉まり、歩道をだれかが歩いていく。わたしは目を閉じ、いつしか眠りに落ちていた。

暖かな午後に時々あるようにぐっすり眠りこんでいたらしく、だれかがドアをノックして部屋に入ってきたときも、漠然と意識しただけだった。クロティルドがイブニングドレスの用意をしにきたのだろうと、わたしは夢うつつで考えた。すると、だれかがわたしの頬にキスをした。思わず体を起こすと、わたしに覆いかぶさっていただれかにぶつかった。

「おっと！」声がした。低い男の声だ。

目を開けるとそこには、鼻を押さえて立っているダーシーがいた。「痛かったぞ」そう言いながらも、わたしを見つめる彼の目は微笑んでいる。「愛する人を優しいキスで起こそうとしたのに、鼻に頭突きをされるとは」

「ごめんなさい。でもあなただってわからなかったの」

「ここ最近は、違う男たちがきみにキスをしに来ていたのかい？」ダーシーが言った。

ようやくはっきりと目が覚めてきた。まず考えたのは、わたしはひどい有様に違いないということだ。寝起きの目、くしゃくしゃの髪、ロマンチックにはほど遠い古いコットンのネグリジェ。けれどすぐに、アスコットで見たことを思い出した。

「ようやく会いに来てくれたのね」わたしは髪を撫でつけ、ネグリジェのしわを伸ばしながら言った。ベッドに座っている状況では不利だけれど、それは考えないことにした。

「ようやく？」ダーシーはけげんそうな顔をした。「ぼくは三〇分前に臨港列車を降りて、そこからタクシーでまっすぐここに来たんだよ。空を飛んでも、これより早くは無理だ」

「パリからの臨港列車？」わたしは辛い思いをしたことを彼に悟られないように、落ち着いて世慣れた態度を取ろうとした。

「パリ？　いいや、ダブリンからだ。父と一緒だった」

「本当に？」

ダーシーは顔をしかめ、一歩あとずさった。「ジョージー、なにがあった？　なにか噂話でも聞いたのか？」

「噂じゃないわ。わたしがこの目で見たのよ、ダーシー。嘘をつく人と結婚していいのかどうか、わからなくなっているの」

「嘘？　なんの話だ？　ぼくはきみに嘘なんてついたことはない」ダーシーはわたしをにらみつけた。

わたしはまっすぐ彼の目を見つめ、勇敢に立ち向かおうとした。

「あなたを見たのよ、ダーシー。今週の初め、アスコットで。ここから一時間もかからないところよ」

彼の目が輝いた。「きみもアスコットにいたの？　知らなかったよ。どうして声をかけてくれなかったんだ？」

「あなたが女の人と一緒だったからよ。それに彼女とすごく親しそうだった」

「なるほど。すごく親しそうだったって？　それはそうだろうな。ぼくは一夜を共に過ごさないかと誘っていて、彼女がうなずいてくれたんでとてもうれしかったんだ」

わたしは言葉を失った。怒りと恥ずかしさで、かっと頬が熱くなるのがわかった。ダーシーはわたしを見つめていたが、やがてぷっと噴きだした。「ジョージー、きみのその顔。ひいおばあさんそっくりだよ。〝少しも面白くありません！〟ってね」

「冗談はやめて、ダーシー。わたしは、妻を裏切るような人とは結婚したくない。上流階級では認められているとか、そんなことは関係ないの。夫には信用できる人であってほしいのよ」

ダーシーはわたしの隣に腰をおろすと、頬にかかった髪をうしろに撫でつけた。

「きみはかわいい人だけれど、時々すごく愚かな結論に飛びつくことがあるね。ぼくは、父に命じられてアイルランドからアスコットに向かったんだ。父は厩舎で飼っている競走馬をもっといいものにしようとしている――もちろんゾゾのアイディアだよ。そのために、最高級の雌馬を二頭買った。きみが見たというぼくが話をしていた女性は、種付けを始めることになっている有名な雄馬の持ち主なんだ。必ず最初の権利を手に入れてこいと、父に言われてね。だからぼくは、少しばかり魅力を振りまかなくてはいけなかった」

「まあ」

「彼女と話がついたところで、ぼくはすぐに列車でダブリンに戻った」

ダーシーは言葉を切り、わたしを見つめた。「だから、アスコットできみがばかな態度を取るのではなくぼくに声をかけていたなら、きみをミセス・カレンダーと彼女の有名な雄馬のキングズ・ランサムに紹介できたし、なにも問題はなかったわけだ」

わたしはまだ言うべき言葉を見つけられずにいた。彼の言うとおりだとわかっていた。

「ぼくが女性と一緒にいるところを見るたびに、最悪のことを考えるのはやめてくれないか」ダーシーは立ちあがって部屋の向こうへと歩いていき、わたしに背を向けて窓の外を眺めた。「ぼくたちふたりともが、惨めな思いをするだけだ」

「そうね」わたしはベッドを出て、彼に近づいた。ためらいがちに、彼の肩に手を触れた。

「ごめんなさい。わたし、きっと不安でたまらないのね。あなたがわたしを選んでくれたことが、いまでも信じられないのよ」

「お金目当てでないことは確かだね」ダーシーは振り返り、わたしの髪をかきあげた。「ぼくはきみを愛している。頭にそのことを刻んでおけないのかい？　ぼくたちは結婚して、いつまでも幸せに暮らすんだ」

「ええ、そうね」わたしは彼に微笑みかけた。「顔を洗って、着替えて、見苦しくないようになるまで、下で待っていてもらえるかしら？　こんな格好じゃ、落ち着かない」

「結婚前なのに、きみの寝室に忍びこむなんて不作法だったね」彼はくすりと笑った。「ゾゾはいるの？」

「パリに買い物に行っているわ」

「飛行機で行ったんだろうね？　普通の人のように、ゴールデン・アロー号ではなくて？」

「そのとおりよ」

「彼女は危険と隣り合わせの生き方がやめられないんだな。いつか、大変なことにならないといいが。また父に会いに来てくれるといいんだけれどね。父は明らかに彼女に会いたがっていてひどく機嫌が悪いんだが、なにも言おうとはしない。愚かな男だよ」

「ゾゾに結婚を申しこむべきだと思うの？」

「少なくとも、自分の気持ちは伝えるべきだ」

「お父さまは、彼女に与えられるものがなにもないと思っているのよ」わたしは指摘した。

「それは事実だ。そうだろう？　ゾゾは金持ちで、友人が大勢いて、ロンドンに家もある。父にあるのはすきま風が吹くアイルランドの古い城だけだ。たいていの女性は、魅力を感じないだろうな」

「恋は理にかなったものばかりじゃないわ。もっともふさわしい相手を選ぶとは限らない」

「そうだな。きみは王女になることだってできたんだから」

「ジークフリート王子のことを言っているの？　思い出したくもないわ。鼻もちならない人だった。跡継ぎができたら二度とわたしには触れないって言ったんだから」

「なるほど。ぼくもそうしよう」

「あら、その言葉どおりにしてもらってもいいのよ」

ダーシーは笑って、わたしの手首を握った。

「本当に？　きみもぼくと同じくらい、ふたりで過ごす夜を楽しみにしているんだと思っていたけれどね」

ダーシーはじっとわたしを見つめながら、引き寄せた。わたしはその手を振り払った。

「いまはだめ。わたしはひどい有様でしょう？」

「全然問題ないよ。むしろ上のボタンがはずれたネグリジェ姿のきみは、なかなかに誘惑的だ……」ダーシーの手がわたしの首に触れた。わたしはその手を押しのけた。ダーシーは笑いながら頰に軽くキスをすると、部屋を出ていった。

顔を洗い、着替えを終えて階下におりてみると、ダーシーはゾゾの応接室のバーカウンターの前で、ジン・トニックを飲んでいた。クロティルドがドア口に立っている。

「なにかお持ちしましょうか、お嬢さま？」わたしの寝室に男性がこっそり入っていったことは見なかったふりをすると、彼女の顔に書いてあった。

「なにか飲む？」暖炉の前の肘掛け椅子に座ったわたしに、ダーシーが尋ねた。

「それにはまだ少し早いわ」わたしは応じた。「それに、またすぐに着替えなくてはいけないの。母とクラリッジズで夕食をとる約束をしたのよ」

「そうか、お母さんが来ているんだね」

「ええ。一緒に嫁入り衣装の買い物に行くの」

「お母さんの結婚式もすぐなんだろう？」

「二週間後よ。メイド・オブ・オナーにふさわしいものを買ってくれるといいんだけれど。きっと、ものすごくお洒落なものを選ぶんでしょうね」

「ここ最近のドイツの状況を考えると、きみはダーンドルスカートか軍服のどちらかを着ることになるんだろうな」ダーシーは不意に真面目な顔になった。「あの国はどんどん悪化しているよ、ジョージー。悪くなる一方だ。きみのお母さんは、本当にあそこで暮らしたいのかどうかを真剣に考えたほうがいい」

「母はマックスと彼のお金が気に入っているの。政治は自分には無関係だって考えているわ」

「だれも無関係ではいられない」ダーシーが言った。「ヒトラーと彼のゆがんだイデオロギーに反対する人間は、だれひとりとして安全じゃないと思う」

「母は逆境に強い人よ。男性を魅惑する方法も知っている。ヒトラーに自分の手を食べさせることだってできると思うわ」

「そうかもしれないな。彼は美しい女性に弱い。とりわけ、金髪女性に」

「あら、髪を染めてもらうって言っていたから、ちょうどよかったのね」わたしはいたずらっぽく言った。

「きみが向こうに行ったときは、ヒトラーと彼の取り巻きたちとは距離を置くようにするんだよ。きみは彼らが理想とする生粋のアーリア人女性に見えるからね」

「心配いらないわ。結婚式に出たら、すぐに帰ってくるから。それにわたしはドイツ語が話せないから、会話が成り立たないもの」

「結婚式と言えば、ぼくたちの式にはどんな準備がいるんだろう？　日取りと場所は決まったんだよね？」

「そうでもないの」わたしは言った。「ややこしいことになっているのよ。メアリ王妃は、ヨーロッパの王室の方々を招きたいみたいなの。それもウェストミンスター寺院かブロンプトン礼拝堂で。そのあとでヨーロッパの王室の方々をもてなさなきゃいけなくなったら、フイグはひきつけを起こすわ」

「それは、きみの望みではないよね？」

「違うわ。あなたも知っているでしょう？　わたしは友だちと家族だけのこぢんまりした結婚式がいいの。でも王妃陛下が出席なさりたいみたいだから、どういう形にするにしろ、もっとちゃんとしたものになるわね」

「なんてことだ。王家の人が来るとは考えていなかったが、きみにとっては親戚なんだから予想しておくべきだったな。だとすると、考えなくてはいけないね。ウェストミンスター寺院で式を挙げて、最後にカトリックの司祭に祝福してもらえばいいと陛下たちが言い出さなかったのが驚きだよ」

「実はそう言われたのよ」わたしは笑った。「カトリックにのっとった式でなければ、サクラメントとは言えないって指摘しなきゃいけなかったわ」

「偉いぞ！　わかってきたね」

わたしはため息をついた。

「あのとき、駆け落ちできていればよかったのにと思うわ」

「ぼくもだよ」ダーシーが言った。「そうしたらいまごろぼくたちは幸せな夫婦で、きみはぼくのためにスリッパとパイプを用意して、ぼくの好きな料理を作るために台所にこもって……」

わたしは身を乗り出して、彼をぴしゃりと叩いた。

「いまからだって、結婚をやめられるのよ！」

ダーシーはにやりと笑った。

「とにかく、住むところを探さなくてはいけないね。きみがずっとアイルランドの城にいたくないと思っているのはわかっているし、それも無理もない。ぼくの父は最高に機嫌がいいときでも一緒にいて楽しい男とは言い難いうえ、ぼくも留守が多いからね。戻ってきたときに立ち寄って、きみに会える仮の家がロンドンに必要だ」

「自分が渡り鳥みたいな言い方をするのね。たまに立ち寄るだけじゃなくて、もっとわたしの人生に関わってくれるつもりだといいんだけれど」

「もちろんだよ。けれど妻と家族を養うなら、ぼくは金を稼がなくてはいけない。そのためには、ある方面からの任務をこれまで以上に引き受けることになるだろうからね」

ダーシーはときに、ひどく腹立たしい態度を取る。どんな仕事をしているのか、自分から話してくれたことはないけれど、彼と関わった人から聞いた話や集めた情報によれば、なにか秘密の任務らしい。「ダーシー、結婚したら、あなたがなにをしているのか、どこに行くのかを話してくれる？」

「たまにはね」ダーシーはあのなんとも魅力的な笑顔をわたしに向けた。「話せるときは」

「あなたってスパイなの？」

「どうしてそういうことになるのかな？　ぼくは事実を収集するんだ。求めている人のために、事実を見つける」彼の顔から笑みが消えた。「ロンドンのアパートだけれど、残念ながらベルグレービアやメイフェアというわけにはいかない。きみが慣れ親しんだような場所ではないよ」

「かまわないわ。ふたりだけだもの、広いところも豪華なところもいらない。あなたが昔、チェルシーで使っていたような、かわいらしいこぢんまりした部屋がきっとたくさんあるわ」

「広告を見ておくよ。ふたりでどこかよさそうな部屋を見に行く手はずを整えておく。いいかい？」

「素敵だわ。早く自分の家に住みたい。ここのところずっと、だれかの家の迷惑なお荷物になっている気分だったんだもの」

ダーシーは心配そうに言った。「ゾゾはきみを迷惑なお荷物なんて考えていないよ。結婚式までここにきみがいてくれることを、心底喜んでいる。ぼくだってそうだ」

「ええ、わかっている。彼女は本当に親切だわ。でも、やっぱり同じじゃない」

「確かに」ダーシーはうなずいた。「ぼくたちの家に乾杯しよう」ダーシーはそう言って、グラスを掲げた。

六月二一日　金曜日
イートン・スクエア

司祭さまに会って、カトリック教徒と結婚することについての心構えを教わらなくてはいけないのだけれど、ずっとそれを先延ばしにしてきた。改宗はしたくないことをわかってもらわなくてはいけない――ただ、自分を待ち受けているもののことを知りたいだけだ。ダーシーがロンドンに戻ってきて、ふたりの家を選ぶことになったのはうれしい。わくわくする！

午後三時、わたしは司祭さまに会うべく、おとなしそうに見える格好――コットンのスカートに白いブラウス、襟元には小さな黒いリボン――で家を出た。一番近いカトリック教会はブロンプトン礼拝堂だ。階段をあがり、大理石の柱と山ほどの彫像と側面の祭壇がある広くて壮麗な内部に足を踏み入れた瞬間に、ここの身廊は歩きたくないと思った。冷たくて、まるで霊廟のようだ。わたしが通っていた村の教会のことをなつかしく思い出した。細長い鉛枠の窓から日の光が射しこみ、窓枠に花瓶が飾られているシンプルな建物。結婚式を夢見ていたのは、そんな場所だ。わたしはため息をついた。

近づいてくる足音が聞こえて、顔をあげた。おちくぼんだ目をした鉤鼻(かぎばな)の司祭さまは長身で痩せていた。黒い長衣をひらめかせながら、せわしない足取りでこちらに歩いてくる。まるでわたしに襲いかかろうとしている猛禽(もうきん)のようで、思わず逃げだしそうになった。

なにか言おうとしたところで、司祭さまが口を開いた。「ここにいたのだね、悪い子だ。公教要理教室を欠席した理由をどう説明するつもりだね?」

わたしは恐怖に凍りついたが、やがて司祭さまが語りかけている相手がわたしではないことに気づいた。わたしと同じくらい怯えている若い娘に向かってつかつかと歩いていく。もうたくさん。ダーシーが一緒に来てくれるまで待とうと決め、足音を忍ばせて礼拝堂を出ると、イートン・スクエアに逃げ帰った。

玄関を入ったところで、箱の山に危うくつまずきそうになった。ゾゾが応接室から出てくるのが見えて、胸がはずんだ。黒のズボンと黒と白の縞のジャケットをまとったゾゾはいつものようにあでやかだ。ついさっきまで小さな飛行機を操縦していたはずなのに、完璧なシニヨンに結った黒い髪は少しも乱れていなかった。

「この箱は予備の寝室に運んでちょうだい、クロティルド」ゾゾはそう指示したところで、わたしに気づいた。「ジョージー、元気だった？　パリから持って帰ってきたものをあなたに見せたくて、待ちきれないわ。さあ、クロティルドを手伝って運びましょう」ゾゾはばかばかしいほど小さな箱を手に、階段をあがっていく。わたしは落とさずに運べるだけの箱を持って、そのあとを追った。ひょっとしたら、ラリックのクリスタルが入っているかもしれない！　ゾゾは寝室の化粧台に持ってきた箱を置いた。「それはベッドに置いてちょうだい。全部服だから」彼女が言った。「わたしったら、すっかり買い物に夢中になってしまったのよ。パリにはあんなに素敵なものばかりあるんだもの、我慢できるはずがないでしょう？　これだけの箱を積んで、あの小さな飛行機を飛ばすのがどれほど大変だったか、見せたかったわ」ゾゾは楽しそうに笑った。

残りの箱を両手に抱えたクロティルドがやってきた。「どこに置きましょうか、殿下？」

「とりあえずどこでもいいわ。買ってきたものをレディ・ジョージアナに見せたいのよ」ゾゾは次から次へと箱のリボンをほどいていく。「これかしら？　違うわ、これは新しい黒のイブニングドレス」ゾゾはそのドレスを広げた。「シンプソン夫人がこれと同じようなものを買ったって聞いたから、買う気になったの。だれかが自分と同じドレスを買ったことを知ったら、彼女はさぞ怒るでしょうからね」

わたしは笑った。「ゾゾ、あなたってどうしようもない人ですね」

「そうよ。でも面白いでしょう？　それにだれかが彼女をいらつかせなきゃいけないのよ。彼女はこれまでまわりの人みんなをいらつかせてきたんだから」

ゾゾはそう言いながら、さらに箱を開けていく。

「あったわ。見てちょうだい、ジョージー。これを見たとたん、あなたのことが頭に浮かんだの」彼女が手にしているのは、ロイヤルブルーのシルクのパジャマドレスだった。トップはホルターネックだ。ほかの女性が着ているのを何度もうっとりと眺めたことがある。ゾゾはてっきり自分のために買ってきたのだろうと思っていたら、彼女が言った。

「ほら、着てみてちょうだい。そろそろ、無垢な女学生みたいな服を着るのはやめないと」ゾゾはわたしの服に目を留め、顔をしかめた。「まさにそのとおりの服ね。いったいどうして修道女になりたがっているような格好をしているの？」

「教会に行ってきたところなんです」わたしは説明した。「ダーシーと結婚する前に、司祭さまの話を聞かなくてはいけないんです。でもすごく恐ろしい司祭さまだったんで、おじけづいてしまって」

「どこに行ったの？」

「ブロンプトン礼拝堂です」

「なるほどね」あそこに行ったのなら仕方がないと言わんばかりの口ぶりだった。ゾゾはわたしの頬を軽く叩いて言った。「心配いらないわ。わたしに夢中で、わたしのためならなんでもしてくれるポーランド人の司祭さまを知っているの。ここに来てもらうように手配するわね」

「本当ですか？　あなたって天使だわ」

「あなたと愛しいダーシーのためならなんだってするわよ。彼は元気？」

「はい。いま、わたしたちが暮らすアパートを探しているところです」

「素敵ね。でも元気いっぱいの若いふたりがいなくなるのは寂しいわ」

「年寄りみたいなことを言うんですね」

「時々、年寄りみたいな気分になるのよ」ゾゾは、母にも劣らない芝居がかった仕草で乱れてもいない髪を撫でつけた。「ほら、これ以上わたしに気を揉ませないで。着てみてちょうだい」

ほかの女性の前で服を脱ぐのは気が進まなかった。ゾゾのようにパリ製の下着をつけているであろう女性となれば、なおさらだ。ブラウスのボタンをはずし、スカートとペチコートを脱いだ。思ったとおりだ。ゾゾはわたしのブラジャーを見て言った。「ダーリン、そんな下着で男性を誘惑できたのが驚きだわ。それともダーシーはあっと言う間に脱がせてしまうから、気づく暇もないの？」

「わたしは経済的にひどく困窮しているんです、ゾゾ。家を出てから、まったく手当をもらっていませんから。母がたまになにかを買ってくれることはありますけれど、でも……」

「それなら、わたしが必要なものを揃えてあげるわ」ゾゾはそう言いながら、わたしがパジャマドレスを着るのに手を貸し、ホルターネックのホックを留めた。

「ゾゾ、あなたにそんなことをしてもらうわけには……」わたしは口ごもった。「こんな高価なものは受け取れません。お洒落すぎて、わたしには着こなせないわ」

「ばかね」ゾゾはわたしのお尻を軽く叩いた。「わたしは人を甘やかすのが好きなの。自分の目で見てごらんなさい」

ゾゾは衣装ダンスの鏡が見えるように、わたしの向きを変えた。

「わお」わたしはつぶやいた。別人のようだ——洗練されていて、そのうえ思い切って言ってしまうと、セクシーだ。

「似合うってわかっていたのよ」ゾゾがにっこりと微笑んだ。「ほかのものも見てちょうだい」そう言って、別の箱をごそごそと探り始める。「ほら」それは、わたしが見たこともないほど華やかなドレスだった。丈の長いアイスブルーのイブニングドレスで、光を受けてきらめいている。「あなたの夜用の衣装は一新しなきゃいけないと思うの。あのワインレッドのベルベットのドレスは、もう流行遅れよ」

ゾゾは、待ちきれなくなった恋人のような素早さでパジャマドレスのホックをはずすと、わたしの頭からアイスブルーのドレスをかぶせた。わたしは息を呑んだ。そのドレスは適度な曲線を描きながら、優美にそしてしなやかにわたしの体を覆った。

「ああ、いいわね」ゾゾは手を叩きながら言った。「あなたにぴったりだってエルザに言ったのよ」

「エルザ？」

「エルザ・スキャパレッリよ」

「スキャパレッリ？」わたしは悲鳴のような声で訊き返した。「これってスキャパレッリのドレスなんですか？」

「なんだと思ったの、ダーリン？」

わたしは彼女に向き直った。「ゾゾ、なんて言ったらいいのか。最高に素敵な結婚のお祝いだわ」

「式の前にパーティーを開かなくてはいけないわね。みんながあなたを見て、うっとりするのよ」彼女はわたしの手を取った。「それに、わたしたちは家族同然ですもの」

「ダーシーのお父さまはプロポーズしていないんですよね？」

「するはずがないでしょう。本当にばかな人よね。いずれわたしが彼を祭壇に引っ張っていかなきゃいけないかもしれない」

「本当に彼と結婚したいんですか？」

「彼のことはとても好きよ。彼と馬に会うためにアイルランドに行くのも楽しいわ。でも正直に言うと、自由も大好きなの。この家もね。だからこのままの暮らしが続くことになるかもしれない。でも、その話はあとまわし。いまはあなたのことを考えないと。わたしがいま真っ先にするべきは、ドミニク司祭さまを見つけてここに連れてくることね」ゾゾはドアのほうへと歩きだした。「クロティルドを呼んで、そのドレスを脱ぐ手伝いをさせるわ。わたしは司祭さまを連れてくるから」

ゾゾは魔法が使えるに違いない。一時間もしないうちに、小柄で太った司祭さまを連れて戻ってきたのだから。イートン・スクエアまで走らされたらしく、司祭さまは息を切らしていて、椅子に座ってレモネードをもらうまで喋ることもできなかった。やがて司祭さまはわたしに向かって言った。「カトリック教徒の男性と結婚したがっていると、殿下から聞きました」なまりの強い英語だった。「あなたは司祭の祝福が必要なんですね？」

「指導を受けなければいけないと言われました」

「あなたは英国国教会の信徒ですか？」

「はい、そうです」

「教会へは通っていますか？」

「時々」嘘はつけない。

「堅信式は行いましたか？」

「はい」

「なるほど。英国国教会」彼は思い入れたっぷりの仕草をした。「とても近い宗教です。唯一の違いは──教皇がいないことだけです。なにも問題はありません。父と子と精霊のことを知っていますね？ あなたの夫が、子供たちをカトリック教徒として育てることに異議はありませんね？」

「はい」

彼は両手を広げた。「よろしい。必要なのはそれだけです。わたしが祝福を与えましょう」彼は立ちあがり、わたしの前で十字を切った。「あなたがたの結婚が末永く、豊かなものになりますように」そしてゾゾに向き直り、ポーランド語でなにかを言った。ゾゾは笑って彼をドアまで送っていったが、戻ってきたときもまだその顔には笑みが浮かんでいた。

「彼はなんて言ったんですか？」

「お礼として、わたしの家でおいしいディナーをごちそうしてほしいんですって」ゾゾはわたしの肩に手を置いた。「ほらね、ダーリン、ふさわしい人を知っていればなんだって簡単なのよ」

「ゾゾ、あなたって奇跡を起こせるんですね」

ゾゾは慎ましやかな笑みを浮かべた。「わたしにできることをしているだけよ」

六月二二日　土曜日
イートン・スクエアといくつかのひどいアパート

カトリックの司祭さまとの問題が片付いたので、わたしはぐっと気分が楽になった。ゾゾには本当に驚かされる。このあとはダーシーと一緒にアパートを見に行くことになっている。とても興奮している。早く自分の家に住みたくてたまらない。

「ようやく見つけたよ」ダーシーが言った。「難しかったよ。ロンドンのアパートがあれほど高くなっているとは知らなかった。だがいくつか候補を見つけた。準備はできている？」

「もちろんよ」わたしは答えた。「そんなに豪華なところじゃなくていいのよ。ごく普通の通りに建っている、おじいちゃんのかわいらしい小さな家が大好きだもの」

ダーシーはわたしの手を取った。「それじゃあ、行こうか。最初の部屋はベイズウォーターにあるんだ」

「あら、素敵。ハイド・パークに近いのね。窓から公園が見えるかしら」

わたしはとんでもないくらいの楽観主義者だと言われたことがある。そのとおりだということがよくわかった。案内されたアパートは、公園から遠く離れていた。ノッティング・ヒルだと言ったほうがよさそうだ。けれど外から見るかぎり、ヴィクトリア朝風のレンガ造りの高い建物は悪くはなかった。ダーシーが呼び鈴を鳴らすと、キツネのようなきつい顔つきの品のない女性が現われた。

「なんです？」彼女が言った。

「部屋を見せてもらいたいんですが」

「ああ、いいですよ」彼女はダーシーとわたしを見比べた。「あなたたちは結婚しているんでしょうね。ここではふしだらなことは認めていませんからね」

「引っ越してくるときには結婚しています。五週間後に式を挙げる予定なんです」ダーシーが応じた。

「五週間後？　それまで待ってなんていられませんよ。このあたりの部屋はすぐに埋まるんだから」

「いまから借りてもかまいません。家具を準備する時間も必要ですから」ダーシーが言った。

「いいでしょう。それならどうぞ、こっちです」彼女はわたしたちを招き入れるのではなく、玄関から外に出ると、手すりの向こう側の階段をおり始めた。道路より低いところにあるドアを開けると、とたんにぷんと鼻をつくにおいがあった。下水管と汚れた体のにおい。玄関を入ったところがすぐ居間になっていた。壁紙は濃い茶色だ。片側は台所で、小さな四角い窓の外はレンガの壁だった。奥にある寝室から見えるのはゴミ箱が並んだ庭だ。染みだらけで錆びたバスタブという、ぞっとするようなバスルームがとどめだった。わたしは思わず唾を飲んだ。ダーシーがちらりとわたしを見てから言った。「ここは少し暗いですね。ぼくたちは明るいところがいいので」

「お好きなように」彼女が言った。「だれかほかの人がすぐに借りるでしょうからね」

その家から充分に遠ざかったところで、わたしは言った。「ダーシー、ひどい部屋だったわね」

「少しばかり厳しいね」

「少しばかり厳しい？　取柄なんてなにひとつなかったわ」

「確かに」ダーシーはため息をついた。「あの地域は高いんだろうな」

「あの地域？　ダーシー、あの家は歩道に犬の糞があるような、みすぼらしい裏通りにあったのよ。それにあの女性——想像できる？　きっと四六時中、わたしたちのことを詮索するんだわ」

ダーシーはわたしの肩に腕をまわした。「心配しなくていいよ。あそこよりはましなところがあるから。最初にここに来たのは、ただ近いからなんだ。だがチェルシーにも候補があるからね」

「チェルシーはいいところよね。あそこのお友だちの家で、あなたが留守を預かっていたことがあったわよね？　川に面した、とても素敵なおうちだったわ」

　わたしたちはチェルシーに向かったが、そこはフラムと呼ぶべき地域だった。今度の部屋は四階分の階段をあがった先の最上階で、雨漏りのする天井には染みがあり壁にはかびが生えていた。手を触れたところすべてがじっとりしていた。そのうえ窓から見えるのは川ではなく、ガスタンクだ。

「ああ、ダーシー」わたしは彼の手を取った。「こんなところしかないの？　ここに住むくらいなら、アイルランドのお城にずっといるほうがましだわ」

　ダーシーはわたしと同じくらいしょげかえっていた。妻にもっといい部屋を与えることのできない自分を情けなく思っているのがわかった。

「もう少し、予算をあげられると思う。手が届きそうな、セント・ジョンズ・ウッドの部屋の広告があったんだ」

「いいわね。セント・ジョンズ・ウッドに行ってみましょう」

　わたしたちは地下鉄でスイス・コテージ駅まで行き、そこから気持ちのいい並木道を歩いた。わたしの気分は徐々に上向いていき、大きな白いレンガ造りの建物の前までやってきたときには、すっかり気を取り直していた。今度こそよさそうだ。現われたのは品のいい若者で、わたしたちをエレベーターへと案内した。

「少々こぢんまりした部屋なんですが、あなたたちのご希望にかなうと思いますよ。このアパートに住んでいる方々は、みなさん満足してくださっています。かつては、貴族の女性が住んでいたこともあったんですよ。レディ・ロックストーンという名前に聞き覚えはありますか？　社交欄にも載っていたんですよ」

ダーシーはわたしにウィンクをした。「レディ・ロックストーンはどうなったんですか？」

「残念なことに亡くなりました。九三歳でしたから」

わたしたちは一〇階でおりた。「申し訳ありませんが、エレベーターは一一階まで行かないんです」彼はそう言ってわたしたちを狭い階段へといざなった。「さっきも言ったとおり、こぢんまりとしたアパートなんですが、あまり家具がないあなた方のような若いご夫婦には……」彼は鍵をまわした。そこはワンルームの部屋だった。それなりの広さはあるが、屋根裏だ。片側の天井が斜めになっているので、ソファから立ちあがるときは頭をぶつけないように注意する必要がある。片隅にカーテンがかかっていた。「台所です」彼が、ウサギを取り出す手品師のような手つきでカーテンを開けると、流し台と小さなコンロが現われた。

「コンパクトにうまく設計されているでしょう？」

食事をするスペースとソファ、そして洗面台とバスタブのあいだに体を押しこむようにしないと便器にたどり着けない小さなバスルームがあった。「寝室はどこですか？」わたしは尋ねた。

「ほら」彼は魔法の杖のように手を振ったかと思うと、羽目板張りの壁から出ている紐を引っ張った。ベッドが現われた。「スペース節約の切り札ですよ。必要なものがすべて手の届くところにあります」

「ベッドから手を伸ばして、紅茶とトーストの用意ができるんですね」ダーシーが真面目な顔で応じた。

「奥さまはメイドを連れてきますか？」彼が尋ねた。「ここの上にメイドの部屋があります。もちろん別料金になりますが。ご主人の従者は？」

わたしはダーシーを見た。メイドを連れてくるべきだろうか？　たとえそうしたいと思ったとしても、アイルランドに残してきたクイーニーを呼び戻すのは正しいことだろうか？とはいえ、メイドなしで暮らしていけるかしら？　試みたことはあるけれど、メイドは役に立つというだけでなく、いなくては困るときがある——たとえば、ドレスのうしろのボタンを留める人間が必要なときとか。

「きみはメイドが必要？」ダーシーが訊いた。「ぼくは従者がいなくてもまったく問題はないんだが、きみは……」

「わからないわ」

「たいしたことではありませんよ。いつでもメイドの部屋は貸せますから。ご主人が従者を必要になれば、そのための部屋も」

わたしたちはエレベーターで下におりた。わたしは泣きたい気分だった。ふたりだけの小さな部屋で暮らしたいと思ってはいたけれど、これほど小さなところを望んだわけではない。じっとりしてかびだらけの部屋も、暗い地下室もごめんだ。結婚のお祝いとして、一年分の家賃を払ってもらえるように母に頼もうかと考えた。

「また連絡します」ダーシーが言い、わたしたちは握手を交わしてその家をあとにした。

「あんな狭いところで本当に暮らしていけると思う？」わたしはダーシーに訊いた。

「数週間で殺し合いになるだろうね。こぢんまりとはよく言ったね！　あの男はずいぶんと図太い。どこかにもっといいところがあるはずだよ、ジョージー。きみに惨めな思いをさせるような部屋で、ぼくたちの結婚生活を始めたくはないんだ」

「わたしもよ。でも、わたしたちに手の届くのがあんなところばかりだったら、どうすればいいの？」

「きっとどこか見つかるさ。きみのお兄さんと義理のお姉さんは、スコットランドにいるあいだ、ロンドンの家をぼくたちに貸してくれる気はないだろうか？　もちろん家賃は払う」

「考えるだけ無駄よ。フィグは、わたしがどこも行くところがなかったときでさえ、あそこを使わせてくれなかったの。それに、わたしのほうがごめんだわ。フィグは、ロンドンに来るたびにスプーンの数を数えるでしょうからね」

「残念だよ。あの家は、一年のほとんどのあいだ使われていないのに」

「そんな家がたくさんあるんでしょうね」

「友人に訊いてもいい――留守にしているあいだ、だれかが又貸ししてくれるかもしれない」

「ダーシー、人の慈悲にすがりたくはないわ。それに、その人たちが戻ってきたときには、わたしたちは出ていかなきゃならないのよ？」

「確かに理想的とは言えないな」ダーシーはなにか思いついたらしかった。「きみの王家の親戚が、部屋を無料で貸してくれるんじゃないかい？」

「無理よ。頼むわけにはいかない。わたしはもう王家の人間じゃないんですもの」

わたしたちはイートン・スクエアに向かった。角を曲がったときには、わたしはすっかり落ちこんでいた。ラノクハウスやイートン・スクエアのような家を期待していたわけではないけれど、あれほど惨めなところは想像もしていなかった。イートン・スクエアがこれほど素晴らしく見えたことはない。花をつけた低木があり、中央には背の高い木々が木陰を作っている庭。数台の流線形の黒い自動車とそのかたわらに立つ運転手。ゾゾにはこんな顔を見せるまいと決めて、わたしは涙をこらえた。

「きっと明日はいいことがあるさ」ダーシーはわたしの顔に気づいた。「元気を出して。これが世界の終わりというわけじゃないんだから」

「でも、どれも本当にひどかったわ、ダーシー」わたしの声は震えていた。「ここのような家に住めるとは思っていなかった。でも少なくとも、清潔で明るくて、そして……幸せに暮らせるって……」きまりの悪いことに、涙が頬を伝った。

ダーシーは笑みを浮かべ、その涙をぬぐった。「心配いらないよ。なにか見つかるから。約束する。なにも路上生活をするわけじゃない。アイルランドにお城があるんだから。一生、薄汚れた裏通りで暮らさなきゃならない多くの人たちに比べたら、ずっとましなんだよ」

「わかっているわ。ばかみたいよね。でも……」

「結婚というのは、感情的になるものだよ」ダーシーはわたしを抱き寄せた。イートン・スクエアの真ん中で。「きみとぼくは素晴らしい人生を一緒に生きていくんだ。たとえそれが、靴箱のなかだとしても。そうだろう？」

「ええ」わたしはまたこみあげてきた涙をこらえた。

ダーシーはわたしの鼻の頭にキスをした。「泣いているときのきみは愛らしいね」

「嘘よ。顔がまだらになるんだもの」

「きみは愛らしいよ」そして彼は本格的なキスをした。

「ダーシー、ここじゃだめ！ 人になんて思われるか」わたしは声をあげ、かろうじて彼から顔を離した。

「愛し合っている若い恋人たちだと思われるだけさ。ほら、あそこにいる子守を見てごらん？ 笑っているだろう？ さあ、帰ろう。今日のぞっとするような話を聞かせて、ゾゾを笑わせてやろうじゃないか！」

ダーシーはわたしの手を取ると、すたすたと歩き始めた。

わたしたちが入ってきた音が聞こえたのか、ゾゾが応接室から叫んだ。

「あなたたちなの？ 紅茶が用意できたところよ。こっちに来て、話を聞かせてちょうだい。そうそう、あなたに手紙がきているわよ、ジョージー」

わたしは廊下のテーブルの上のお盆に置かれていた封筒を手に取った。外国の切手がたくさん貼ってある。イタリアのものでもドイツのものでもない。好奇心にかられ、さっそく封を切った。見たことのない筆跡だったので、最後のページをめくって署名を確かめた。

愛情あふれるきみのゴッドファーザー、ヒューバート・アンストルーサー

「サー・ヒューバートからよ」わたしはダーシーに向かって叫んだ。「わたしたちの結婚の話を聞いて、お祝いの手紙をくれたのね」

聞いたこともないチリのどこかの町から送られていた。わたしは手紙を読み始めた。

愛しのジョージアナ

おめでとうと言わせておくれ。だれかがロンドンから持ってきた〈タイムズ〉紙で、きみが婚約したことを知った。本当におめでとう。オマーラの父親とはオックスフォードで一緒だった。ボートが得意な男だったよ。わたしはいまチリにいて、未登頂のいくつかの山を征服しようとしているところなので、残念ながらきみの結婚式に間に合うように英国には帰れそうもない。

だが、きみに早めの結婚のお祝いがしたい。

わたしの胸は高鳴った。サー・ヒューバートは気前がいいことで知られている。

きみも承知しているとおり、きみはわたしの唯一の相続人だから、いずれアインスレーはきみのものになる。子供の頃、あそこで暮らしていたきみはとても楽しそうだった。あの幸せな日々をきみも覚えているだろうか？　あの家がずっと住む者もなく放っておかれていると思うと、心が痛むよ。あそこは、家族――きみがじきに持つことになる――が楽しく暮らすべきところだ。きみがよくしていたように、はだかになって噴水で遊ぶ幼い子供の姿が見たいものだ！

きみはすでに住む家を決めているのかもしれないし、アイルランドに落ち着くつもりなのかもしれないが、いますぐアインスレーに移る気はないだろうか？　そうすれば結婚式までにきみの好きなようにあそこを整えることができる。もちろんわたしも時々はあそこを使うだろうし、年を取るにつれその頻度も増えるのだろうが、あそこはきみの家だと思ってほしい。わたしは続き部屋――寝室と居間と書斎――がひとつあれば充分だ。

きみは市内に住むつもりだったのかもしれないが、ヘイワーズ・ヒース駅からブライトン線に乗れる。きちんと運行されているし、ロンドンまで三〇分で着く。それにもちろん、ベントレーを自由に使ってくれていい。どうだい？　使用人たちにはきみが行くことを伝えておく。わたしが戻ったときには、あそこで落ち着いて暮らしているきみをぜひ見たいものだ。

「わお」わたしはつぶやいた。本当は〝たまげたわ〟と言いたいところだったけれど、淑女たるものそんな言葉づかいをするべきではない。

「なんだったんだい？」ダーシーが訊いた。「顔が赤いよ」

わたしは手紙を彼に差し出した。「サー・ヒューバート・アンストルーサーから。わたしは彼の相続人だから、サセックスにある彼の家にいますぐ越してきてほしいっていうの。彼は滅多に帰ってこないし、あそこには家族で住むべきだって」

「素晴らしいじゃないの」ゾゾが声をあげた。「問題はすべて解決だわ」

「ちょっと待ってくれ、ジョージー」ダーシーは読んでいた手紙から顔をあげ、眉間にしわを寄せて言った。「ぼくたちにあんな大きな家を維持できると彼は考えているんだろうか？」

「そうだったわ」風船が一気にはじけた。

するとダーシーは笑いだした。「大丈夫だよ。追伸がある。〝きみが好きなように家を管理できるだけの額が、毎月、家の口座に入金されることになっている〟」

ダーシーは両手を広げて、わたしを抱きしめると、子供のようにぐるぐると振り回した。

「きみはアインスレーの女主人になるんだ」

「まるでジェーン・オースティンね」ゾゾが言った。「本当にうれしいわ」

「わたしもです。あそこはとても素敵なところなの。あそこで暮らしていたときは本当に幸せだった。あなたに早く見せたくてたまらないわ、ダーシー。最高の執事と家政婦がいるのよ。それに料理人は、ケーキを作るときにわたしにスプーンをなめさせてくれたの」

ダーシーは興奮に紅潮した顔でわたしを見つめた。「こっちですることを終えたら、すぐに行こう」

「寂しくなるわ」ゾゾが言った。「もちろん、いつでもここに帰ってきてくれていいのよ。でもわたしもアイルランドに戻りたくなったわ。競走馬たちに会いたくなった」

ダーシーは眉を吊りあげ、わたしはにっこりと微笑んだ。

手紙を畳もうとしたところで、わたしはもうひとつの追伸に気づいた。

実を言うと、あの家にしっかり目を光らせておいてくれるとうれしいと思っている。アインスレーにはどうも問題があるようだ。

イートン・スクエアでの最後の数日

六月二二日と二三日

とてもわくわくしている。自分の家の女主人になるなんて！　想像できる？　それも電車にちょっと乗ればおじいちゃんに会える——いまのは取り消し——おじいちゃんがわたしに会いに来られるくらいロンドンに近いところに。ミセス・ハギンズがおじいちゃんの家を牛耳るなんて、とても我慢できるとは思えない。彼女をおばあちゃんとかばあちゃんと呼べですって？　とんでもない！

アインスレーに行くまでに、しなくてはいけないことが山ほどあった。リストを作ってみた。ベリンダとウェディングドレスの相談をする。母と会って買い物の予定を決める。披露パーティーについてフィグと相談する。教会に行って、結婚式の詳細を決める。日曜日の朝、わたしはダーシーと一緒にメイフェアのファーム・ストリートにある教会の礼拝に出た。ほかのカトリック教会と同じような陰鬱な場所だろうと思っていたけれど、この教会は華やかだった。予想していたよりも広くて、美しい大きな祭壇があって飾りつけがされていた。礼拝のあと、わたしたちは司祭館に招かれてコーヒーを飲んだ。司祭さまは機知に富んだ魅力的な人で、両陛下がわたしの式を執り行わせようとした教会の司祭さまのように、威圧的なところは少しもなかった。

「わたしが説教をすれば、おふたりを改宗させることもできるかもしれませんね」司祭さまはそう言っていたずらっぽく笑った。

場所と日取りが決まったことで、わたしは安心して教会をあとにした。それからハイドパークに行き、ダーシーと木陰のベンチに座って招待客の相談をした。わたしの招待客リストは、王家の方々とヨーロッパの王族を除けば、わずかなものだった。ダーシーに大勢友人がいることはわかっていた。そのうちの多くが女性であることも。わたしたちは五〇人まで人数を絞った(王家の方々とヨーロッパの王族は別として)。

「本当は、王家の親戚は招待したくないんだよね?」ダーシーが訊いた。

「したくないわ。でも、王妃陛下は招待するべきだって考えておられるの。大伯母さまたちは呼ばなきゃいけないでしょうね――ケンジントン宮殿に住んでいる、まだ存命のヴィクトリア女王の娘さんたちよ。わたしによくしてくださったのよ。あとは近い血縁者や、ブルガリアのニコラス王子と奥さまも。おふたりの結婚式に呼ばれたもの」

「そうだったね。ニコラスにはぜひ来てもらいたいね。それに彼の弟も」

「ベリンダが彼に興味を抱いたことがあったわ。またなにか始まったりしたら嫌だから……」

「わかった。弟はなしだ。ルーマニアのジークフリートは呼びたくないんだろう?」ダーシーはわたしの顔を見ながら笑った。

「絶対にいや」わたしはきっぱりと宣言した。

「あとは若いほうのニコラスとマリア、そしてウィンザー公夫妻。これだけ王家の人を招待すれば充分だ」

「デイヴィッド王子はどうすればいいかしら」わたしは考えこんだ。「彼のことは好きだし、よく顔を合わせてもいるけれど、きっと彼女を連れてくるでしょうし、そうしたら両陛下がものすごく怒るわ」

「それなら、おふたりだけにすればいい」

「でも王女たちはブライズメイドになりたがっているのよ。だからヨーク公夫妻を呼ばなきゃいけない。ケント公の結婚式ではわたしがブライズメイドになったから、あの人たちも招待しなきゃいけないわ。デイヴィッドだけ呼ばなければ、気を悪くするでしょうね」わたしはダーシーの顔を見た。「ああ、なんて複雑なのかしら。駆け落ちできればどんなによかったか」

ダーシーは両手でわたしの顔を包んだ。「きみが望む人を招待すればいいんだよ。きみのための日なんだ。きみが楽しんでくれればそれでいい」

子守が乳母車を押し、子供たちが駆けていくハイド・パークの真ん中で、彼はわたしにキスをした。今度は、わたしも彼を止めなかった。ダーシーがいてわたしがいる。大事なのはそれだけだ。

月曜日の朝、ダーシーは仕事があったので、わたしはベリンダに会いに出かけた。

わたしがロンドンを出ていくと聞いて、ベリンダはひどく怒った。

「仮縫いはどうするの？　わたしのデザインもまだ見てもらっていないし、生地だって一緒に選ばなきゃいけないのに」

「わたしがロンドンに来るわよ、ベリンダ。なにもアフリカの奥地に行くわけじゃないんだから。あなたが来てくれたっていいのよ。仮縫いをして、庭でお茶を飲んで、テニスをして、楽しく過ごしましょうよ」

「あら、楽しそうね」ベリンダは笑顔になった。「問題が解決したみたいでよかったわ、ジョージー。わたしたちふたりともね。王女たちのためにわたしがデザインしたドレスのサンプルを見てちょうだい」

そのドレスはとてもかわいらしくて、文句のつけようがないものだった。パフスリーブのシンプルなデザインは、幼いふたりの王女にまさにふさわしい。

「素敵」わたしは言った。「あの子たち、きっと気に入るわ。仮縫いをどうすればいいか、訊いておくわね。これを見たら、ロンドン中の母親が娘にあなたのドレスを着せたがるわよ」

「そうなるといいわね。でも祖母の遺産があるから、もうそれほど心配しなくても大丈夫なの。この馬小屋コテージは気に入っているから手放さないけれど、ボンド・ストリートにお店を借りるつもりなの。秋のコレクションも発表する予定よ。あなたもモデルになってくれる気はある？」

「まさか」わたしは答えた。「一度、あなたのモデルをしたことを忘れたの？　大惨事だったわ。二度とごめんよ」

ベリンダは笑った。「そうだったわね、忘れていたわ。シンプソン夫人もいたわよね？」

その後、ウェディングドレスのデザイン画を見せてもらい、細かいところの相談をした。最初の排水管のようなデザインよりずっといいと思ったけれど、口には出さなかった。きっと素敵なドレスになる。きっとわたしは素敵に見える。わたしはばかみたいににやにや笑いながらベリンダの家を出ると、母のところに向かった。気温がぐんぐんあがっていて、わたしは額に浮かんだ玉のような汗を拭いた。レディは汗などかかないものなのに！　母はクラリッジズの食堂で、大ぶりのドーバーソールを食べているところだった。一緒に食べましょうと言われたので、同じものを注文した。わたしがロンドンを出ていくと言うと、母も不機嫌そうな顔をした。

「女同士、楽しいことがたくさんできると思っていたのに。式のあと、新婚旅行に着ていく服がまだ見つからないのよ。どこを探してもないの。パリでもここでも。普通の主婦みたいに、そのへんのお店で買うしかないのかしら」

「お母さまは、ハロッズやバーカーズのようなお店で買い物ができなかった時代のことを見事に忘れてしまったのね。ああいうところは、もうお母さまにはふさわしくないというわけね」

「ほかの人と同じに見られるのは嫌よ」母は一本の乱れもない巻き髪に触れながら言った。

「銀行の支店長の妻と同じ服だったりしたら、わたしは自殺するわ」

ぱっとひらめいたことがあった。「ベリンダがデザインしてくれるかもしれないわ。また自分のお店を始めるんですって。彼女の服はとても斬新よ」

「あら、いい考えね。彼女に会わせてちょうだい。でも、あなたとはいつ買い物に行けばいいの？」

「今日なら、空いているけれど」わたしは言った。

「あら、今日はだめよ、ダーリン。マッサージに行かなきゃいけないの。そのあとはとっても疲れるんですもの。ものすごく大きくてたくましい若い男性が、パン生地をこねるみたいにわたしの全身の筋肉をもみほぐしてくれるのよ」母はうれしそうに体を震わせた。

「それじゃあ、明日は？　わたしはできるだけ早くアインスレーに行きたいの。ダーシーにあそこを見せたいんですもの」

「明日？　明日も忙しいわ。マイル・エンド・ロードの靴職人に会うことになっているのよ。

イタリアから亡命してきた人なんだけれど、それはそれは素晴らしい靴を作るのよ。手袋みたいに柔らかいんだから。そのあとは下着を作ってくれる中国人女性のところに行くの。パンティーは何枚あっても多すぎることはないでしょう？　少なくともわたしはそうよ。マックスは、情熱にかられるとすぐに破いてしまうんですもの」母はわたしの顔を見た。「ダーシーもきっとそうでしょうね」

「えーと……どうかしら」

「マックスはとても情熱的なのよ」母はクリームをもらった猫のような笑みを浮かべた。「とにかく、マダム・チョウは最高級のシルクを持って上海から来てくれたの。これまでもたくさん買っているから、もっと下着が必要になると彼女が作ってくれるのよ。あなたも作るといいわ。とても薄くて、まるで蜘蛛(くも)の糸を着ているみたいなのよ」

母のような人たちはデパートで既製品を買ったりはしないらしいということがわかった。母と別れたあとは、残りの課題に立ち向かう覚悟を決めなくてはならなかった。フィグとおじいちゃん。おじいちゃんに会いにいくだけの元気がわたしにあるだろうか？　町はうだるように暑かったし、汗まみれの人たちでいっぱいのエセックス行きの混雑した地下鉄とその先で待っているミセス・ハギンズのことを考えると、とても耐えられるとは思えなかった。

新しい住所を記した手紙を書いて、落ち着いたら遊びに来てほしいとおじいちゃんに言おうか？　ミセス・ハギンズも一緒に、とは書かないでおけばいい。だがそれでもまだ、フィグが残っていた。披露パーティーのことを相談するのに、彼女にはどうしても会わなくてはいけなかった。ダーシーも一緒に来たがったのだが、激怒するフィグに彼を会わせたくはなかった。

まずは彼女に立ち向かおうと決めた。不安を覚えながら、ラノクハウスのドアをノックした。迎えてくれたのは、老いた執事のハミルトンだった。わたしを見ると、彼の顔に笑みが浮かんだ。「これはこれは、レディ・ジョージアナ。お会いできてうれしいです。結婚式はどうなるのかと、ちょうどお嬢さまの話をしていたところです」

「よかったわ、ありがとう、ハミルトン。義姉(あね)はいるかしら？」

「おふたりともいらっしゃいます、お嬢さま。旦那さまは手術のあとの療養中で、応接室におられます」この家のことならよくわかっていたが、ハミルトンはわたしを応接室まで案内した。「レディ・ジョージアナがいらっしゃいました」彼はそう告げると、一歩さがってわたしを通した。

片方の足を包帯でぐるぐる巻きにされたビンキーがソファに座っていた。フィグは座り心地の悪そうな椅子の端に腰かけて、〈タトラー〉誌を読んでいた。彼女が顔をあげて言った。「あら、あなただったのね、ジョージー。あなたの結婚式について、ビンキーと話をしていたところよ」

ビンキーが顔を輝かせた。「ジョージー！　おまえに会えるなんて、こんなにうれしいことはないよ」

わたしは彼に近づき、額にキスをした。「こんにちは、ビンキー。具合はいかが？」

「おまえに会えて、ますます元気になったよ。見てのとおり、少しばかり不自由だがね」

「大きな包帯ね。足の指を何本か取ったの？」

「爪を少しばかり切っただけなんだが、かなり痛むよ」ビンキーが言った。「さあ、座って。なにか飲むかい？　ジン・トニック？」

「紅茶をいただきたいわ」わたしは答えた。「仮縫いと母との買い物のスケジュールを立てるのに、走り回っていたのよ。とても疲れたし、外はとんでもなく暑いんですもの」

「まったくね。本当に不快だわ。どうしてみんなが夏のロンドンを逃げだすのか、すっかり忘れていたわ」フィグが言った。「家に帰れるように、さっさと治してちょうだいってビンキーに言っているのよ。それとも、せめてチェシャーにあるわたしの姉の家に行きましょうって」

「家でおとなしくしていろと、やぶ医者に言われたんだよ。感染のおそれがあるからと」ビンキーはフィグに向かって言った。「とにかく、ジョージーの紅茶を持ってこさせてくれ、フィグ。呼び紐はきみのそばにある」

わたしは感動した。ビンキーはついに妻に立ち向かうようになったの？　もしそうだとしたら、奇跡だ。フィグはビンキーをちらりと見ながら、身を乗り出して呼び紐を引いた。ビンキーがあとで仕返しされたりしないといいのだけれど。ミセス・マクファーソンのおいしいケーキと共に、すぐに紅茶が運ばれてきた。「お嬢さまには必ず好物のケーキを召しあがっていただくようにと、料理人が申しておりました」ハミルトンがトレイを置きながら言った。

「執事に紅茶を運ばせなきゃいけなくて、ごめんなさいね」ハミルトンがいなくなるのを待って、フィグが言った。「最小限の使用人しか連れてきていないのよ。使用人と言えば――あなたの結婚式のことだけれど、日取りと場所は決まったのかしら？ここで披露パーティーをするのなら、全員をスコットランドから連れてこなくてはいけないわ」

「ええ、今朝決めたわ」わたしは答えた。「七月二七日。午後二時。ファーム・ストリートの無原罪懐胎教会で」

「招待状にそう書くの？」フィグはどこかが痛いみたいに、顔をしかめている。

「ええ、そうよ。どうして？」

「とても妙に聞こえるし、いかにもカトリックっぽいんですもの。セント・メアリー大聖堂とかセント・ミカエル大聖堂じゃだめなの？」

「ラノクハウスから遠すぎるわ」

「お香をたいたりするんだろうな」ビンキーは不安そうだ。「わたしがおまえをダーシーに引き渡すとき、ラテン語でなにか言わなきゃいけないんだろうか？」

わたしは笑った。「ごく当たり前の結婚式と同じよ。大丈夫」

「ふう。それを聞いて安心したよ。ずっとそれが心配だったんだ。学生時代、ラテン語は落第したからね」

「ほとんど落第したんじゃなかったかしら」フィグが言った。

「ふむ、まあ、そうだ。わたしは優等生ではなかったからね。学校は大嫌いだったよ。ひどくいじめられた。ポッジはあんな学校には絶対に行かせない」

「行かせたくても、それだけの費用が出せないと思うわ」フィグが言った。

「子供たちもここにいるの？」わたしはいつにも増して、姪と甥に会いたくなった。

「まさか」フィグはいささか強すぎる口調で否定したが、すぐに言い添えた。「決まった日課を崩すのはよくないと子守が言うのよ。特にアデレイドはトイレ・トレーニングにてこずっているから。もう一歳を過ぎているのに、まだ失敗するのよ。わざとしているんじゃないかと思うの。あの子は手に負えなくなりそうね」

「結婚式にはあの子たちを連れてきてくれるでしょう？」わたしは尋ねた。「ポッジにページボーイになってほしいの」

「きっと喜ぶよ」ビンキーが言った。「あの子はおまえが大好きだからね。わたしたちみながそうだ。おまえに会えなくて寂しかったんだよ。そうだろう、フィグ？」

「え？」フィグは驚いて訊き返した。

「ここ最近ジョージーにあまり会っていなかったから、寂しかったと言ったんだ」

「彼女には彼女の人生があるのよ、ビンキー」フィグは質問をはぐらかすように言った。

「せめて結婚式まで、しばらくスコットランドに来るつもりはないか？　実家で過ごす最後のチャンスじゃないか」

「ありがとう、ビンキー。でも、新しい家を調えなくてはいけないから、忙しくなると思うの」

「結婚する前に家を移るの？」フィグはショックを受けたようだ。「まさかあのオマーラと一緒じゃないでしょうね。噂になるわ」

「いいえ、ダーシーは結婚式までロンドンに残るわ」

「どこに移るの？　アイルランドのお城に住むわけじゃないんでしょう？」

「時々は行くと思うわ。でも、サー・ヒューバート・アンストルーサーがサセックスにある彼の家を使わせてくれることになったの」

「サー・ヒューバート？」フィグがけげんそうな顔をした。「あなたのお母さんの恋人のひとりじゃなかった？」

「母は彼と結婚していたのよ、フィグ。彼はわたしのことをとてもかわいがってくれたの。養女にしたがったくらい。彼から手紙がきて、アインスレーで結婚生活を始めればいいって言ってくれたの。彼はほとんどあそこにはいないし、あの家で楽しく過ごしてほしいって」

「家賃はなしで？」

「わたしは彼の相続人なの。いずれあそこはわたしのものになるし、彼の言うとおり、使用人もちゃんといるのにだれも住んでいないのはもったいないわ」

「大きい家なのかい？」ビンキーが訊いた。「わたしは一度も行ったことがないな」

「素敵なところよ、ビンキー。チューダー様式、美しい庭園、前庭には噴水があるの。結婚したら、ぜひ遊びに来てちょうだいね」

「それはいいね。ぜひ行かせてもらうよ、そうだろう、フィグ？」

フィグはぱちぱちとまばたきをしている。知りたくないことを頭から追い出そうとするときの彼女の癖だ。それを見て、立ちあがって踊りたくなったことを告白しておく。

六月二四日月曜日から　二六日水曜日
サセックス州アックフィールド近くにあるアインスレーに向かう。

アインスレーの女主人になるべく出発する。いまだに信じられない！　もちろん、不安はある。だって、大勢の使用人がいる大きな家を管理していくのだから……わお。でもすべてが問題なくまわるように、執事のロジャースと家政婦がきっとなんとかしてくれるはず。それにダーシーは、人の上に立つ人間のように見えるもの。

大忙しの二日が過ぎた。母と服を買った。ラノクハウスの料理人とメニューを考え、見栄えのいいウェディングケーキが作れるかどうかを相談した。ゾゾは、自分の馬が走っているところを見るために、また飛行機でアイルランドまで行ってくると言った。ダーシーのお父さまに会いたくなったのだろうかとわたしは考えた。そうだといいのだけれど。

出発の準備はできたと言いたいところだったけれど、あとひとつするべきことが残っていた。わたしは大きく深呼吸をすると、ディストリクト線に乗り、祖父に会うためにアップミンスター・ブリッジへと向かった。祖父はいささか疲れて弱っている様子だったけれど、ミセス・ハギンズはずいぶんと態度が大きかった。

「それじゃあ、結婚式の日取りが決まったんだね？」彼女が訊いた。親戚になることが決まったので、わたしを〝お嬢さま〟と呼ぶのはやめたらしい。

「ええ、そうなの。今日、招待状を送ったわ。ここにも届くはずよ」

「あんたの居所がわからなかったんで、こっちからは招待状を送らなかったんだよ。アルバート、一通取ってきて。前の部屋の食卓に置いてあるから」

祖父は立ちあがって、部屋を出て行った。

「ちょっと調子が悪いみたいなんだよ」彼女が小声で言った。「新婚旅行でクラクトンに行って一週間過ごせば、きっとよくなると思うんだけれどね。海は空気が新鮮だからね。それにあたしがしっかり食べさせるから。あの人ときたら、骨と皮ばかりで――」祖父が戻ってきて招待状をわたしに差し出したので、ミセス・ハギンズは口をつぐんだ。

「おまえが来てくれるとうれしいんだがね」祖父が言った。

「なにがあっても行くわ」わたしが答えると、祖父が満面に笑みを浮かべた。

「それで、あんたの結婚式だけれど」ミセス・ハギンズが切りだした。「ジュエルのことを考えていたんだよ。息子のスタンの娘で一一歳になるんだ。ブライズメイドにはうってつけの年じゃないか。あんたはブライズメイドをつけるつもりだろうしね。あたしたちのときに、クイーニーと一緒にやってもらうとは言ってあるんだけれど、あんたたちみたいな上流階級の結婚式でブライズメイドになれたら、あの子は大喜びするよ」

わたしはぞっとした表情を浮かべまいとした。ブライズメイドにふたりの王女とジュエル？　写真で見たかぎり、クイーニーを小さくしたみたいなずんぐりした少女だった。どう言えば、角を立てずに断れるだろう？　わたしはくわしいことが決まったら連絡すると言って、祖父の家をあとにした。ミセス・ハギンズは、ジュエルのドレスにぴったりのピンクのサテンの生地をマーケットで見つけたと言った。きっと素敵なドレスになるよ。それにあんたは王家の人間も同然だから、小さな王冠も作ろうかね。わたしは言葉もなく、弱々しく微笑んだだけだった。

水曜日の朝、わたしはサセックスに向かう列車に乗った。ヴィクトリア駅を出たときにはあまりに胸が高鳴っていたので、同じ客車に乗っている人たちにわたしの心臓の鼓動が聞こえているに違いないと思うくらいだった。唯一残念だったのは、ダーシーが一緒ではないことだ。前夜、電話がかかってきたと言って、難しい顔でわたしのところにやってきたのだ。

「なにか問題が発生したようで、呼ばれてしまったんだ。すまないが、明日は一緒に行けなくなった。それどころか、いつ戻ってこられるか……」

「結婚式には間に合うといいんだけれど」わたしは怒りを冗談にしてしまおうとした。

「もちろん結婚式までには帰ってくるさ。それだけははっきり言ってある」

「なにがあったの？　また競走馬を持っているどこかの女性？」わたしはまだ懸命に怒りを押し殺そうとしていた。

「いや、もっと深刻なんだ、残念ながら。これ以上は話せないが、あまりいい状況じゃない」

それを聞いて、もちろんわたしは心配になった。「気をつけてね。できれば手紙をちょうだい。〝無事だ〟って書いた絵ハガキ一枚でいいから」

ダーシーはわたしを抱きしめた。「きみが嫌な思いをしているのはわかっている。でも依頼された仕事を断ると……」

「わかっているわ」わたしはため息をついて、彼を見あげた。「ただ、あなたがどこかに行っているあいだ、心配なのよ」

「気をつけるよ、約束する。きみも無理しないように。ぼくたちの新しい家を好きなように調えるのはきっと楽しいだろうね。ぼくが戻ってくるまでに、完璧にしておいてほしいな」

「そうするわ」

ダーシーはわたしにキスをした。欲望といらだちでいっぱいのキスだった。そして翌朝早く、ダーシーは臨港列車でどこだかわからないところに向けて出発した。その一方で、わたしが乗った列車は慎ましくロンドンをあとにした。じきに緑豊かなサリー州に入り、田舎に来るといつもそうなるようにわたしの気分はぐっと高まった。ゴトンゴトンという列車が揺れる音に合わせて、アインスレーの女主人、アインスレーの女主人とわたしは心のなかでつぶやいていた。

ヘイワーズ・ヒース駅で降りた。ここからアインスレーまでは八キロほどだ。持っているのは小さなスーツケースがひとつだけだった。ゾゾのメイドが数日のうちに、残りの荷物を送ってくれることになっている。駅には年代物のタクシーが一台止まっていた。

「アインスレー?」運転手が訊き返した。「あそこにはいまだれも住んでいませんよ。サー・ヒューバートはまた旅に出てますからね」

「わたしがあそこに住むことになったんです。わたしはサー・ヒューバートの相続人で、あそこはわたしの家になるんです」

「それはそれは。幸運を祈りますよ、お嬢さん」

〝お嬢さん〟ではなく、〝お嬢さま〟だと言おうかと思ったが、やめておいた。

すぐに噂が広がるだろう。車は、枝を広げたオークの木とトチノキの影になっている道を進んでいく。青々とした野原の横を走ると、牛たちが顔をあげた。白漆喰(しろしっくい)塗りのコテージが並ぶ小さな村を通り過ぎた。一五分後、大理石の球に前足をのせたライオンの像が立つ二本の高い石の門柱のあいだを抜けると、セイヨウカジカエデの木が影を作るまっすぐな私道の突き当たりに屋敷が見えてきた。チューダー様式の建物の赤いレンガが、日光を受けて輝いているように見える。建物はEの字の形をしていて、両翼にはさまれる形で前庭があり、中央には噴水が造られていた。大好きだった噴水が見えないかとわたしはタクシーの窓から外を眺めたが、なにも見えなかった。

前庭に入ると、タイヤの下で砂利がぎしぎしと音を立てた。ようやく石でできた噴水の台座が見えたが、水は出ていなかった。当然だ。わたしったら、なんてばかだったんだろう。家の主がいないのだから、噴水を動かす必要はない。すぐに水を出すことにしようとわたしは決めた。タクシーの運転手に料金を払い、大きく息を吸ってからスーツケースを手に取ると、玄関へと続く幅広の階段をのぼり始めた。そのときになって、自分でカバンを持ち、メイドも連れていないようでは、あまりいい印象は与えられないだろうと気づいた。

けれど、どうでもいいことだ。だれに見せるわけでもない。

呼び鈴を鳴らし、長いあいだ待った。どうしてだれも出てこないのか、家の裏手にある使用人用の入り口まで様子を見に行こうかと思ったちょうどそのとき、ドアが開いた。顔がのぞいた。丸々した顔に黒い髪を真ん中から分けた四〇がらみの男だった。

「ずいぶんと厚かましいな」彼の言葉にはわずかにコックニーなまりが残っていた。「正面玄関で呼び鈴を鳴らすとはね。どうすればいいのかくらい、わかっているだろうに」

「なんですって?」わたしは言った。「あなたは?」

「プランケット」

かなりの早口だったので、よく聞き取れなかった。「なんですって?」

「プランケットだ。あんたはメイドに応募してきたんだろう?」

極度のいらだちを覚えると、わたしは曾祖母のヴィクトリア女王のような口調になる。

「わたしはもちろん新しいメイドなどではありません。わたしはレディ・ジョージアナ・ラノク。わたしが来ることはわかっていたはずです」

「あんたが来るのがわかっていた？」彼はわたしを入れまいとしているのか、ドアロに立ちふさがったままだ。「だれも来やしないさ。ここの主人はいま留守なんだ」

「もちろん知っていますとも。さあ、そこをどいてちょうだい。そうすれば、なかに入れるわ」

「だが客を迎える用意はできていない」彼が渋々脇に寄ったので、わたしは玄関ホールに入った。「なにも聞いては――」

「サー・ヒューバートから聞いていないの？　わたしが来ることを？」

「聞いていないね、お嬢さん」

今回は聞き流すわけにはいかない。「わたしは〝お嬢さん〟ではないわ。〝お嬢さま〟か〝奥さま〟と呼ぶべきだということは、あなたもわかっているはずだけれど」わたしは彼と向き合った。ありがたいことに、わたしとほぼ同じ背丈だ。「はっきりさせておいたほうがよさそうね。わたしはレディ・ジョージアナ。サー・ヒューバートの相続人で、ここで暮らすようにと彼に言われてきたの。近々行われる結婚式の準備をして、ここを夫とわたしの住まいとして調えるために」

プランケットはぎょっとしたようだ。「ここで暮らす？　いつから？」

「たったいまからよ。ほかの荷物は二、三日中に届くわ。わたしの好みに合わせて調えたいから、とりあえず家のなかを案内してちょうだい」

彼の顔が引きつった。「なにも準備はできていません、お嬢さま。サー・ヒューバートが留守のあいだ、最小限の使用人しかいないんです」

「あなたはここの従僕ね。わたしが来たことをミスター・ロジャースに伝えてちょうだい。そうすれば彼がなにもかもきちんと手配してくれるわ」

「ミスター・ロジャースはもうここの執事ではありません。彼はやめて、その代わりとして自分が雇われたんです」

「あなたが執事なの？」

「はい、そうです」得意満面といった表情だった。その顔に浮かんだにやにや笑いは〝なにか文句はありますか？〟と言っている。

「ミセス・ホルブルックはどうなの？　彼女もここの家政婦ではなくなったの？」

「彼女もやめました。もう家政婦は雇っていません。サー・ヒューバートがいないので」

わたしはため息をついた。「それなら、だれかを雇わなければいけないわね。家を案内してもらったあとで全員と会うからと、使用人たちに伝えてちょうだい。そうそう、わたしのメイドを探してほしいの。ここの村にメイドにふさわしい子がいるはずよ。わたしのメイドは、アイルランドにある婚約者の親戚の家に置いてきたの」

「どうして自分たちはなにも聞かされていないんですかね？」プランケットの口調に、さっきまでの喧嘩腰の響きが戻ってきた。

サー・ヒューバートはわたしの返事を受け取ってから、使用人に伝えるつもりだったのかもしれないと気づいた。けれどプランケットには教える必要のないことだ。

「サー・ヒューバートの手紙は、南米から来る途中で行方不明になってしまったのかもしれないわね」わたしはヴィクトリア女王の口調を保ったまま言った。自分が誇らしかったけれど、実を言えばスカートの下で膝はがくがくと震えていた。

「あなたが本当に自分で言っているとおりの人間で、ここで暮らすことをサー・ヒューバートが望んでいるって、どうすれば自分にわかるんですかね？」

「わたしの言葉を疑っているの？」

「雇い主のために用心深くしているだけです。サー・ヒューバートが認めていないことは、したくありませんから」

「いいでしょう。不本意だけれど、あなたの雇い主からの手紙を見せるわ。でも言っておくけれど、今後も態度が改まらなければ、あなたは早急に別の仕事を探すことになるかもしれないわよ」

わたしはハンドバッグを開けて、手紙を取り出した。手紙を読むプランケットの顔が、再び引きつった。「申し訳ありません、お嬢さま」彼は手紙をわたしに返しながら言った。「ですがわかっていただきたいのは、主人が留守なことを知って、ただでここで暮らそうとする人間がいるかもしれないっていうことです」

「そうそうあるようなことじゃないと思うけれど。違うかしら？　とにかく、まずは家を案内してもらえるかしら？」

「その前に、お嬢さまが会いたがっていることをほかの使用人たちに伝えておいたほうがいいんじゃないでしょうか？」

「あら、そうね。それから、昼食は一時にしてほしいと料理人に言っておいてちょうだい。わたしが来ることを知らなかったのだから、今日は簡単なものしかできないことはわかっているから」

「承知しました、お嬢さま。伝えます」

プランケットが使用人の区画に通じるベーズ張りのドアに姿を消すと、わたしは玄関ホールを見まわした。怒鳴り声と走り回る音が聞こえた気がした。プランケットの下で、使用人たちの規律が緩んでいるのかもしれない。あわてて片付けているのだろうか。わたしはホールを横切り、右手にあるドアを開けた。あらゆるものにほこりよけのシートがかけられている。どっしりしたベルベットのカーテンは閉じられていて、部屋のなかはかび臭くて、薄暗くて、じっとりしていた。わたしは身震いした。この部屋に来たことがあったかどうか、あったとしたらどんな風だったかを思い出そうとした。束ねられたシャンデリアが、巨大な蜂の巣のように頭上にぶらさがっている。布で覆われているのは、彫像か背の高いランプだろう。あたかも幽霊がすぐ隣に立っているみたいに、わたしは落ち着かない気持ちになった。布の下になにがあるのか、確かめなければならない気がした。軽く引っ張ると布ははらりと落ちて、甲冑（かっちゅう）が現われた。わたしは濃いほこりの雲にすっぽりと包まれて咳きこんだ。

「ああ、お嬢さま」背後からほっとしたような声がした。「どこに行ったのかと思いましたよ」

　自分がほこりまみれになっていることに気づいた。紺色のジャケットにはいくつもの白い染みができていたし、顔も髪もほこりだらけだ。くしゃみをしたくなるのをこらえた。わたしがとまどっていることを彼に知らせたくはない。

「この甲冑はきれいに掃除する必要があるわね」わたしは肩のほこりをはらい、鼻に入ったほこりを吹き飛ばしながら、いたって朗らかな口調で言った。「この家がどんな風だったかを思い出そうとしていたの。以前ここに住んでいたときは、この部屋には一度も入らなかったと思うわ」

「この家に住んでいたんですか？」プランケットは驚いたようだ。

「ええ、小さな子供の頃に。当時、母がサー・ヒューバートと結婚していて、わたしは幸せな日々をここで過ごしたのよ。とても大きい家だったという記憶があるわ」

「それまでと違うところに来たとき、小さな子供はそんなふうに感じるんじゃないですかね」彼が言った。「以前はどこに住んでいたんですか？」

「スコットランドのラノク城よ。わたしの父はラノク公爵なの。祖母はヴィクトリア女王の娘よ」

　プランケットはごくりと唾を飲んだ。彼の喉仏が上下に動くのが見えて、わたしはささやかな勝利に笑いたくなるのをこらえた。

「母とサー・ヒューバートが別れたときに、実家に戻ったの」母がまたもや別の男性のもとに走ったことは言わなかった。確かそのときの相手は、モンテカルロのレーシング・ドライバーだったはずだ。「それじゃあ、案内してもらえるかしら？」すでにアインスレーの女主人らしく振る舞っている自分が誇らしかった。

「わかりました」プランケットは先に立って応接室を出ると、中央に大きな暖炉のある長広間へと進んだ。壁には絵画が飾られていたが、どれも布がかけられているせいで不気味な雰囲気を漂わせている。長広間の向こう側は広々とした食堂だった。

「ここはできるだけ早く掃除をして、使えるようにしてちょうだいね。今日のわたしの昼食は、どこか使える部屋にトレイで運んでくれればいいわ」

わたしたちは食堂から、やはりほこりよけの布をかけられたグランドピアノ――だとわたしは思った――が置かれた音楽室へと移動した。その部屋は家の裏手にあって、地所の見事な景色が見える。わたしの気分は再び高揚した。なにもかもがきちんと調ったら、ここでの暮らしはさぞ素晴らしいものになるだろう。音楽室の隣は、大きな出窓のある部屋だった。

「この部屋は覚えているわ」わたしは言った。

「モーニングルームです」プランケットが言った。「昼食はここでとることにしてはどうでしょう？」

「いい考えね」とりあえず、意見の一致を見たようだ。

そこから書斎に向かい、もうひとつの居間を通り、ゆったりした階段に向かった。プランケットが階段をのぼろうとしたので、わたしは言った。

「家の反対側は？　まだ見ていないわ」

「西棟はサー・ヒューバートが使うことになっています」

「ああ、そうだったわね。続き部屋を自分のために取っておいてほしいと手紙に書いてあったわ」

寝室と居間と書斎があればいいということだったはずだが、いまはそれ以上、追及するつもりはなかった。あとで調べる時間はたっぷりある。そういうわけで、わたしはおとなしくブランケットについて階段をあがった。家具がほとんど置かれていない部屋がいくつかあるかと思えば、ほこりよけの布をかけた様々な家具が山のように詰めこまれた部屋もあった。大きな四柱式ベッドと巨大な衣装ダンスが置かれた寝室がふたつあったが、どちらもうんざりするくらい気の滅入るような部屋だった。最後にたどり着いた家の裏手の角部屋は二方向に窓があり、隣がバスルームになっていた。ここも見覚えがあった。母が昔使っていた部屋だ。幼いわたしは、窓の下に置かれたベンチによじのぼり、芝生の向こうの公園にいる鹿を眺めたものだ。

「とりあえず、ここをわたしの寝室として使えそうね。夜までに、メイドのひとりにここを片付けさせてちょうだい。ああ、それからバスルームにはお湯が出るようにしておいてね」

「できるだけのことはします、お嬢さま。ですが、サー・ヒューバートはもう何年も留守にされていたわけですから」

「それに使用人も不足していたし」わたしは付け加えた。「それはわかっているわ。けれど、わたしが最後にここに来たときはまだロジャースが執事で、サー・ヒューバートは留守だったけれど、すべてが完璧な状態だった。サー・ヒューバートは、いつ帰ってきても家は出かけたときのままであってほしいんじゃないかしら。違う？」

「はい、お嬢さま」プランケットは不満そうにつぶやいた。

しなければならないことは山ほどある。アインスレーには問題があるとサー・ヒューバートが感じていたのも無理はないと思えた。

10

六月二六日　水曜日
アインスレー　サセックス州　ヘイワーズ・ヒース近く

アインスレーの女主人としてこの家に来たのに、思っていたのとは違っていた。きちんと運営されていないのではないかとサー・ヒューバートが心配していたとおりだ。これまでのところ、お屋敷の女主人らしく振る舞うことができた自分には満足している。けれど、いつまでそれが続くかしら！

家をひととおり——少なくともプランケットがわたしに見せてもいいと思った箇所は——見てまわったあと、わたしは使用人たちに会う前に自分で選んだ部屋に一度戻り、ジャケットのほこりを急いではらい、顔を洗った。重要な人間がお屋敷にやってきたときの礼儀作法ならよく知っている。使用人は勤続年数順に家の外に並んで出迎えるものだ。わたしが来るいことを知らないとわかっていたにもかかわらず、半分くらいはそうされることを期待していたのだと思う。いまわたしはプランケットに案内されて、使用人たちと顔合わせをするために食堂に入っていこうとしていた。主人が留守のあいだ、使用人の数が減っていることは予想していたけれど、不安そうに身じろぎしながらそこに立っているのがわずか四人であることを知って、わたしはショックを受けた。

「ここで働いている者たちです、お嬢さま」プランケットが言った。

「これで全部？」

「庭師がふたりいますが、呼んでくる時間がありませんでした」彼は先頭に立っている、真っ赤な髪をした肩幅の広い男に歩み寄った。「従僕のマクシーです」

マクシーはぺこりと会釈をしたが、わたしと目を合わそうとはしなかった。

「ごきげんいかが、マクシー？」わたしは言った。

「悪くないです、ありがとうございます」彼の言葉には明らかなアイルランドなまりがあった。

「あら、あなたはアイルランド出身なのね。どのあたり？」

「コークの近くです、奥さま」

「わたしの婚約者の家族はキルデアの近くに住んでいるのよ。キレニー卿。聞いたことはある？」

「馬ですね、奥さま。競走馬です」

「ええ、そうよ」わたしが笑いかけると、かすかな笑みが返ってきた。わたしがアイルランド人と結婚することを知って、親しみを感じてくれたのかもしれない。

「彼女はメイドのジョアニーです」鋭い顔立ちをした娘で、控えめに言ってもなにか文句を言いたそうなまなざしをわたしに向けてきた。明らかに、わたしの存在をいやがっている。わたしがいるせいで仕事が増えることがわかっているからだろう。

「メイドがひとりだけなの？　これだけの大きさの家を、彼女ひとりでどうやって？」

「ほとんどの部屋は閉め切って、家具にはほこりよけの布をかけてあります、お嬢さま」プランケットが言った。「それに、週に一度、村の女性ふたりが手伝いに来てくれています」

「わかったわ」わたしは見るからに怯えている少女に向き直った。「あなたもメイドなのかしら？」

「下働きのメイドです」プランケットが代わりに答えた。「モリーと言います。彼女もアイルランド出身です」

「モリー」わたしは笑顔でうなずき、料理人の姿を探した。

「料理人はまだ台所にいるの？」

「彼が料理人です」プランケットが答えた。「フェルナンド。スペインから来ています」

フェルナンドはきらきら光る黒い目の持ち主で、黒い髪をうしろに撫でつけていた。わたしを見つめる目が輝いている。「奥さまはスペイン料理、好きですか？　おれ、おいしいスペイン料理、作ります」

「わからないわ。スペインに行ったことはないの」わたしは言った。「あなたがおいしいイギリス料理も作れるといいのだけれど」

「イギリス人は――おいしい料理、知りません」彼は頭を振った。「ニンニクだめとフェルナンドに言います。スパイスだめと」

「ええ、そうでしょうね。わたしもニンニクやスパイスはあまり好きじゃないわ。落ち着いたら、一緒にメニューを考えましょう。わたしが好きなものを教えるから、どのお料理なら作れるのか、どれを覚えなくてはいけないのかを教えてちょうだい。ちゃんと手をかけたイギリス料理よ、フェルナンド」

「はい、わかりました」彼が小さく肩をすくめた気がした。

わたしはひとつ深呼吸をすると、全員に向かって言った。

「プランケットから聞いているでしょうけれど、わたしはレディ・ジョージアナ・ラノク。これからここで暮らすことになったの。サー・ヒューバートが相続人であるわたしに、結婚後はここに住むようにと言ってくれたのよ。今回は、この家をわたしの好みにしつらえて、新婚旅行から帰ってきたらすぐに生活を始められるようにするために来たの」

「それはいつごろになりそうですか？」プランケットが尋ねた。

「結婚式は七月二七日よ。そのあと新婚旅行に行くことになるわ。でも、七月の初めには母の結婚式でドイツに行くことになっているから、ここを整えるための時間はあまりないの」

「サー・ヒューバートはお嬢さまの結婚式に来られるんでしょうか？」

「残念ながら来ていただけないの。いま彼は南米にいて、ブエノスアイレスまではとても時間がかかるんですって。結婚式までにイギリスに到着する船には乗れそうにないそうよ」

プランケットの顔にほっとした表情が浮かんだように見えたのは気のせい？

「おおせのとおりに、お嬢さま」プランケットの口調はさっきよりも自信に満ちていた。

「この家は長いあいだ閉め切っていました。二、三日ロンドンにお戻りになっていてはどうでしょう？　掃除を終えて、準備ができたらご連絡しますので」

いい考えだと思ったことは否めない。ぐらりと心が揺れたけれど、すごすごと逃げ帰るつもりはなかったし、できあがったものをそのまま受け入れるのも嫌だった。

「その必要はないわ、プランケット。わたしは掃除や部屋のしつらえを自分で指示したいの。それに長い目で見れば、家具を二度も移動させる必要がないほうがあなたたちも楽でしょう？」

「おおせのとおりに」プランケットは抑揚のない声で答えた。「ほこりまみれになるのは、あまり気持ちのいいものではないだろうと思っただけですから」

「我慢するわ」わたしは言った。「ああ、掃除を始める前に、噴水をまた動かしてほしいの。庭師に伝えてちょうだい」

「いまは動かないと思います。水道管かなにかが壊れているようで」

「それなら修理して」わたしは愛想よく告げた。「まずは、モーニングルームとこの食堂とわたしの寝室を使えるようにしてちょうだい」彼らの顔に明らかな敵意が浮かんだのを見て、わたしは我慢できずに言い添えた。「それが終わったら、昼食はこの食堂でいただくわ。用意をお願いね」

わたしは優雅な笑みを浮かべて言った。「以上よ」

彼らに背を向けて部屋を出た。満足感に頬が緩んでいる。ほらね、わたしだってその気になれば、お屋敷の女主人になれるのよ。フェルナンドの料理の腕はさだかではなかったし、ジョアニーのことも好きにはなれなかったが、早まった決定をする前にどちらにもチャンスは与えるべきだろう。ことによるとサー・ヒューバートはスペイン料理が好きで、彼が自分でフェルナンドを雇ったのかもしれないのだから。

昼食の準備ができるのを待つあいだ、わたしは前庭に行って噴水を調べてみた。かなり前から使われていなかったようで、底には木の葉やごみがたまっていた。必ずもう一度動かそうと決めた。さらに庭の奥へと足を進めた。芝生は刈ってあるものの、花壇は雑草を抜く必要があったし、きれいに刈りこんであった木々は伸び放題になっている。庭師の数が足りないのは明らかだ。家計用の口座を見て、さらに使用人を雇うだけの予算がどれくらいあるのかを確かめる必要があると気づいた。当時はほんの子供だったけれど、ここに住んでいた頃の記憶は残っている。上階のメイドがいて下階のメイドがいて、黒と金色のお仕着せの従僕に、わたしが遊びに行くと喜んで迎えてくれた気のいい年配の料理人。この家を当時のような状態に戻すのがわたしの仕事だ！

家のまわりを歩いていると、男たちの話し声が聞こえた。「それはうまくいかないと思うぞ？」ひとりが言った。プランケットだろうか？　だとしたら、相手はだれ？

「うまくいくようにするんだ」低い声が返ってきた。わたしの存在に困惑しているようだ。

家のなかに戻ってみると、食堂はそれなりにきれいになっていて、テーブルが整えられていた。

「昼食の用意ができています、お嬢さま」プランケットが言った。

スープが運ばれてきた。口をつけたとたんに、缶詰のトマトスープだとわかった。お金もないのにロンドンでひとりで暮らしていたとき、こういった類でかろうじて生き延びていたものだ。料理人が缶詰のスープを出してくるなんて！　スペイン料理とはよく言ったものだ。

従僕がスープ皿をさげた。次に運ばれてきたのは、アンチョビが上にのったしなびたレタスと冷たいジャガイモだった。わたしは空腹だったので、なにも言わずに食べた。そのあとはプディングすらなく、古くなったチェダーチーズがひと切れと数枚のクラッカーがお皿にのっているだけだった。

もう我慢できない。わたしは席を立ち、テーブルを片付けているマクシーをその場に残したまま、まっすぐベーズ張りのドアに向かった。台所へと続く階段をおりる。フェルナンドはテーブルの前に座り、煙草を吸いながら新聞を読んでいた。

わたしが入っていくと、彼は気まずそうな顔であわてて立ちあがった。

「あなたがこれまでどこで働いていたのかは知らない。わたしのことを、どんなものでも文句を言わずに食べるただの若い女だと思っているのかもしれないけれど、二度とあんな食事はごめんよ」

「すみません、お嬢さま。でも、あなたが来ること知りませんでした。いい食べ物、ここにないです」

「それなら、あなたたちはなにを食べているの？」

「シチューとか米の料理です。農民の食べ物です」

「農民の食べ物のほうが、あれよりはましだわ。缶詰のスープ？　それにレタスはしなびていたわよ」

「すみません。ちゃんとした野菜を届けさせます」

「家庭菜園はどうしたの？　あらゆる種類の果物や野菜が採れる、大きな菜園があったはずよ」

「なにが採れるのか知りません。そんなに採れないです。世話する人、いません。おれは菜園から野菜を採ってくるんじゃなくて、ほとんどは店からです」

「それなら、今日中にだれかをお店に行かせるのね。今夜はもっとましなものを食べさせてちょうだい」わたしはそう言い残すと、足音も荒く台所をあとにした。

階段をあがり切ったところで足を止め、息を整えた。自分が震えていることに気づいた。わたしが怒りをあらわにすることは滅多にない。いい気持ちはしなかった。

六月二六日
アインスレー　サセックス州

アインスレーの女主人でいるのは疲れる。使用人を全員くびにして一からやり直したいけれど、サー・ヒューバートの許可なしにそれはできない。フェルナンドはサー・ヒューバートのためならおいしい料理を作るのかもしれない。彼らはわたしを侵入者とみなしていて、わたしがここにいることを明らかに嫌がっている。

一日が終わる頃には、わたしの寝室は掃除を終えて、ベッドも整えられていた。わたしはプランケットと話をし、この家を住めるようにするには村の女性たちを雇う必要があると告げた。彼は困ったような顔をした。「それにはお金がかかります、お嬢さま。わたしたちは厳しい予算でやりくりしているんです」

「サー・ヒューバートは、ここを維持していくためのお金が銀行に入っていると言っていたわ」

「旦那さまのお留守が、当初考えていたよりも長くなっているのかもしれません」プランケットが言った。「手紙を書いて、もう少し必要だと伝えてはどうでしょうか」

そのとおりなのかもしれないと思った。世界中の山々を登っている探検家はあまり実務的な人間とは言えないだろうから、時間の観念がおかしくなっている可能性はある。

「それなら、いまはできることをするしかないわね。銀行はどこなのかしら？　支店長に会ってくるわ」

「無駄だと思います。毎月、決まった額が支払われることになっていますから。変えることができるのは、サー・ヒューバートだけです」

「でも、わたしはメイドが必要なの。サー・ヒューバートと話をするまで、わたしが自分で賃金を払ってもいいわ」

「それなら、ロンドンのあっせん所に相談してください」プランケットはかたくなだった。

「ああいうところは高すぎるもの。わたしは学ぶ意欲のある地元の女の子がいいの。訊いてみてくれないかしら？」

「わたしたちは、地元の人間とはあまり付き合いがないんです。掃除に来る女性に訊いてください」

彼が協力的でないのは、わざとなのだろうかとわたしはいぶかった。

「それなら、あなたがだれかを見つけるまで、ジョアニーに手伝ってもらうわ」

「ジョアニーは、これだけの大きさの家を掃除するので手いっぱいです」彼の態度はほとんど無礼と言ってもいいほどだった。

「着替えをするときにほんの数分手を貸してほしいだけよ」

「彼女に訊いておきます。その気があるかどうか」

わたしは口をつぐみ、頭のなかで渦巻く様々な思いを整理しようとした。

「あなたはこの家に来てからどれくらいになるの、プランケット？」

「一年弱です、お嬢さま」

「その前は？」

「マルムスバリー伯爵夫人のところで働いていました。ご存じですか？」

「いいえ、知らないわ」

「立派な老婦人でした。昔ながらの」

「彼女は、あなたがこの家をもっときちんと維持していると思っているかしら」

「もちろんです。ですが、最低限の使用人しかおらず、住む人もいなければ、それほどきちんとしている必要はありません。サー・ヒューバートから帰ってくるという連絡があれば、到着までにすべてが万全の状態になっていますよ」

「それならあなたになにができるのかを見せてちょうだい。そうすればマルムスバリー伯爵夫人に手紙を書いて、そのとおり報告できるわ」

「それは意味がないと思います」彼はあわてて言った。ロンドンの下町なまりが一瞬のぞいた。「彼女は亡くなったんです。だからわたしは、新しい仕事を見つけなくてはならなかったんです」

堂々巡りのままだ。

「それだけでしょうか、お嬢さま？」プランケットが訊いた。

「そうね。家計用口座を調べたいわ」

「いまですか？」今度はぎょっとしたような口調になった。「明日の朝にしてはどうですか？それまでに準備しておきますから」

いますぐと主張すべきだったのだろうけれど、朝までに偽の帳簿を作るだけの時間はないだろうと考え直した。それに、銀行に問い合わせれば、毎月どれくらいの入金があるのかは簡単に確認できる。

「いいでしょう、明日の朝にしましょう」わたしは、不満であることがわかるような口調で言った。「あとで、庭師たちに会いたいわ」ひと呼吸置いて、言い直した。「いいえ、やっぱり庭を散歩して、自分で探すことにする」

「どこにいるか、わかりませんよ」

「庭で働いているはずだけれど」

わたしはその場をあとにしながら、プランケットのことを考えた。わたしたちのような階級の人間、それも年配の伯爵夫人が、プランケットのような人間を執事として雇うとはとても想像できない。きっと以前の女主人の下では、とてつもない努力をして従順で品のある完璧な執事を演じていたけれど、わたしの前ではその必要がないと思っているのだろう。わたしがこれまで会った執事はみな、非の打ちどころのないマナーと話し方を身につけていた。それどころか、社会階級ではわたしたちより一〇段階くらい上のような振る舞いをする執事がほとんどだった。

わたしは丈夫な靴を履いて、家の外に出た。庭園の表側に庭師の姿は見当たらない。屋敷をぐるりとまわり、テニスコートを通り過ぎ、家庭菜園のほうに向かった。驚いたことに、たわわに実った果樹があり、食べごろのイチゴやサヤマメやエンドウマメがなっている畑があった。どうしてフェルナンドは、家庭菜園からはそんなに採れないと言ったのだろう？　わたしの知らないところでなにかが行われているに違いない。庭師か、もしくはフェルナンドが小遣い稼ぎに菜園で採れたものを売っているんだろうか？

鬼のいぬ間のなんとやら、なのかもしれない。もしくは、余った作物を売ることをサー・ヒューバートが許している可能性もある。慎重に話を進める必要があった。鉢植えが並ぶ納屋をぐるりとまわると、ひっくり返した樽に腰かけて煙草を吸っているふたりの若者がいた。ふたりは、わたしを見ると驚いて樽から飛びおりた。

「おれたちになにか用かい、お嬢さん？」ふたりが訊いた。花壇を掘り返しているよりは、街角をうろついているほうが似合いそうなひょろっとした男たちだ。

「ええ、わたしの庭師には仕事をしてほしいと思って」わたしは答えた。

「あんたがここを引き継いだんですか？」ひとりが言った。「なにも聞いてないっす」

「なにも聞いていません、よ」わたしは男の言葉を訂正した。「サー・ヒューバートの手紙が迷子になったせいで、わたしが来ることを知らされていなかったようね。わたしはレディ・ジョージアナ。今後は〝お嬢さま〟と呼んでちょうだいね。サー・ヒューバートの相続人で、夫と共にここで暮らすことになったの。家と庭がきちんと片付いていないと困るから、結婚式前にわたしだけ来たのよ」

ふたりがちらりと互いの顔を見たのがわかった。

「たいしたものだわ。家庭菜園はとてもいい出来よ。スペイン人の料理人はイギリス料理のことをあまりよく知らないみたいなの。だから毎朝、新鮮な野菜を台所に届けるようにしてちょうだい。サヤマメはもう収穫してもよさそうよ。それにここのプラムとイチゴはとてもおいしいの」

「わかりました、お嬢さま」ひとりがぼそぼそと応じた。作物をどこかに売っているのだろうというわたしの推測は正しかったようだ。

「噴水が動いていないのね。子供の頃、あの噴水が大好きだったの。できるだけ早く、動かしてほしいのよ」

「それはおれたちの仕事じゃないです」ひとりが答えた。「水道管かなにかが壊れているんです」

「外回りの使用人はあなたたちだけなの？」

「はい、そうです」もうひとりが言った。「庭師はふたりいればいいとプランケットが言ったので」

「それなら、とりあえずあなたたちで噴水を調べてちょうだい。あなたたちの手に負えないようなら、近くの町の配管工を呼ぶことにしましょう」わたしはふたりが目を逸らすまで、その場でじっと彼らの顔を見つめていた。「名前は？」

「ビルです、お嬢さま」ひとりが答えた。「ビル・バグリー」

「あなたは？」

「テッド・ホスキンスです」彼はわたしの目を見ようとはしなかった。

「地元の人？」

「違います。おれはクロイドンから来ました。こいつはヘイスティングスです」

「以前の庭師たちはどうしたの？　年配の人が何人かいたはずだけれど」

「わかりません。おれたちは最近になって雇われたんで」

「そう。わたしはこれから庭をまわって、手入れが必要なところを調べてくるわ。たとえば、花壇の縁取り。あそこは花よりも雑草のほうが多いくらいよ。いますぐ取りかかってちょうだい」

「わかりました、お嬢さま」気のない返事だった。

わたしは背中に注がれる彼らの視線を感じながら、その場を離れた。懸念が大きくなるばかりだ。どうして使用人すべてが替わっているのだろう？　だれひとりとしてその仕事にふさわしいとは思えないし、わたしが知っている使用人とも違っている。だが、実家の使用人はスコットランド人だ。イギリス南部の使用人たちは、彼らほど謙虚で礼儀正しくないのかもしれない。とはいえ、わたしはこの近くの屋敷に滞在したことがある。ここからほんの一・五キロほどのところにあるファーロウズの屋敷は、なにひとつ問題なく維持されていた。デイヴィッド王子を客として迎えたハウスパーティーが開けるくらいに！

なにもかもプランケットのせいに違いない。引退したロジャースの代わりに雇われた彼が、自分と同じようなタイプの人間を使用人として連れてきたのだろう。ああ、困った。わたしはため息をついた。わたしは人と争うのが苦手だ。さっさとロンドンに帰りたくなった。ありがたい申し出だけれど、詮索好きな大家がいる地下のアパートか最上階のこぢんまりした部屋に住むほうがいいと、サー・ヒューバートに手紙を書くのだ！　それともゾゾに電話をするべきだろうか？　人をまとめることができる人間がいるとしたら、彼女だ。けれどそれは自分の負けを認めることになる。わたしはいつか自分の家の女主人にならなければいけないのだから、その能力を身につけるのは早ければ早いほどいい。

わたしは心を決めて、家のなかへと入った。そこにプランケットがいた。窓からわたしを見張っていたのかもしれない。ベリンダに電話をしようと思った。仮縫いのドレスを持って訪ねてきてくれれば、気分も上向くだろう。

電話はどこだろうと玄関ホールを見まわした。

「電話はどこなの？」わたしはプランケットに尋ねた。

「サー・ヒューバートの書斎に一台あるだけですが、お留守のあいだは鍵がかかっています」プランケットは、また満足そうな顔で言った。「それに、旦那さまがお留守のあいだは電話は切ってあります」

「それなら新しくつないでもらって、玄関ホールに電話機も備えつけなくてはいけないわね。結婚式の計画を立てるのに、いろいろと相談する必要があるもの」

「ここから結婚式場に向かうんですか？」

そうだと言いたくてたまらなかった。式には、両陛下が出席してくださることも。けれどわたしは正直であるように育てられている。嘘をついたといって、子守に石鹸（せっけん）で口を洗われたことがあるくらいだ。「いいえ、ロンドンにある実家の家から式場に向かうのよ」

「それなら、式の手配をするあいだ、ご家族と一緒にいたほうがいいんじゃないですか？そのほうがずっと都合がいい」

「わたしを追い払おうとしているように聞こえるわ、プランケット」わたしは愛想よく言った。

プランケットには顔を赤らめるだけの慎みがあった。

「いいえ、とんでもないです、お嬢さま。ただロンドンから離れたところにいると、いろいろ大変だろうと思っただけです」

「優しいのね。でもわたしは婚約者が外国から帰ってきたときに、完璧に整った家を見せて驚かせたいの」

「お嬢さまの婚約者は旅が多いんですか？」自己主張の強い男性とどの程度顔を突き合わせることになるのだろうと、彼が考えているのがわかった。

「ええ、多いわ」

「どんなお仕事をなさっているので？」

「それは秘密。犯罪者を捕まえるために、世界中を飛びまわっているのよ」

プランケットの顔に、不安そうな表情が戻ってきた。これほど心の内が顔にはっきりと出る男は珍しい。

「肝心な話だけれど、あの庭師たちはあまり熱心に働いていないようね。ここでの仕事を続けられるかどうかは、本人のやる気次第だと彼らに言っておいてちょうだい」

「伝えます」

「以前の庭師たちはどうしたの？　若い庭師を新しく雇ったときは、古くからいる人たちが仕事を教えるのが普通だわ」

「以前の庭師は死んだか、やめたかのどちらかです。サー・ヒューバートは同じ使用人をずっと使っていましたから、みんな同じように年を取ったんです。あのふたりはとても評価がよかったんですよ。ひとりはヘイスティングスの公園で、もうひとりは大きな幼稚園で働いていたんです」

「でもここのような大きなお屋敷ではなかったのね。それに、どちらにも指示を与えてくれる監督がいたんでしょう？　自分から率先して働くのとは違うわ。とにかく、ふたりには噴水を調べるように言っておいたから。彼らに直せないのなら、ヘイワーズ・ヒースから配管工を呼ばなくてはいけないわね」

「それにはお金がかかります」プランケットはあわてて言った。

「それなら家計を見直して、どこで節約できるかを考えましょう。仕事の量を考えると、使用人のお給金が高すぎるのかもしれないわ」

わたしは母にも負けないくらいの堂々とした物腰で、曲線を描く階段をのぼり始めた。唯一残念だったのは、敷物押さえの棒に爪先をひっかけてつんのめったことだが、幸い転ばずにすんだし、プランケットにも見られていなかったと思う。寝室のある階にあがり、次々とドアを開けていった。妙だ。家具がすっかり運び出されている部屋がいくつかあるかと思うと、ほかの部屋は家具を寄せ集めてその上にほこりよけの布をかけてある。どうして、すぐに使えるようにベッドを整えたままにしておかないのだろう？　わたしはもう一階上にあがった。こちらの階段はそれほど立派ではなかったが、わたしには懐かしいものだった。子供の頃、この先の廊下を駆けていったものだ。突き当たりがわたしの部屋だった。ドアを開けてみると、そこは当時のままだった。窓の下には大きな揺り木馬。ぬいぐるみ人形が数体、寂しそうに置かれている低い本箱。刺繍（ししゅう）を施したキルトがかかった小さなベッド。まるで時間を飛び越えたみたいだ。ふと、ある光景が脳裏に浮かんだ――わたしの子供があの小さなベッドに寝ていて、そっと近づいてその子におやすみのキスをするわたし。

階段をおりてきたときには、ぐっと気分がよくなっていた。要は、新しい使用人たちを規則に従わせることができるかどうかだ。大きなお屋敷の新しい女主人はみな同じ問題に直面するのだろうと思った。使用人たちを自分の思うように動かすのは、簡単ではない。ここにとどまって、アインスレーをかつてのような素晴らしい場所に戻すのだと、わたしは固く心に決めた。

六月二六日
アインスレー　サセックス州

　普通は午後にそんなことはしないものだが、わたしはモーニングルームに向かった。ほかの部屋はまだほこりよけの布がかかったままだったからだ。呼び鈴を鳴らして紅茶を頼むと、ソーサーにビスケットをのせた淡い色の液体が運ばれてきた。あらまあ。フェルナンドはヨーロッパ式の紅茶しか知らないようだ。わたしはその紅茶を飲みながら、いまこの家ですべきことだけでなく、結婚式までにしなければならないことを書き出していった。

　メイドを見つける。
　掃除をする人間を連れてくる。
　噴水を修理する。必要なら配管工を呼ぶ。
　電話回線を接続する。

家計を確認する。節約できるところを探す。

どれもこれも大変そうで、わたしはひどく孤独で役立たずになった気分だった。わたしが覚えているアインスレーは、温かくて親しみやすいところだった。いったいいつからおかしくなってしまったのだろう？ ミスター・ロジャースはまだこの近くに住んでいるのだろうか？ それとも故郷に帰ってしまった？ どうしてプランケットのような人間が雇われたのか、彼かミセス・ホルブルックならなにかを知っているかもしれない。

わたしは便せんを探し、ベリンダに手紙を書き始めた。楽しいことを書こうとしたけれど、最後はこんなふうに締めくくった。近いうちにロンドンに帰りたいと思っているのだけれど、その前にまずはアインスレーがきちんと機能するようにしなくてはいけないの。することが山ほどあるわ。あなたがドレスを持ってここに来てくれるわけにはいかないかしら？

わたしは封筒に住所を書き、切手を貼ってから、呼び鈴を鳴らしてプランケットを呼んだ。

「明日郵便配達人が来たら、これを渡してほしいの」手紙を差し出しながら言った。

「郵便配達はここには来ません。サー・ヒューバート宛の手紙は全部、弁護士のところに届くことになっています」

なんてことかしら、わたしはため息をついた。この家は世間からすっかり切り離されてしまっている。町まで行って、郵便配達人にもう一度この家に寄ってもらうように手配しなくてはいけないようだ。

六時になるとわたしは着替えをするために部屋に戻った。ほかにだれもいないのはわかっていたが、守るべき規範を使用人たちに教えておきたかったからだ。嫁入り衣装として買った美しいドレスは持ってきていないから、イブニングドレスは一枚しかない。ひとりで着ようとしてみたものの、結局はあきらめた。この手のドレスを作る人間は、これを着る女性にはメイドか、もしくは手を貸してくれる夫がいると考えているのだろう。わたしは呼び鈴を鳴らした。数分後、ジョアニーが姿を見せた。「お呼びですか、お嬢さま?」

「ええ。これを着るのを手伝ってほしいの。イブニングドレスはどれも背中にホックがついているのよ。ひとりで着るのは無理だわ」

「わかりましたよ」というのが彼女の返事だった。クイーニーがいつも口にしている〝合点です〟ではないだけ、よしとすべきなのだろう。けれどいまは、クイーニーのことが好ましくすら思えた。少なくとも彼女は進んで手伝ってくれるし、陽気だ。ジョアニーはと言えば、牛乳さえ腐りそうな顔をしている。彼女はドレスを頭からわたしに着せると、ひとりごとのように悪態をつきながらホックを留めた。「髪は自分でできますよね? あたしはすることがいっぱいあるんです。あの部屋を全部掃除しなきゃならないんですから」

「ええ、髪は自分でするわ。ありがとう、ジョアニー。この家がきちんと機能するようになるまで、村の女性を雇うつもりだとプランケットには言ってあるから。帳簿を確認して、もうひとりメイドを雇えるかどうか調べてみるわ」

「もういいですか、お嬢さま?」

「ええ。でもディナーのあとでこのドレスを脱ぐときには、また手を貸してもらわなきゃならないわ。できるだけ早く、レディズ・メイドを見つける必要があるわね」

「いままでいたところには、メイドはいなかったんですか?」

「ポーランドの王女さまのところに滞在していたから、彼女のメイドを借りていたのよ」わたしは答えた。「わたしのメイドは、アイルランドにいる自分の母親のそばを離れたがらなかったの」

「王女さま」ジョアニーはつぶやき、つかのま感受性の強い若い娘のような顔になった。「すごい! その王女さまってどんな人ですか?」

「とても魅力的で、とても寛容な人よ」

「わたしたちの王女さまに会ったことはありますか? エリザベス王女とマーガレット王女のことですけど」

「わたしの結婚式でブライズメイドをしてくれるわ」

「からかわないでくださいよ」わたしの言葉を信じていないらしく、ジョアニーは薄ら笑いを浮かべた。

「本当よ。わたしはふたりとは親戚なの」

「びっくりです。ミスター・プランケットはそんなこと言ってませんでした。それじゃあ、王家の人たちがここに来るかもしれないんですね?」

「おおいにありうるわね」彼女が部屋を出ていくと、わたしは鏡のなかの自分に向かって笑いかけた。このことを聞いて、彼らはきっとすくみあがるだろう。今後はわたしに対する態度が改まるかもしれない。

階下におりてみると、台所から食欲をそそるにおいが漂っていた。フライド・オニオンだろうと思った。あの悲惨なランチの埋め合わせをするために、フェルナンドが一生懸命がんばったのだろう。ディナーの用意ができたとプランケットが呼びに来るまで、わたしはモーニングルームでシェリーを飲んでいた。食堂に足を踏み入れたときには、期待に胸が高鳴った。テーブルにはろうそくが灯された枝付き燭台が置かれ、華やいだ雰囲気を醸し出している。テーブルにつくと、マクシーが蓋をした皿を運んできた。蓋がはずされ、わたしの前に置かれた皿には、これまで見たこともないほどまずそうなものがのっていた。茹ですぎてパサパサになったタラ、ただ茹でただけのジャガイモがひとつ、灰色になるまでくたくたに煮たキャベツ。

我慢の限界だった。わたしは勢いよく立ちあがった。

「なにか問題でも、お嬢さま？」マクシーが訊いた。

「ええ、大問題よ。すぐにフェルナンドを呼んでちょうだい」

わたしは待った。次第に大きくなる話し声が聞こえ、まもなくフェルナンドがやってきた。ドア口にはプランケットが待機している。

「これはなにかしら、フェルナンド？」わたしは皿を指さした。

「魚で」フェルナンドが答えた。

「ええ、魚なのはわかっているわ。これは猫の餌なの?」

「違います。いい魚です」

「学校に通っていた頃でさえ、こんなひどい料理は食べたことがないわ。よく見て。魚は火を通しすぎてパサパサ。ソースもかかっていない。それにキャベツは……」

「ちゃんと火を通した料理が好きだと言われたんで、しっかり火を通したんです」彼が言った。

「いいえ、そんなことは言っていません」わたしはぴしゃりと言い返した。「少なくとも、そういう意味で言ったわけじゃない。わたしが食べるものは、ちゃんと手をかけてほしいと言ったのよ。正しく調理してほしいの。火を通しすぎるんじゃなくて」

「それにニンニクもスパイスも苦手だと言ったじゃないですか」フェルナンドは喧嘩腰で続けた。「どうやってソースを作るんです?」

「スパイスを使わないソースはいくらでもあるはずよ。料理本を見なさい」わたしはテーブルを示した。「これはさげて」

「食べないんですか?」

「使用人たちの今夜のディナーはなんなの、フェルナンド?」わたしは尋ねた。

「魚のシチューです」

「わたしもそれをいただくわ」

「ニンニクが入ってますが」フェルナンドはふてくされたように顎を突き出した。

「我慢するわ。ここに運んでちょうだい。ああ、それから台所のテーブルでいいワインを見かけたわよ。シャトーヌフ・デュ・パプ。使用人がずいぶんいいものを飲んでいるのね。サー・ヒューバートはとても気前がいいのかしら？　それとも帰ってきたときには、ワインの数を数えるのかもしれないわね」

フェルナンドはわたしをにらみつけた。その場を離れようとして背を向けた彼に、わたしはさらに言った。「もうひとつ言っておくわ、フェルナンド。ちゃんとしたお料理を作れることを証明できないのなら、残念だけれどここを出ていってもらうことになるから」

「そんなことはできませんよ」反抗的な表情はそのままだった。「おれのボスはサー・ヒューバートだ。おれは彼に雇われたんです。おれをくびにできるのは彼だけだ。彼にそう言われるまで、おれはここを出ていきませんから」

「いまにわかるでしょう」わたしは自分の席に戻り、シチューとグラスワインが運ばれてくるのを待った。気持ちを落ち着けるために、大きくひと口ワインを飲んだ。まったく、なんていう日かしら！　魚のシチューはおいしかったし、その後、クリームを添えたイチゴをマクシーが運んできた。朝になったらフェルナンドと会って、一週間分のメニューを考えようと決めた。そうすれば、もうとんでもない料理を出されることもないだろう。

二杯目のワインを飲み終える頃には、わたしはすっかり疲れ果てていた。寝室で読書をするので、ジョアニーを着替えの手伝いによこすようにと告げた。ジョアニーはすぐにやってきて、わたしの服を吊るしながら王女たちの話をもっと聞かせてほしいと言った。少なくとも、使用人のなかにひとりは味方ができたのかもしれない。わたしは小さな肘掛け椅子に座ってしばらく本を読んだが、硫黄のような不快なにおいが気になった。衣装ダンスの下でネズミでも死んでいるのかしら？　そう考えたところで、窓が閉め切ってあることに気づいた。わたしはなにがあろうと――たとえすさまじい強風が吹き荒れているときでも――窓を開けたままにしているラノク城で育っている。窓に近づいて開けた。夜の音が流れてきた。木立を吹き抜ける風のささやきや、遠くで鳴いているフクロウ。どこを見ても明かりはなかった。まるで海で漂流しているような気分だ。

するど低い話し声が聞こえてきた。男の声だ。窓から身を乗り出して耳をすますと、サー・ヒューバートの部屋がある向こうの棟から聞こえているようだった。電話回線は切れていないに違いないとわたしは思った。だれかが電話を使っているのだ。明日になったら、調べてみよう。声は遠すぎて、なにを言っているかまでは聞き取れなかった。部屋の明かりが充分ではないうえ、疲労のあまりこれ以上読書はできそうもなかった。まぶたが重くなってきていたし、少し頭痛もしていた。ワインを飲みすぎたのかもしれない。お酒はあまり飲みなれていないし、あのワインは濃厚だった。そういうわけで、わたしは明かりを消してベッドに入った。

ベッドに横になると、圧倒的な静けさに包まれた。風がやんだようだ。外は静まりかえっている。けれどわたしの鋭い耳は、ごくかすかな音を聞き取った。シューというひそやかな音。電気がない家でガス灯がたてる音に似ていた。わたしは起きあがり、もう一度明かりをつけて部屋を調べた。気づいていなかったが、暖炉にガスストーブが設置されている。そして……ガス栓が少し開いていた。あわてて閉め、その場に立ち尽くしてガス栓を見つめているあいだも、心臓が激しく打っていた。だれかが部屋の窓を閉めて、ガス栓を開けたのだ。完全に開いてはいなかった。もし完全に開いていて、においに気づかなかったなら、今頃わたしは死んでいたかもしれない。少しずつガスが漏れていただけだとしても、閉め切った部屋で眠っていたら、わたしは朝、目を覚ましただろうか？　だれかがわたしを殺そうとしたの？　それとも脅かしたかっただけ？

ストレーザでダーシーが教えてくれたように、背もたれがまっすぐな椅子をドアノブの下にあてがった。こうしておけば、だれかが入ってこようとすれば大きな音がする。けれどわたしは眠れなかった。彼らはわたしを脅かして、追い出そうとしているらしい。ほとんど仕事をすることもなく気ままに暮らしていたのに、せっせと働かなくてはならなくなり、家計費をこれまでのように自分たちで使うことができなくなったのだから。わたしはおじけづいたりしない！　そう自分に言い聞かせたものの、また吹き始めた風にカーテンが揺れるのを見ていると、ひどく孤独な気持ちになった。ダーシーが一緒だったなら。ゾゾのところに戻れたなら。

うとうとしかかった頃、物音が聞こえた。砂利を踏みしだくタイヤの音？　わたしはベッドをおりると、ドアノブにあてがっていた椅子をどけて、部屋を出た。家の正面側の廊下を目指した。前庭がよく見える部屋は家具が山積みにされて、ほこりよけの布がかけられていた。その脇を通り過ぎようとしたところで、あわてていたせいで布に足をひっかけてよろめいた。とっさに手を出して体を支えようとしたが、布に触れた手はそのまま宙に浮いて、わたしは前のめりに倒れた。落ち着いて、体を起こしながら自分に言い聞かせる。廊下のずっと先に弱々しい電球の明かりがあるだけで、部屋のなかは暗かった。布をはずしてみると、驚いたことにその下にはなにもなかった。ほかの布もはずしてみた。ベッドフレームが三台あるだけで、ほかにはなにもない。子供がテントの真似をして遊ぶように、ベッドフレームのあいだに布を渡してあるだけだった。どうして？　家のなかを見てまわったときは、布の下には間違いなくなにかがあったのに。いったいどこに消えてしまったの？

わたしは布を元通りにした。わたしがここに来たことを知られるわけにはいかない。そもそもの目的を思い出したのはそのときだった。砂利を踏むタイヤの音。厚手のカーテンを開いて、外をのぞいてみた。前庭はすっかり闇に沈んでいる。ヘッドライトの明かりもなければ、車らしきものも見えない。なんの音もしなかった。物音が夜風に乗って運ばれてきただけなのかもしれない。わたしが聞いたタイヤの音は、どこか近くの地所に入っていく車だったのかもしれない。わたしは落ち着かない気持ちを抱えたまま、ベッドに戻った。

六月二七日　木曜日
アインスレー　サセックス州

　よく眠れなかった。あのガス栓に恐ろしい思いをさせられたせいで、想像をたくましくしてしまったのかもしれない。でもわたしは、プランケットと彼の寄せ集めの仲間たちに負けたりしない。彼らがどう思おうと、ここはわたしの家になるの！

　わたしはけたたましい夜明けのコーラスで目を覚ました。町で暮らしていると、鳥の鳴き声がどれほどうるさいものかを忘れてしまう。わたしの小さな時計は五時少し前を指していた。ベッドをおりて、窓に近づいた。朝の最初の光が露に濡れた芝生を照らしている。薔薇の甘い香りと刈ったばかりの芝のにおいが、窓から漂ってきた。早朝の乗馬に出かけたくなるような日だ。馬。落ち着いたら、もう一度馬を飼えるかもしれない。

気分が上向いたが、それもゆうべのガス栓のことを思い出すまでだった。黙っているべき？　それとも面と向かって対決する？　どちらがより効果的だろうと考えてみた。冷静さを保って、なにも言わずにおいたほうがいいだろうか？　けれどこれはただの脅しではすまない。だれかが、朝になってわたしの死体を見つけるつもりだったの？　不意をついて、彼らの反応を見ようと決めた。顔を洗い、ジョアニーの手を借りることなく着替えた。階下に向かおうとしたとき、ゆうべ入った部屋のことを思い出した。改めて確かめてみると、やはり布をかけたベッドの枠があるだけだった。まったくもって妙だ。彼らに訊いても答えは返ってこないだろうから、いまは見て見ぬふりをすることにした。

モーニングルームに行き、呼び鈴を鳴らした。かなり時間がたってから、プランケットが上着のボタンを留めながらやってきた。

「お呼びでしょうか、お嬢さま？」

「ええ、呼んだわ。おはよう、プランケット。ここの使用人はずいぶん遅く起きるのね。いますぐ全員を集めてちょうだい。話しておかなければならない緊急の用件があるの」

「いまですか？」ひどく驚いたらしく、〝お嬢さま〟と言うのを忘れている。

「ええ、いますぐよ。ここに」

プランケットは部屋を出ていった。文句を言う声が聞こえてくる。やがて、彼らが現われた。ジョアニーは帽子を直しながらだったし、フェルナンドは料理人の上着のボタンをあわてて留めている。わたしは座ったまま、彼らの顔をひとりずつ眺めた。

「ゆうべ、大変なことが起きました」わたしは言った。「ベッドに入ったとき、シューという音が聞こえたので調べてみたら、わたしの部屋のガス栓が開いていました。どう考えればいいのか、いまはまだわかりません。事故だと思いたい。あなたたちのだれかの悪意によるものではないことを、警察に連絡するような問題ではないことを心から願っています」

フェルナンドはわたしと視線を合わせようとはしなかった。プランケットはショックを受けたようだ。少なくともショックを受けたふりをしている。マクシーは落ち着きなく、片方の足からもう一方の足へと体重を移し替えていて、ジョアニーは自分の足元を見つめていた。

「わたしの部屋を掃除したのはあなたね、ジョアニー」わたしは言った。「着替えを手伝うときにも部屋に入った。残念ながらあなたを疑わざるを得ないわ……主人を傷つけようとしたなどということがだれかの耳に入れば、あなたは二度とこの仕事にはつけないでしょうね」

ジョアニーが顔をあげた。唇が震えている。「大変申し訳ありません、お嬢さま。本当にすみません」

わたしはそのあとの告白を待った。「掃除をしているときに、ガス栓になにかが当たったんだと思います。二度とこんなことは起きません。約束します」

「そう願うわ」掃除をしたときからガスがずっと漏れていたというのは、ありうることだろうかとわたしは考えてみた。だとしたら、もっと早くにおいに気づいていたはずだ。違う。わたしが夕食をとっているあいだにだれかがガス栓を開けたのか、あるいはわたしの着替えを手伝っているときにジョアニーが開けたのだろう。

「あなたたちの第一印象が決してよくなかったことは、わかっているはずです。全員をやめさせて新しい使用人を雇う必要があると、いますぐサー・ヒューバートに手紙を書かなくてはいけないかもしれません。今後は最善を尽くすように心がけるべきでしょうね。必要とあらば、サー・ヒューバートの弁護士と会って、推薦状なしであなたたち全員を解雇する許可を取ります」

「待ってください、お嬢さま」プランケットがあわてて言った。「ジョアニーはミスを犯したことを謝っています。二度と同じことはしないでしょう」

「それなら、今日からもう一度始めましょうか？　フェルナンド、今朝はちゃんとした朝食がいただきたいわ。卵、ベーコン、ソーセージ、トマト。三〇分後に食べられるように用意して。それからいますぐコーヒーを持ってきて。朝食が終わったらすぐにモーニングルームに来てちょうだい。一週間分のメニューを決めましょう」

「はい、お嬢さま」フェルナンドはぼそぼそと答えた。「わかりました」

「朝食のあとで帳簿を見るわ、プランケット」わたしは言葉を継いだ。

「承知しました、お嬢さま」プランケットの口調には、この場にふさわしい礼儀正しさがあった。

このラウンドはわたしが勝ったんだろうか？

目玉焼きがいささか油っぽかったものの、用意された朝食はそれなりの出来だった。

朝食が終わると、プランケットが家計の帳簿を持ってやってきた。わたしは家計のことも、アインスレーのような大きな家を維持するにはいくらくらいかかるかも充分に承知しているふりをしながら数字の列を眺めたが、実のところなにひとつわかっていなかった。フィグがいつもお金がないと文句を言っていたことは知っているが、彼女たちが言う〝お金がない〟というのがどの程度のものなのかはわからない。わたしは一ページずつ指でたどった。入金されている額が潤沢とは言えないことは認めざるを得なかった。出ていく金額と収支が合っていることも。サー・ヒューバートはあまりに長くイギリスを留守にしているせいで、いろいろなものの価格を低く見積もりすぎているのかもしれない。

「どれも問題はないようね、プランケット」わたしは言った。「それに、新しい使用人を雇えるほど余裕がないのは間違いないわ。サー・ヒューバートの弁護士と会って、金額を増やせるかどうか、訊いてみないといけないようね。いまのところ、少し多すぎると思えるのはあなたのお給金だけだわ、プランケット」

「ですが、お嬢さま、執事はほかの使用人よりもずっと多くもらうべきじゃないですか？」

プランケットは反論した。

「大勢の使用人がいる大きな家ならそうでしょうね。でもあなたは四人を監督しているだけなのに、多すぎるんじゃないかしら」

「わたしはこの仕事をその金額で引き受けたんです」彼はまた反抗的な表情になった。

「いますぐにどうこうするつもりはないわ。でもわたしの婚約者が戻ってきたら、よく考えてみる必要がありそうね」

プランケットは立ちあがると、奪い取るようにしてわたしの手から帳簿を受け取った。

「ご用はこれだけでしょうか、お嬢さま?」

「もうひとつあるわ。一番近い町に行きたいの。ヘイワーズ・ヒースだったかしら? いまここに運転手はいないのよね?」

「はい、いません。サー・ヒューバートが外国に行かれたときに解雇されましたから」

「それならわたしが自分で運転しなくてはいけないのね。一〇時になったら、正面玄関にベントレーをまわしてちょうだい」

「ガソリンが入っていないと思います。もう何年も使われていませんから。エンジンがかからないかもしれません」

「プランケット、わたしに逆らうのがそんなに楽しい?」思わず声を荒らげていた。「車にガソリンが入っていないのなら、だれかに一番近いガソリンスタンドまで歩いて行かせるのね。整備の人にガソリンを持ってきてもらって、ベントレーがちゃんと動くようにしてもらうといいわ」

「歩くには遠いです、お嬢さま」

「それなら自転車を使えばいいんじゃないかしら、プランケット」わたしはにっこり笑った。「一〇時には車に乗れるようにしておいてちょうだい」

わたしはそう言い残し、堂々とした態度でその場をあとにした。自分が誇らしかった。

「アインスレーの女主人」もう一度つぶやいた。

フェルナンドとメニューの相談をするときも、威厳を漂わせ、落ち着きを失わないようにした。彼は不機嫌そうで、朝食にキドニーを出してほしいと言ってもなにも反応しなかった。それどころか、ケジャリーを知らなかった！

「それって、なんなんです？」

わたしはため息をついた。大きなお屋敷で供されるレベルの食事――うずらのゼリー寄せや七皿のコース料理――を期待しているわけではないのだ。ちゃんと手をかけた、シンプルなものが食べたいだけだ。缶詰ではないスープ、グリルした肉、ミートパイ、パセリソースをかけた蒸し魚か、プレイスのグリル。お茶の時間にはスコーンとクランペット。フェルナンドは最後の言葉を知らなかった。

「ペット？　それって小さな動物のことですよね？」

「料理本を見るのね。台所の棚にあるはずだから」

いま挙げたものはどれひとつとして食べられないだろうと思いながらその場を離れたわたしは、サー・ヒューバートはどうして彼を雇ったのだろうと改めて考えた。あっせん業者に任せっぱなしにしていて、どんな料理人が来るのかわかっていなかったのかもしれない。わたしが以前ここで暮らしていた頃に食べていたのは子供向けの食べ物だったから、階下でどんな料理が供されていたのかは知らない。けれどサー・ヒューバートが、毎回パエリアやオリーブを食べたがるような人だとは思えない。もしそうだとしたら、母がなにか言っていたはずだ。

「わたしが彼のところを逃げだした理由のひとつが食事だったのよ、ジョージー。オイルとガーリックばかりなんですもの」

けれどそんな言葉は一度として聞いていない。当面の大きな問題は、どうやってフェルナンドをくびにすればいいかということだ。

奇跡のように、一〇時には玄関前に車が用意されていた。問題なく走るようだったし、蜘蛛の巣もついていない。だれにも見られていないのをいいことに、プランケットか彼の仲間たちが勝手に使っていたのかもしれないとわたしは考えた。ヘイワーズ・ヒースに着くと、まずは電話局に向かった。そこで教えられたのは、アインスレーの電話回線は切れていないということだった。なるほど。サー・ヒューバートの書斎にある電話は、やはり使われていたらしい。あとは、玄関ホールに電話機を置いて接続するだけでいい。

ささやかな勝利に気をよくしたわたしは、一番近い村であるリンフィールドに向かい、村の売店の裏手にある郵便局に寄った。

「アインスレーに住むことになったんですけれど、わたしの名前を書いた郵便受けをこちらに置かせてもらえるかしら?」

「配達しますよ、お嬢さま。問題ありません」人のよさそうな女性郵便局員が言った。「ジョーンズは、離れた家への配達用にモーターバイクを手に入れましたから」

午前中だけで成果がふたつだ。青果物店の前を通りかかったとき、あるものが目に留まった。〝地元産〟と札がついた、籠入りのイチゴ。地元産、なるほどねとわたしは思った。アインスレーの納屋でその籠も見たことがある。やはりわたしの勘は当たっていて、庭師たちは小遣いを稼いでいたようだ。話をしなくては！

「なにかおいりようですか、お嬢さん？」店の前に立っているわたしを見て、店主が出てきた。

「わたしはレディ・ジョージアナ・ラノクと言います。アインスレーに越してきたばかりなんです。このイチゴは、アインスレーの庭で採れたものですよね？」

店主は笑顔になった。「そうなんですよ、お嬢さま。お宅の庭師が作るイチゴは、このあたりで最高です」

「しばらく前から、こちらに買っていただいていたのかしら？」

「ええ、そうです。サー・ヒューバートは昔から、使いきれない作物をおれたちにまわしてくださっていたんです。これほど新鮮なものはありませんからね」

「その代金は庭師に払っているんですか？」

「いえ、違います、お嬢さま。月に一度、口座のほうにお支払いしています」

「ありがとう」わたしは言った。今朝見た帳簿には、載っていなかった項目だ。ほかになにが省かれているだろう？　ベントレーへと戻っていく途中で、大きなブナの木の下のベンチに腰かけている老人の前を通りかかった。

「あなたを知ってますよ」彼は、わたしに向けて指を振りながら言った。「お嬢さまですよね。小さかった頃のことを覚えていますよ」

わたしは彼を見つめ、その顔を思い出そうとした。見たことがある気がするが、田舎に暮らす男性はみんな同じように見える。「以前、アインスレーで働いていたの?」

「はい。子供のときから、四〇年以上もあそこで働きましたよ。庭師の副棟梁だったんです」

「まあ」わたしは笑みを浮かべ、彼の隣に腰をおろした。「引退してずいぶんになるのかしら?」

「引退じゃない。やめたかったわけじゃないんです。くびになったんです。年は取ったが、手足はまだまだ動いた。なのにあの新しく来た男は、新しい人間を入れたがったんです。もっと現代的な感覚のある人間が欲しいんだと言って」

「そうだったの」わたしは考えこんだ。「あなたのお名前は?」

「ベンじいさんと昔から呼ばれていました。ベン・ウェイランドです」

「ベン」わたしは彼に微笑みかけた。「残念だわ。わたしはアインスレーに越してきたばかりなんだけれど、なにもかもが変わってしまったようね」

「そうなんです。それも悪いほうに。ミスター・ロジャースがいなくなったあと、すべてが変わって……」彼は言葉を切って、ため息をついた。

「ミスター・ロジャースは退職して、このあたりに住んでいるのかしら? まだ近くにいるのなら、訪ねたいと思っているのよ」

「それは無理です、お嬢さま。彼は死にました。聞いていないんですか？　やめる準備をしていたとき、アインスレーの裏の階段から落ちて首の骨を折ったんです。本当に気の毒でした。隠居生活を楽しむことができなかったんです」

「ええ、本当に気の毒ね」わたしは繰り返した。

「そのあと来たのがあの男だ。プランカーだかなんだか知りませんがね。来るなり、わしらのほとんどを追い払ったんです。サー・ヒューバートが若かった頃から家政婦だったミセス・ホルブルックすらくびにしたんだ」

「ミセス・ホルブルックはどうしたの？」

「彼女ならこの近くに住んでいますよ。ヘイワーズ・ヒース近くにこぢんまりしたかわいらしいコテージを買ったんです」

「よかったわ。訪ねてみようかしら」

「そうしてください。喜びますよ」

「ベン、アインスレーに戻って、あの若いふたりの庭師を監督してくれる気はないかしら？　しなければならないことは山ほどあるのに、彼らはよくわかっていないようなの。たとえば、噴水が動いていないのよ。配管工を呼ぶ必要があるってふたりは言うの」

「配管工？」ベンはくすくす笑い、やがて笑い声は咳に変わった。「ただ元栓が閉まっているだけだと思いますよ。旦那さまが留守のときは、いつも閉めていましたから。水を無駄にする必要はないですからね。イチイの生垣の向こう側に元栓があるんですよ。まずはそれを探させるんですね。だが、アインスレーにはぜひ戻りたいですよ。週に二、三日行って、若い者たちに正しいやり方を教えてやりますよ。そうしてもいいってお嬢さまが言うんでしたら」ベンは不安そうというよりは、なにかに怯えているような顔になった。「あのプランケットという奴に逆らいたくないんで」

「ベン、いまはわたしがアインスレーの女主人なのよ」

「そうなんですか？　あの老婦人はどうしたんです？　彼女はなんて？」

「老婦人？」

ベンは突如として、うろたえた表情を浮かべた。「おっと、なにも言うべきじゃなかったようだ。また喋りすぎてしまった。とにかく、わしの言ったことは忘れてください」

「どの老婦人のこと？」わたしはもう一度尋ねたが、ベンは立ちあがった。「もう帰らないと。女房がテーブルに料理を並べる前に帰ってないと、大変なことになるんでね」彼は歩きだした。「ですが、様子を見に、二、三日中にアインスレーに行きますよ。それでいいですか？」

わたしはベンの背中を眺めながら、彼の頭はまだはっきりしているのだろうかと考えた。老婦人？　ミセス・ホルブルックの代わりの新しい家政婦がいると考えているの？　けれど彼は動揺しているように見えた。怖がっていると言ってもいい。わたしはアインスレーへと車を走らせながら、あれこれと考えを巡らせた。くびになった使用人たち。裏の階段から落ちて死んだ、気の毒な執事のロジャース。単なる事故として——衰えつつある視力、不安定な足元、絨毯（じゅうたん）を敷いていない急な階段——受け止めていただろう。ゆうべのガス栓のことがなければ。つまり、アインスレーでなにが起きているのかを突き止めるまでは、充分に警戒する必要があるということだ。

六月二七日　木曜日
アインスレー　サセックス州

どう考えればいいのかも、これからなにをすればいいのかもわからない。問題は、だれかが家計用口座のお金に手をつけていることや、働く気のない使用人といったことだとばかり思っていたのに、ロジャースの死を聞いてわたしはすっかりすくみあがった。あのガス栓は事故などではなく、だれかがわたしを家から追い出したがっている、それどころか命を奪おうとしているのかもしれない。ぞっとした。ダーシーが戻ってきてくれればいいのに。彼なら、あの手の人間をどう扱えばいいのか知っている。ゾゾ王女もきっと知っているだろう。けれど無力な人間だと思われたくなかったし、ここに来て二日目に彼女に助けを求めるのは嫌だ。ああ、なんてことかしら。ここに来ることを、あんなに楽しみにしていたなんて！

わたしはこれからどうしようかと考えながら、アインスレーへと車を走らせた。農作物を売った代金がどうして帳簿に載っていないのかと、プランケットを問い詰めようか。ロジャースの死について尋ねることもできるけれど、ベンの言葉どおりだとすれば、その事故が起きたときプランケットはまだここにはいなかったことになる。ロジャースはやめるつもりだったけれど、プランケットが雇われたのはロジャースが死んだあとだ。だとすると、当時アインスレーにいた使用人のだれかが、プランケットがこの仕事につけるように手を貸したのだろうか？　それはだれだろう？　マクシーは老人を階段から突き落とすような人間には見えない。ジョアニーは……ガス栓を誤って開けてしまったかもしれないと認めた。彼女がいつアインスレーに来たのか、プランケットとどこかでつながっていないかを調べる必要がありそうだ。

けれど慎重に事を進めなければいけないと、わたしは改めて自分に言い聞かせた。

それに、ベンが言っていた老婦人のことがある。老いた彼の頭が混乱していて、ただの戯れ言を口にしただけなのかもしれない。わたしが知るかぎり、使用人のなかに老婦人はいない。けれど、説明がつかないわけではない。ベンがまだアインスレーにいたあいだに、ミセス・ホルブルックの代わりに雇われた家政婦がいたのだろうか。けれど彼女は態度が大きすぎてプランケットとぶつかり、くびになったのかもしれない。きっとそうだろう。わたしはため息をつくと、前庭に車を止めて階段をあがった。屋敷に入っていくと、左側にある大きな応接室からほこりよけの布が取り払われているのが見えた。赤いベルベットのカーテンが開けられていて、部屋を使えるようになっている。少しずつ前進している。

わたしは応接室に足を踏み入れ、部屋を見まわしながら記憶をたどった。そう、この部屋は知っている。昔は、とても豪華だと思っていたものだ。けれどいま見てみると、ごく普通の部屋だった——確かに広いけれど、決して凝った装飾が施されているわけではない。色褪せた赤い錦織のソファがふたつ。大きな大理石の暖炉のまわりに置かれたクイーンアン様式の椅子。壁を飾る数枚の絵画。時代遅れの部屋だった。わたしはため息をついて、そこを出た。

帰路の車のなかで、わたしはひとつ決めたことがあった——いや、ふたつだ。立ち入りを禁止された棟を調べること。マルムスバリー伯爵か伯爵夫人に手紙を書いて、プランケットについて尋ねること。優秀な使用人を紹介するロンドンのあっせん所をベリンダかお母さまに教えてもらってもいい。お母さまは以前にもそこを使ったことがあるはずだ。プランケットの推薦状のコピーが見たかった。彼があっせん所から紹介されてきたのだとしたら、厳しい審査を経ているはずだ。実際のところ、そういったあっせん所で使用人を雇うのは、新しい教皇を選ぶよりも難しかったりするのだ。

応接室を出ると、プランケットが姿を見せた。主人が帰宅したことを嗅ぎつける鋭い能力は、あらゆる執事が持っているらしい。

「お帰りなさいませ、お嬢さま。車は問題なく走りましたか？」

「ええ、ありがとう、プランケット」

「いつでもお望みの時間にフェルナンドが昼食を用意しますが」

「一五分後にお願いと伝えてちょうだい。ああ、それからプランケット、さっき電話局に行ってきたのよ。アインスレーの電話回線は切断されていないそうよ。だから玄関ホールに電話機を接続してほしいの。サー・ヒューバートがお留守のあいだ、彼の書斎に電話は必要ないでしょう?」

わたしはできるかぎりのヴィクトリア女王然としたまなざしで彼を見つめた。

「承知しました、お嬢さま」プランケットが答えた。「接続できる人間がいるかどうか、訊いてみます。ここにはもう雑用係はいませんので」

「そのようね。噴水をまた動かすには元栓を開けるだけでいいということすら、庭師は知らなかったんですもの」ここまではうまく運んでいると思えたので、もう少し踏みこんでみることにした。「庭師と言えば、彼らが地所のものを盗んでいることがわかって、とても心を痛めているのよ。村のお店に寄ってみたら、イチゴがいっぱいに入った籠を見かけたの。この地所で採れたものだと店主が認めたわ。あなたは知っていたのかしら?」

プランケットが顔を赤くしたので、わたしは心のなかでにんまりした。

「お嬢さま、余った農作物は無駄にしないで、村の店に売るようにとサー・ヒューバートから指示されていましたので」

「そのことに反対はしないわ。でも農作物はサー・ヒューバートのものよ。庭師のものじゃない。受け取った代金は家計用口座に入れるべきでしょう？　いまは足りないくらいなんだから、特に」わたしは一度、言葉を切った。「そう言われていなかったようだから、今回は庭師をくびにはしません。でも今後はそれなりの金額が帳簿に載るようにしてもらわないと困ります」

「おおせのとおりに、お嬢さま」ブランケットが言った。

ささやかな勝利がもうひとつ、わたしはそう思いながら階段をあがり、自分の部屋に向かった。かなり蒸し暑くなってきたので、ワンピースからコットンのスカートとブラウスに着替えるつもりだった。引き出しを開けたところで、動きが止まった。下着の一番上に、長いペチコートを畳んで置いたはずなのに、だれかが触ったあとがある。いったいなにが目的？　ここにはスーツケースひとつ分の服を持ってきただけで、本も手紙もなにもない。貴族の女性の下着に興味を抱いた若い娘の仕業なのかもしれない。けれどわたしはますます落ち着かない気持ちになった。ここでは一瞬たりとも油断はできない。

服を着替え、昼食のために階下におりた。運ばれてきたのはハムとサラダだった。レタスと新玉ねぎとラディッシュはとりあえず新鮮で、ハムもおいしかったけれど、これは昼食ではなくハイ・ティーに出すべきものだ。それに、料理とも言えない。そのあとは、またイチゴとクリームだった。モーニングルームにコーヒーを持ってくるようにと命じなくてはいけなかった。フェルナンドをくびにできるだろうかと考えた。出ていかなかったらどうする？　無理に追い出すわけにはいかない。それに、サー・ヒューバートに雇われたのだからくびにできるのは彼だけだというフェルナンドの言葉は正しいのかもしれない。ダーシーならどうすればいいかを知っているだろうに。彼が早く戻ってくることを切に願った。わたしには味方が必要だ。

そのとき、素晴らしい考えが浮かんだ。

クイーニー!

まずまずの料理人になったというし、着替えをするときには手伝ってもらえばいい。ダーシーの大おばのウーナと大おじのドーリーはクイーニーがいないと困るだろうが、ほんのしばらくのことだ。いまのわたしには彼女が必要だった。結婚式までどうしてもあなたの力が——とりわけ、新たに身につけた料理の腕が——必要なのだと、わたしはクイーニーに手紙を書いた。

ベントレーは玄関前に止められたままになっていた。村に行くつもりだったが、その前に庭師を探すことにした。ふたりは気乗りしない様子で、花壇の縁取りのところで仕事をしていた。

「ついてきて」わたしは言った。

ふたりは渋々従った。わたしはふたりを連れてイチイの生垣の向こう側にまわり、そこで目当てのものを見つけた。

「なにが見える?」わたしは尋ねた。

「水道栓のように見えます、お嬢さま」ひとりが答えた。

「開けてみて」

ひとりが、わたしの頭がどうかしたらしいと言わんばかりの目つきをもうひとりに向けた。彼はかがみこんで、栓をまわそうとした。しばらく触っていなかったせいでなかなか動かなかったが、ようやく栓が開いた。シューという音に続いて、生垣の向こうから水が跳ねる音が聞こえてきた。わたしは隙間から生垣の向こうをのぞいた。

「まあ、驚いたわ！　また噴水が動いているわよ」

庭師たちを振り返ると、どちらもしょげかえっているようだった。

「あなたたちにはわからなかったの？　あとは木の葉とゴミを掃除するだけね。きれいにしておいてちょうだいね。いいかしら？　そうそう、言っておくわ。庭をまたきちんと整えてもらうために、ベンに戻ってきてもらうことにしたから。あなたたちが今後もここで働きたいのなら、知っておかなければならないことを彼が教えてくれるわ。でも今後、わたしの許可なしにここの作物がどこかに売られたりしていたら、残念だけれど別の仕事を探してもらうことになるわね」

「おれたちのせいじゃありません、お嬢さん」ひとり――テッド・ホスキンス――が、間違ったことを言っていないかを確かめるようにもうひとりをちらりと見ながら言った。「余った果物と野菜を売ってもかまわないって、ミスター・プランケットに言われてたんです」

「なるほどね。でも、余ったらの話でしょう？　今後は毎朝、なにが食べごろになったのかをわたしに報告してちょうだい。そうしたら、わたしが必要のないものを教えるから。それに瓶詰にしたりして、冬のために保存もしなくてはいけないわ。フェルナンドはいまそれほどお料理をする必要がないから、冬用に果物の加工ができるでしょう。あとで彼と話しておくわ」

わたしはふたりに微笑みかけた。「以上よ」

わたしは村に行って手紙を投函すると、ミセス・ホルブルックの居所を知らないかと郵便局員に尋ねた。

「ええ、知っています、お嬢さま。転送先の住所がわかりますから」

彼女が書いてくれた住所は、ここから八キロほど先ということだった。せっかく車があるのだから、訪ねてみることに決めた。緑豊かな美しい道路を走っていくと、小さなコテージに行き着いた。ポーチに薔薇がからまる、白漆喰塗りのかわいらしい建物だ。

玄関に立つわたしを見て、ミセス・ホルブルックはけげんそうな顔をしたが、やがてわたしであることに気づくと、満面の笑みが広がった。

「まあ、驚いたこと。どうぞ入ってください、お嬢さま。お会いできるなんて、こんなうれしいことはないですよ」

ミセス・ホルブルックは染みひとつない居間にわたしを案内すると、急いで台所へと入っていった。まもなく、ショートブレッドとジンジャーブレッドと青と白のストライプのティーセットをのせたトレイを持って戻ってきた。わたしの向かいに腰をおろし、来月のわたしの結婚式について次々と質問を浴びせてくる。アインスレーで暮らすようにとサー・ヒューバートに言われたと話すと、彼女は驚きつつも喜んでくれた。

「それを聞いて、うれしいですよ。お嬢さまならすぐに、あそこをあるべき姿に戻してくれますね」彼女はわたしに顔を寄せて言った。「あまり長いあいだ、住む人間がいないのはよくないって旦那さまには言ったんですよ。わたしとミスター・ロジャースがいたあいだは、あそこもちゃんと維持されていたんですけれどね。でもあの新しい人は——まあ、お嬢さまも気づかれたでしょうけれど」

「ええ、そのとおりよ、ミセス・ホルブルック。正直言って、サー・ヒューバートがそもそもあの人を雇ったことに驚いたわ」

「素晴らしい経歴だったんですよ、お嬢さま。貴族の方からの最高の推薦状があったんです。もちろんサー・ヒューバートはここにはおられませんでしたしね。弁護士とロンドンのあっせん所に任せていたんです。気の毒なミスター・ロジャースのことがありましたから、ばたばたと決まったんです。お聞きになりましたよね？　裏の階段から落ちたんです。確かに、少しばかり足元が怪しくなっていましたからね。やめることを考えなきゃいけないと彼自身わかっていたんで、弁護士に頼んでロンドンのあっせん所に連絡を取ってもらっていたんです」ミセス・ホルブルックは言葉を切り、まばたきをして涙をこらえた。「それでも、ショックでしたよ。あの家で三〇年も一緒に働いていましたし、わたしは彼のことがとても好きでしたから。みんなそうでしたよね？　本当に優しい人だった」彼女は弱々しく笑って見せた。「お葬式をお見せしたかったですよ。教会はいっぱいでした。このあたりではとても人気のある人だったんです」

「彼が亡くなったあと、あなたもやめることにしたのよね？」

「ええ」恥ずかしそうな表情が彼女の顔に浮かんだ。「とても断れないような、寛大な申出をしてもらったんです。あれだけのお金がなければ、とてもここみたいなコテージを買うことはできませんでしたよ。いまは快適に暮らしていますし、とても感謝しているんです。旦那さまがしてくださったことだと思います。昔から本当に親切な方でしたから」

わたしたちはそれからしばらくお喋りをし、また来ると彼女に約束した。しばらくのあいだアインスレーに戻ってきてほしいと頼みたくなったけれど、彼女がプランケットを嫌っていることは明らかだ。

「言わせてもらえば、粗野な男ですよ」彼女は言った。

玄関までわたしを送ってくれた彼女に、弁護士の名前を知っているかと尋ねた。

「ええ、もちろん知っていますとも。ヘイワーズ・ヒースのイートン・アンド・ハリスですよ、お嬢さま。アントルーサー家代々の顧問弁護士です」

ようやく進展があった気がした。弁護士事務所の名前がわかったから、これで多くのことが判明するだろう。けれど、コテージを買うためのお金をミセス・ホルブルックに払ったのはだれなのだろう？　プランケットでないことは確かだ。執事にそれだけのお金はない。サー・ヒューバートからの贈与なのかもしれない。彼女が引退したくなったときに支払うように、弁護士に委託していた？　それが一番筋が通る気がした。弁護士を訪ねたときに、訊いてみようと決めた。

15

六月二七日　木曜日
アインスレー　サセックス州

事態はどんどん複雑になっていく。以前の執事は階段から落ちて死んだ。だれかがわたしの引き出しを漁った。何者かが充分すぎる退職金をミセス・ホルブルックに払った——コテージを買えるほどの額を。いったいここでなにが起きているの？　かなり不安になったことを告白しておく。

アインスレーの前庭で、楽しげに躍る噴水が見られるのはいいものだった。わたしは長いあいだそこに立って、太陽の光にきらめきながら宙を舞う水を眺めていた。数羽のスズメが噴水の縁に止まり、飛んでくる水しぶきを楽しんでいる。家の前側の部屋にすればよかったと、つかの間考えた。そうすれば窓から噴水を見ることができたのに。けれどわたしが選んだのが一番いい部屋だったし、緑地庭園を見渡せる窓からの景色は素晴らしいものだ。ミセス・ホルブルックのところでたっぷりとお茶をいただけてよかったと思った。アインスレーで供されるのは市販のビスケットと淡い色の紅茶だろうからだ。だがそれも、クイーニーが来るまでの辛抱だ。地所で採れた新鮮な作物を使うことについて、フェルナンドと話をするのは明日にしようと決めた。彼が瓶や缶に保存する方法を知っているとは思えなかったけれど、鼻をへし折ってやればずっとするだろう！　村の女性のだれかに来てもらえるかもしれない。わたしの経験からすると、田舎で暮らす女性はだれでも果物と野菜の保存の仕方を知っているものだ。

家のなかは静かだった。サー・ヒューバートの棟を調べるにはうってつけだ。いくつくらいの部屋があるのか、なにに使われているのかを自分の目で確かめておきたかった。気がつけばわたしは、ふたつの棟をつなぐ長い廊下を忍び足で歩いていた。ばかげている。わたしはここの女主人なのに。だれにも見られることなく、向こう側の棟にたどり着き、暗い廊下に立った。すべてのドアは閉まっていたから、どこからも光は入ってこない。一番手前のドアを開けようとしたが、鍵がかかっていた。ふたつ目の部屋も。わたしはいらだちを覚えた。

応接室に戻り、呼び鈴を鳴らしてプランケットを呼んだ。

髪の乱れ具合を見るかぎり、彼は昼寝をしていたようだ。

「プランケット、向こうの棟の部屋を調べようと思ったのに、どれも鍵がかかっているみたいね」

「そのとおりです、お嬢さま。あちらの部屋にはだれも入れないようにというサー・ヒューバートの命令ですので」

わたしは怒りを呑みこんだ。

「でもあなたはあそこに入って電話を使っていたじゃないの」

「なにもほこりをかぶっていないか、旦那さまが戻られたときにすぐ使えるようになっているかを確かめるために、わたしは時々あちらに行きます」

「わたしはいますぐあそこの部屋が見たいの。アインスレーの新しい女主人として」

「申し訳ありません、お嬢さま。ですがこれはサー・ヒューバートの命令です。あちらの部屋には鍵をかけておくようにという指示でしたから、旦那さまに言われるまでは鍵を開けるわけにはいきません」

怒りが募った。「近いうちに新しい仕事を探すことになると覚悟しておくのね、プランケット。サー・ヒューバートが戻ってきて、あなたがどれほど反抗的だったかを聞いたら、すぐにくびになるわ」

プランケットはしてやったりというような顔でわたしを見つめている。

「旦那さまがいつ戻られるのかは、わからないんですよね？　しばらく先になるんじゃないでしょうか。何年も登山から遠ざかっていらっしゃいましたからね。滑落して、スイスの病院で長いあいだ静養されていたことはお嬢さまもご存じでしょう？」そう言って薄ら笑いを浮かべた。「いずれお戻りになったときには、わたしがだれになにを言われようと旦那さまの命令に従ったことに感心してくださるでしょうね。それに言わせていただきますが、どうしてそれほど旦那さまの書斎や小さな居間を見たがるのか、わたしにはわかりません。自由に使える部屋が充分あるじゃないですか」

「わたしが言っているのはそこじゃないの。問題は、わたしがあなたに指示を与えているのに、あなたはそれに従おうとしないことよ。わたしがこれまで暮らしたどんな家でも、反抗的な使用人は次の日には荷物をまとめていたわ」

「もうアインスレーの主人ではないとサー・ヒューバートがご自分で言われたときには、喜んでお嬢さまの指示に従います。ですがそれまでは……」プランケットはそう言い残して、部屋を出ていった。

どうすればいいのか、わたしにはわからなかった。くびにしても、彼は出て行かないだろう。部屋に戻り、メイフェアにある使用人のあっせん所を訪ねて、だれがプランケットを推薦したのかを調べてほしいと母に手紙を書いた。もう一度投函しに行くつもりはなかったけれど、使用人のだれかに頼む気ももちろんなかった。

ミセス・ホルブルックのところでしっかり食べてきてよかったと改めて思った。ディナーがまたもやとんでもない代物だったからだ。今夜出てきたのは、正体不明の肉のかけらとソーセージが入った、米料理だった。そのあとには、子供が食べるようなカスタードが運ばれてきた。わたしはチーズとビスケットを持ってくるように命じなければならなかった。再び、フェルナンドを呼びつけた。

しかめ面の彼が、エプロンで両手を拭きながらやってきた。

「フェルナンド、あなたになにを作ってもらいたいのか、ちゃんと伝えたと思ったけれど。お米と残りものの肉なんて言った覚えはないわ」

「これはスペイン料理です。パエリア。みんな好きです」

「わたしは好きじゃない。それに、わたしがディナーに食べたいもののリストに〝パエリア〟なんていう言葉は入っていなかったはずよ」わたしは大きく息を吸った。「残念だけれど、あなたにはやめてもらうしかないようね、フェルナンド。あなたは、この家で必要とされている基準に達していないわ」

「イギリス人の旦那さまにくびだと言われるまで、おれは出ていきません」

「いまにわかるでしょう」わたしはそう言いながらも、内心はぞっとしていた。だれもここを出ていかなくて、サー・ヒューバートが一年も二年も戻ってこなかったらどうする？ 弁護士なら彼と連絡がつくはずだとわたしは自分に言い聞かせた。それに、反抗的な使用人をわたしが合法的にくびにできるのかどうかも知っているかもしれない。明日。明日、弁護士に会いに行こう。

ディナーのあとのコーヒーも頼まなかった。こんな状況では、毒を入れられてもおかしくない。もしくは下剤とか。わたしは自分の部屋に戻り、ひとりで着替えをした。ジョアニーを呼んで、またガス栓を開けられるのはごめんだ。じきにクイーニーが来ると思うと、気持ちが上向いた。クイーニーはそれほど悪くはなかったんじゃない？ 少なくとも、忠実だった。

全部の窓を開けて、そのうちのひとつから外を眺めた。月明かりが緑地庭園に影を作っている。遠くでフクロウが鳴いている。狐が吠えている。夜の生き物たちがあちこちにいるようだ。不可解な音が聞こえたのはそのときだった。まるで狂人の笑い声のような。背筋がぞくりとして、心臓がどくんと打った。孔雀？　昔は庭園に孔雀がいたけれど、庭師を探しに行ったときには一羽も見かけなかった。それに孔雀は夜、眠るものだ。向こうの棟でなにかが光っていることに気づいた。距離があったのでどの部屋なのかはわからないが、真っ暗闇のなかに確かに光るものがある。あの棟の外に懐中電灯を持ったなれかがいるのか、あるいは立ち入り禁止になっている部屋のどれかに明かりがついているのかもしれない。

わたしはガウンを羽織ると、足音を忍ばせて部屋を出た。廊下を進み、向こうの棟に通じる階段に向かった。手すりをつかみ、一段ずつおりていく。一番下の段で立ち止まり、ひとつ深呼吸をしてからそっと足をおろした。そこは真っ暗で静まりかえっていたけれど、突き当たり近くの部屋のドアの下からわずかに光が漏れているようだった。手前の部屋から順番に聞き耳を立てながら進んでいると、近づいてくる足音が聞こえた。急いで引き返し、階段の壁にぴたりと体を押しつけた。足音が大きくなったかと思うと、目の前に現われた人影は立ち入りを禁止されている廊下へと進んでいった。わたしは悲鳴をあげないように、手で口を押さえた。ゆったりしたスカートをはいて、頭にショールのようなものをかぶったその人影は、廊下の暗闇に消えていった。ドアが開いて閉じるのを待ったけれど、なんの物音もしなかったし、なにも見えなかった。やがて暗闇から、あの恐ろしい笑い声が響いてきた。恐怖には勝てなかった。わたしは階段をあがって自分の部屋に戻ると、今夜もまたドアノブの下に椅子をあてがった。

六月二七日木曜日　および二八日金曜日

無礼で役に立たない使用人、ガス栓、階段からの転落、そして今度は幽霊。いったい次はなにが出てくるのだろう？

わたしは心臓が激しく打つのを感じながらベッドに横になり、いま見たものは本当に幽霊だったのだろうかと考えた。たっぷりしたスカートと頭にかぶったショールは現代のものとは思えなかったし、使用人がする格好ではない。この家にいる女性はジョアニーとモリーのふたりだけだが、どちらもすらりとして小柄だ。さっきの女性はもっと背が高いけれど、プランケットやフェルナンドやマクシーほどではなかった。そもそも、彼らが女性の格好をして夜中に屋敷をうろつく理由があるだろうか？　それにあの笑い声は？　人間のものとは思えなかった。悪魔やヴァンパイアといったものが脳裏に浮かんできた……昼間であれば、笑い飛ばしていたような事柄ばかりだ。

論理的に考えようとした。わたしはスコットランドの城で育っているし、様々な古い屋敷に滞在したことがあったから、幽霊と無縁ではない。ケンジントン宮殿で実際に見たこともある。けれど幽霊は音を立てるかしら？　まず気づいたのは、足音だったのだ。わたしが見た幽霊は、ふわふわと浮かぶように移動していた。それにひんやりした空気というか、見たものを震えあがらせるような雰囲気を漂わせていた。

というわけで、あれは生きた人間に違いないとわたしは結論を出した。けれど彼女はアインスレーでなにをしているのだろう？　いったいだれを訪ねてきたの？　ベンが老婦人のことを尋ね、そのあと気まずそうな顔であわてて口をつぐんだことを思い出した。ともあれ、こんな夜中にまた階下におりるつもりはない。朝になるのを待って、プランケットを問いただそうと決めた。

ベッドに横になっていても、わたしの頭は混乱したままだった。この家にはそれでなくてもおかしなことが多すぎるうえ、今度はこれだ。サー・ヒューバートは遠く離れたところにいながら、なにか変だと気づいていた。それなのにどうして戻ってきて質そうとしなかったのかしらと、わたしは腹立ち紛れに考えた。この家にひとりでいたくなかった。ひとりではとても耐えられない。仲間が欲しかった。なによりも、わたしを抱きしめるダーシーの腕が恋しかった。もうすぐだと自分に言い聞かせた。あと少ししたらわたしの隣にはダーシーが寝ていて、わたしを抱き寄せ、そして……想像はそこまでにしておいた。

夜が明けて、気持ちよく晴れ渡った朝がきた。露に濡れた芝生を眺めていると、ゆうべあれほどびくびくしていた自分が信じられなかった。いまは、必ず真実を突き止めると心に決めていた。顔を洗って着替え、朝食のために階下におりた。サイドボードにはキドニーもケジャリーもなく、スクランブルエッグとトーストがあるだけだ。フェルナンドになにを言おうと、ここでは子供が食べるようなもので暮らしていかなければならないらしい。早く来て、クイーニー、わたしは心のなかでつぶやいた。彼女が料理をしてくれれば、空腹になることはない。彼女は食べることが大好きなのだから。けれどクイーニーはダーシーの親戚のところでとても楽しく過ごしていて、ここには来たがらないかもしれない。ずっと追い出したくて、いなくなることを願っていたのに、いまは彼女が恋しくてたまらない。人生とは妙なものだ。

朝食を終えると、わたしはプランケットを呼んだ。

「お呼びでしょうか、お嬢さま」

神経がささくれ立っていたので、わたしは思わず辛辣な言葉をぶつけるところだった。

「ほかのだれがあなたを呼ぶというの？　幽霊？」その言葉を呑みこんで、深呼吸をした。

「プランケット、ゆうべわたしは、向こうの棟の下の廊下を歩く人を見かけたの。女性だったわ」

彼の顔がぴくりと引きつった。「ジョアニーがなにかを確かめに行ったのかもしれません」

「なにを確かめるの？　あちらの部屋は鍵がかかっているとあなたが言ったのよ。それにその女性はジョアニーより大柄だったし、変わった格好をしていたわ……大きなショールを頭にかぶって、たっぷりしたスカートをはいていたの」

プランケットは落ち着きなく片方の足からもう一方の足へと体重を移し替えている。不安になったときの彼の癖だ。「なにかの見間違いです、お嬢さま。もちろん、この家に幽霊がいる可能性はあります。わたしは一度も見たことがありませんが。ですがこの手の古い家には……少なくとも幽霊のひとりくらい住んでいるんじゃありませんか？」

「あれは幽霊じゃなかった。足音を聞いたの。幽霊は音を立てない――うめくことはあるかもしれないけれど、床を歩く足音はしないわ。あなたがなにかを知っているのは確かなようね。部屋の鍵を渡してもらいます。わたしが自分で行って、真実を突き止めるから」

「鍵は渡せないと言ったはずです、お嬢さま」彼は拒否したが、動揺しているのがわかった。

「そういうことなら、わたしなりの措置を取るほかはないわね。ゆうべ侵入者を見かけたから、なにかなくなっていないかどうかを調べてほしいと警察に通報するわ。警察は徹底的に調べるでしょうね。あなたにすべての部屋のドアを開けさせるはずよ」

プランケットは何度かまばたきをしてから言った。「わかりました、お嬢さま。あなたには知らせたくなかったんですが。お嬢さまが来ることがわかっていて、もっと時間があったなら、別のやり方があったかもしれません」

「なにを言っているの、プランケット？」

彼はわたしと目を合わせようとはしなかった。自分の足元を見つめている。

「あれは、旦那さまのお母さまです」

「サー・ヒューバートのお母さま？　ここに？　どうして教えてくれなかったの？」

「それが彼女の望みだったからです。旦那さまに知られたくないというのが」プランケットは不安そうに身じろぎした。「彼女は……その、少しばかり耄碌していまして。予測できない行動をしたり、夜中にうろついたりということがあったので、旦那さまは最後に旅に出られる前に、お年寄りの方々の面倒を見てくれる施設に彼女を入れたんです。身の安全のために。ですが、彼女は気に入らなかったようで。偉そうに命令されたり、部屋に閉じ込められたりするのが嫌な方なんです。そういうわけで、数カ月前に施設を逃げだして戻ってくると、ここにいることはだれにも言わないようにとわたしたちに約束させました。施設に戻されるのが嫌だからと」

「そういうことなら、わたしはお会いしなくてはいけないわ。わたしがこの家にいることをご存じなの？　ご挨拶をしていないわたしを無礼だと思っているかもしれない」

「それはないと思います、お嬢さま。彼女は……その、あまり頭がはっきりしていないので。ご自分の世界で暮らしているんです。昼間はほとんど眠っていて、夜にうろつくことが多いんです」

「彼女をここに置いておくのは正しいことなのかしら？　逃げてきた施設のほうが、よく面倒を見てもらえるのではない？」

「ここでもちゃんとお世話をしています。女性を雇って、昼も夜も彼女と一緒にいてもらっているんです。いまもおいしい食事とワインを楽しんでおられます。サー・ヒューバートに手紙を書こうと思ったのですが、わたしたちが知っている住所はブエノスアイレスにあるイギリス大使館だけだったんです。手紙が旦那さまの手に届くには何か月もかかるでしょうし、それまでのあいだ彼女がどうするかを決めるのはわたしたちがすべきことではありません」

「そうでしょうね」わたしは言った。「どちらにしろ、一度は会っておきたいわ。同じような身分の人とのお喋りを喜んでもらえるかもしれない。そのあいだだけでも現実に戻るかもしれないでしょう？」

「それはわかりません。ほとんど普通に見えるときもあれば、妖精とどこかに行ってしまうときもあるので」

「それなら、あなたはいつならいいと思うの、プランケット？」

「暗くなってからがいいと思います、お嬢さま。さっきも言ったとおり、彼女は昼間はほとんど寝ていて、夜になるとうろうろするので。まるでいまいましい蝙蝠（こうもり）みたい……妙なことを言ってすみません、お嬢さま」

わたしは笑い声をあげた。「それじゃあ、暗くなったら彼女のところに連れていってちょうだい」

「承知しました、お嬢さま。彼女の面倒を見ているミセス・プリチャードに伝えておきます」

プランケットとの話を終えたわたしは、ぐっと気分がよくなっていた。これで多くのことの説明がつく。あちらの棟で見えた明かりと物音。台所にあった上等のワイン。わたしたちの食事があれほど貧しいのは、いいものはレディ・アンストルーサーにまわされているからなのかもしれない。ひょっとしたら彼女はスペイン料理が好きで、だからフェルナンドが雇われたのかもしれない。ふと気づいたことがあった。わたしの部屋のガス栓を開けて、引き出しのなかを漁ったのは彼女だった可能性がある。ドアに鍵をつけることを考えるべきだろう。

その後わたしは図書室に行き、『バーク貴族名鑑』を探した。わたしたちのような階級の家には必ずある本だ。図書室はまだ掃除が終わっていない部屋のひとつで、中央の大きなテーブルにはほこりよけの布がかかったままだった。鉛枠の窓から日光が射しこんでいて、ほこりが宙を舞っているのが見える。壁際には古い革装の本がずらりと並び、らせん階段の先は回廊になっていた。いまは布で覆われ、ほこりにまみれているけれど、見事な部屋だ。わたしは満足感に浸りながらあたりを見まわした。ここにある本をいったい何世代の人間が読んだのだろう？　これが事実上、わたしのものになったのだと考えると、襟を正す思いだった。ほこりに咳きこみながらテーブルと椅子を覆っていた布をはずしたあと、棚を探していき、ようやく目当ての本を見つけた。わたしは降り注ぐ太陽の光のなかで、革張りのテーブルの前に座った。なにもかもが穏やかで、時を忘れさせるようで、わたしは初めてこの美しい家が我が家となったことを感謝する気持ちになった。確かにまだいまはいろいろといらだつこともあるけれど、きっとすぐにすべて丸く収まって、ダーシーとわたしはここで素晴らしい日々を過ごすのだ。

『カンバーランド／キルトン城／第八代マルムスバリー伯爵／セシル・ペレグリン』という項目を見つけた。プランケットを雇っていたという老婦人の息子に違いない。ずいぶん遠いところだ。どうしてプランケットはそんなところで働いていたのだろう？　彼がロンドン出身であることは、その話し方からも明らかだ。引き出しに便せんがあったので、プランケットの働きぶりに満足していたのか、彼を誉める内容の推薦状を与えたのかを伯爵に尋ねる手紙を書いた。それから、もう一度ベントレーを持ってくるようにと命じた。手紙を投函したかったし、ヘイワーズ・ヒースにいる弁護士にも会いたかったからだ。

「手紙を投函するだけでしたら、だれかに村まで自転車で行かせますが、お嬢さま」プランケットの口調は珍しく感じがよかった。レディ・アンストルーサーの秘密を打ち明けたことで、肩の荷がおりた気分なのかもしれない。

「ありがとう。でもヘイワーズ・ヒースに行く用事もあるのよ」わたしは答えた。「ああ、それから電話のことだけれど……」

「お昼までに接続しておきます、お嬢さま」

わたしはいい気分で高い生垣のあいだを運転していたが、トラクターがいきなり目の前に現われたので現実に引き戻された。あわてて急ブレーキを踏み、間一髪で肥料を積んだカートとの衝突を免れた。その後はより慎重に運転し、手紙を投函した。女性郵便局員と今日はいい天気だというような当たり障りのない言葉を交わした。こんなお天気は長くは続かないだろうけれど、日曜日に村のお祭りがあるのでそれまでもってほしいと彼女が言った。

「お嬢さまがアインスレーで暮らすことがわかっていたら、牧師さまはきっと開催の言葉をお願いしていたでしょうね。サセックス・デイリー・クイーンの準ミスになった子がすることになっているんですよ。彼女は胸やら脚やらを惜しげもなく見せるでしょうからね」

帰ろうとしたところで、彼女が言った。「今朝、お嬢さま宛の手紙が届いていましたよ」

こちらに向かっているというクイーニーからの返事かもしれないと、思わず胸が高鳴った。けれど彼女に手紙を出したのは昨日だから、どれほど郵便局の仕事が速くても、アイルランドから返事が来るにはあと数日はかかるはずだと気づいた。彼女がさらに言葉を継いだ。

「とても立派な手紙でした。紋章とかがついていて」

「ありがとう。いただけるかしら？」

「今朝、配達に出るジョーンズに渡しました。いまごろはアインスレーに配達されているはずです」

不安が広がった。プランケットがそれを受け取って、わたしに渡す前に読んだりしていないだろうか？　それとも捨ててしまったとか？　単なる悪意以外にそんなことをする理由は思い当たらないけれど、わたしが家を出たとき玄関ホールのお盆に手紙はのっていなかった。

ヘイワーズ・ヒースに向かった。小さな村で、弁護士事務所のイートン・アンド・ハリスはすぐに見つかった。わたしが名乗ると、その場にいた人々は小声でなにごとか言葉を交わしたあと、即座にわたしをミスター・イートンがいる聖域へと案内した。

彼はわたしを見ると立ちあがり、手を差し出した。「レディ・ジョージアナ。ようこそ。お会いできてうれしいですよ。どうぞおかけください」

ミスター・イートンは、完璧なサンタクロースになれそうなもじゃもじゃした白髪の持ち主だった。わたしは座り心地のよさそうな革の椅子に腰をおろした。

「ミスター・イートン、結婚式のあとはアインスレーで暮らすようにと、サー・ヒューバートがわたしに言ってくださったことをご存じですか？」

彼は笑みを浮かべたままうなずいた。「わたしに相談がありましたよ。素晴らしい考えだと答えました。いつ、引っ越してこられるおつもりです？」

「実はいまあそこに滞在中なんです。夫と一緒に越してくる前に、わたしの好みどおりにしつらえるといいとサー・ヒューバートに言われたので」

「素晴らしい」彼は両手をこすり合わせた。「それで、あの家を気に入りましたか？」

「家はわたしが覚えているとおり、とても美しいです。ですが正直に言って、使用人たちに少し問題があって。サー・ヒューバートの以前の使用人たちの基準に達していないようなんです」

「本当に？　それは意外ですね」ミスター・イートンは眉を吊りあげてわたしを見つめた。彼の眉は二匹の大きなエビのようだったから、かなりぎょっとさせられた。「確かに、ロジャースのような古くからの素晴らしい執事を失ったことは残念でしたが、ふさわしい後任の人間を見つけたと思っていたのですよ。プランケットはあなたの期待どおりではなかったのですね？」

「ええ」わたしは言った。「サー・ヒューバートも彼のような執事を望んではいなかったと思います」

ミスター・イートンは首を振った。「驚きましたね。彼は素晴らしい推薦状を持っていたのですよ。以前の雇い主は彼に非常に満足していたようです」

「それが不思議なんです。彼はわたしを取るに足りない若い娘だと思っていて、だから適当な態度を取っているのかもしれませんが、それにしてもあれは優れた執事のマナーではありません」

「それはいけませんね」

「彼を面接なさったんですか？」わたしは尋ねた。

「いえ、わたしはしていません。ロンドンのあっせん所に任せていたんです。ロジャースの後任にふさわしい人間を見つけたと言って、推薦状のコピーを送ってくれました」

「まだそのコピーはありますか？」

「ええ、ありますとも」ミスター・イートンが小さなベルを鳴らすと、紺色のツーピースを身に着けた中年女性が現われた。常に身だしなみを完璧に整えているタイプの女性だ。「ミス・トンプキンス、サー・ヒューバートのファイルを持ってきてもらえるかね？　一番新しい執事の推薦状が見たい」

「わかりました、ミスター・イートン」彼女はそう応じて部屋を出ていったかと思うと、大きなファイルボックスを持って、あっと言う間に戻ってきた。彼女はその箱を開けて、一通の封筒をミスター・イートンに手渡した。彼が封筒を開けて、手紙をわたしに差し出した。

以前の執事であるチャールズ・プランケットを心より推薦します。彼は使用人たちにも配慮が行き届き、常に誠実で模範的な執事でした。ワインや銀器、礼儀作法に関する卓越した知識を持っており、どれほど大きな屋敷でもなんの問題もなく運営することができるでしょう。


わたしは顔をあげた。「どう考えていいのかわかりません。わたしに対する態度はひどくぞんざいなのに」

「それは驚きですね。わたしにも理解できません。あなたの代わりに、わたしから彼に話しましょうか？」

「ご親切にありがとうございます、ミスター・イートン。ですが、わたしも使用人の扱い方を学ばなければいけないんだと思います。始めるのは早いほうがいいですから」

「その意気ですよ」彼はぽってりした大きな手を叩いた。「使用人には、身の程をわきまえさせなければいけないときがありますからね」

「ひとつお訊きしたいのですが――わたしが使用人を解雇することはできますか？」

彼の顔が曇った。「ふむ、それはどうでしょう。サー・ヒューバートがだれかを雇うと決めたのなら、彼の意図に背くのは難しいです。少なくとも、彼に黙ってというわけにはいかないでしょう」

「ええ、それはわかります。ただ、料理人のフェルナンドがわたしの希望とは違っているので」

「あの料理人は、以前の料理人が引退したあと、あっせん所を通して最近雇われたはずです。彼がふさわしくないということなら、あなたには解雇する権利があると思いますよ」

「サー・ヒューバートから直接言われるまでは出ていかないと、彼は言っているんです」

ミスター・イートンは心配そうな表情になった。「いますぐに彼を解雇したいのですか？あなたの望むことができるようになるまで、彼に少し時間を与えることはできませんか？」

「できると思います」わたしはのろのろと答えた。

「そうでしょうとも」彼は笑顔になった。「ほかになにかお訊きになりたいことはありますか？」

「家計用口座のお金なんですが」

「それは銀行が対処しています。なにか問題でも？」

「いえ、なにも」サー・ヒューバートが充分な額を支払ってくれていないなどとは言いたくなかった。「使用人だけのときは適切な金額だったようなんですが、夫とわたしがお客さまをもてなすには……」

「金額が充分ではないと思うのなら、それはご自分の蓄えからお出しになればよろしいでしょう」暗にたしなめられてしまった。サー・ヒューバートは正しいことをしたのに、感謝が足りないと思われているのだろう。そのとおりなのかもしれない。なにはともあれ、わたしは無料の住居とそこを維持するための使用人を与えてもらったのだ。ミスター・イートンの言うとおりだ。足りない分は自分の財布から出さなくてはいけない……問題は財布が空っぽなことだ。さあ、困った。ここにいる残りの日々をお米とカスタードで過ごさなくてはいけないようだ。

それからしばらくとりとめのない会話を交わしたあと、わたしはお礼を言って事務所を出た。アインスレーへ向けて車を走らせ始めてから、ミセス・ホルブルックへの贈与はサー・ヒューバートからのものなのかどうかを尋ねるのを忘れていたことに気づいた。でも、訊かなくてよかったと思った。きっとミスター・イートンは、サー・ヒューバートが自分のお金でなにをしようが、わたしには関係のないことだと考えただろう。ひとつだけわかったことがある。プランケットはレディ・マルムスバリーの模範的な執事だった――彼が推薦状を偽造したのでなければ。ありうることだ。現伯爵が彼のことをどう考えているのか、返事を待つほかはなかった。

17

六月二八日　金曜日
アインスレー　サセックス州

今夜はレディ・アンストルーサーに会う。少し不安だ。いくらか耄碌しているという老婦人とうまく話ができるだろうか？　それに、母親のことをサー・ヒューバートに伝えるべきかどうかも決めかねている。彼が母親の身の安全を考えて施設に入れたのなら、逃げ出したことを知りたいんじゃないだろうか？　プランケットが彼女とかわした黙っているという約束に、わたしは縛られない。問題は、ブエノスアイレスのイギリス大使館以外にサー・ヒューバートに連絡を取るすべがないことだ。彼からのわたし宛の手紙はチリのホテルで書かれていたけれど、彼はもうとっくにそこを発っているだろう。なんていらだたしい！　こういう状況でなにをするのが正しいことなのか、わかっていればよかったのに。彼女はここにいれば安全だし、サー・ヒューバートが帰ってくるまで面倒を見てもらえる。わたしが悩むことではないのだろう。

アインスレーの私道に車を走らせながら、わたしは改めてこの家の美しさに感動していた。赤いレンガが輝いている。鉛枠の窓が日光を受けてきらめいている。エリザベス朝様式のらせん状の変わった煙突、大きなオークの木、その背後のブナの木立。そして楽しげに躍る噴水。完璧だわと、わたしはつぶやいた。ダーシーにここを見せているところを想像した。彼はいつ来るのかしら？　どうして手紙をくれないの？　その答えならわかっていた。だれにも居所を知られるわけにはいかないからだ。本当にひどい人！

ベントレーを降りて、正面の階段をあがった。玄関ホールでプランケットがわたしを出迎えた。

「楽しいドライブでしたか、お嬢さま？」

「ええ、ありがとう、プランケット。手紙は届いているかしら？」

「はい、お嬢さま。モーニングルームに手紙を置いておきました。コーヒーをお持ちしますか？」

「ええ、お願い」

わたしはいたって上機嫌でモーニングルームに向かった。すべて丸く収まったようだ。わたしに対するプランケットの無礼な態度は、耄碌した老婦人のことを隠さなくてはならないうえ、彼女の行動についても心配しなくてはいけないという緊張感のせいだったのかもしれない。ようやく執事らしくなってきた。

窓のそばの低いテーブルに置かれた銀のお盆に、二通の手紙がのせられていた。一通には確かに王室の紋章があったので、胸騒ぎがした。なにかの奇跡が起きてクイーニーが返事をよこしたのかもしれないと、はかない望みを抱いてもう一通の手紙を見た。ベリンダの筆跡だったので、思わず頰が緩んだ。

王室の紋章があるほうの手紙を先に開けた。だれでもそうするものだ。秘書が書いたものではなく、王妃陛下の筆跡だった。個人的な手紙だということだ。

愛しいジョージアナ

招待状を受け取りました。喜んで出席しますよ。結婚式の準備は順調に進んでいることと思います。エリザベスとマーガレットは、ブライズメイドになることをとても楽しみにしています。特にマーガレット――あの子はフリルのついたドレスで踊るのが大好きなのですよ。エリザベスは乗馬ズボンをはいていられれば、それで満足なのですけれどね！　仕立屋は、近いうちにドレスの最初の仮縫いをしてくれるのでしょうか。くわしいことを聞きたいですね。

招待客リストについてですが、結局あなたが会うことのなかったバイエルンの王女は省いたほうがいいのではないかしら（本物の王女のことですよ）。ヨーロッパの親戚からはほかにだれを招待するつもりですか？　どこかの国王を招待するのであれば、陛下とわたくしで宮殿にお呼びしなくてはなりませんからね。

あなたの新婚旅行ですが、八月にわたくしたちが恒例の狩りに行くまで、バルモラルを使ってくれてかまいません。あそこはとても静かで落ち着いていますし、使用人たちがよく面倒を見てくれますから。

わたしは顔をあげて、窓の外に目を向けた。ため息が漏れた。バルモラルは、わたしが新婚旅行の行き先として考えていたような場所ではない。そもそもわたしは、そこから数キロ離れたところにある同じようなスコットランドのお城で育っているのだ。あの手のお城は寒いし、すきま風が入るし、陰鬱だ。そのうえ絨毯も壁紙もタータンチェックときている。あれほど気を滅入らせるものは、それほどない。行き先は考えるとダーシーは言っていたけれど、わたしはついこのあいだまで滞在していたマッジョーレ湖や、母のかわいらしいヴィラがあるニースのようなロマンチックな場所を思い描いていた。どこへでもついてくる使用人が大勢いるようなところで、新婚旅行を楽しめるはずがない。朝はメイドが紅茶を持ってずかずかと入ってくるから、いちゃいちゃすることもできないのだ。けれど、王妃陛下に〝遠慮しておきます〟と言ってもいいものだろうか？　ダーシーはもっといい計画を立てているだろうか？

ベリンダからの手紙を開いた。かなり熱心に仕事をしていて、その進捗具合には自分でも満足しているらしい。わたしもきっとドレスを気に入るだろうと彼女は書いていた。ブライズメイドのドレスについては……幼い王女たちが結婚式に着るのにまさにふさわしいものができたということだった。デザインを見たいので自宅まで持ってきてほしいと公爵夫妻に言われたので、できればその日にわたしもロンドンに来てくれないかとのことだった。そうすればわたしのドレスを見せることもできるし、一緒にピカデリー一四五番地に行くこともできるからだ。公爵夫妻が宮殿で暮らしていないことが、ベリンダには意外だったらしい。王家の方々にデザインを見せると思うと不安だとベリンダは書いていた。わたしはおふたりをよく知っているから、一緒にいると心強いそうだ。さらに手紙は続いていた。

お屋敷の女主人になった気分はどう？　落ち着いた頃に、ぜひ遊びに行きたいわ。初めてロンドンに来たときのことを思うと、ずいぶん進歩したものね。あの頃は実家のロンドンの家に仮住まいをして、唯一、あなたに作れるベークドビーンズばかりを食べていたというのに。料理といえば……残念ながら、新しいメイドのハドルストーンはやめてもらうしかないわ。料理ができないの、というかする気がないの。彼女はレディズ・メイドになる訓練を受けてきたのであって、下働きをするつもりはないんですって。わたしも料理はできないし、する気もないから、いまはハロッズとフォートナムで買ってきたものばかり食べているわ。ずいぶんとお金がかかる食事だと思わない？　だからハドルストーンにはやめてもらわなきゃならないのよ。そもそも不機嫌な顔をしたおばさんだしね。ユーモアのセンスもないし、すごくお堅いの。もしわたしが男の人を家に呼んだりしたら（もちろんそんなことはしないわ。一生、男の人とは縁を切るって決めたんですもの）、彼女が露骨に非難がましい態度を取るせいで、かわいそうなその人はがっかりして逃げ出すでしょうね。

わたしは微笑みながら手紙を畳んだ。気の毒なベリンダ。彼女もわたしも使用人に悩んでいるわけだ。けれど彼女の問題のほうが、解決するのは簡単そうだ。わたしは王妃陛下の手紙に目を向けた。すぐに返事を書かなくてはいけないけれど、バルモラルへの誘いに応じたくはなかった。結局、心遣いはありがたいけれど、未来の夫はいま留守にしているので新婚旅行についてどんな計画を立てているのかはわからない、彼が戻り次第、連絡するといった内容の手紙を書いた。切手を貼り、玄関ホールのテーブルに置きに行った。するとそこには、電話機があった。ちょっとした奇跡だ！　すぐにかけてみることにした。ベリンダにかけようかと思ったが、まず母にしようと考え直した。プランケットを推薦してきたあっせん所を調べてほしいと、催促する必要があるかもしれない。

「クラリッジズにつないでもらえるかしら？」わたしは告げ、クラリッジズの交換手が出るのを待った。

「前ラノク公爵夫人がそちらに滞在していると思うのだけれど」（母は公爵夫人という立場からは逃げ出したくて仕方がなかったくせに、その肩書は手放そうとせず、ロンドンにいる

ときはいつでもそう名乗っている)

「はい、いらっしゃいます。ですが——」

「わたしはレディ・ジョージアナ。彼女の娘よ」彼女を遮って言った。

「承知しました、お嬢さま。少々お待ちください」やがて電話がつながった。

「もしもし?」母はいくらか息を切らしていた。「ああ、よかった、ジョージー。ずっとあなたに連絡を取ろうとしていたのよ。正しいはずの番号に何度も電話をかけたのに、だれも出ないの。わたしは絶望しているのよ。どうしていいか、わからないの」

「なにがあったの、お母さま?」母はひどく取り乱しているようだ。

「なにもかもよ。なにもかもがだめになったの。ああ、ジョージー。わたしの人生は終わりだわ」

「マックスに、お母さまの昔の秘密を気づかれたの?」

「それよりひどいわ。はるかにひどいことが起きたのよ」母は大袈裟にすすり泣いた。

ほかの男性とベッドを共にしていたことをマックスに気づかれるよりひどいことなどあるだろうかとわたしは思ったが、母はもう一度しゃくりあげてから言った。

「彼のお父さまが亡くなったの」

「お気の毒に」わたしがそう言ったのは、こういうときにふさわしい言葉だったからにほかならない。わたしはマックスの父親に会ったことはないし、ナチスに肩入れしているわけでもない。

「気の毒なのはわたしよ」再び泣き声。「ジョージー、結婚式は中止だってマックスが電話をしてきたの。お父さまの仕事がたくさん残されていて、それを引き継がなくてはいけないのよ。それはわかるの。でも、お母さまがひどく動揺しているから、そばにいて慰めてあげなくてはいけないんですって」

「それも理解できるわ。親孝行な息子なのね。でもそれって、結婚式を延期するというだけのことでしょう?」

「そうじゃないのよ」母の声はヒステリックになっていた。「彼のお母さまは敬虔なルター派の信者でとてもお堅い人なの。以前からわたしのことを気に入っていなかったのよ。だから、いまお母さまがあれほど動揺しているときに、わたしと結婚するのは正しいことだとは思えないってマックスが言うの。それどころか、わたしはロンドンにいたほうがいいとまで言われたのよ」

一気にまくしたてる母の言葉を聞きながら、マックスはこれだけのことをどうやって電話で伝えたのだろうと考えずにはいられなかった。彼の英語能力はそれほど高くないし、母のドイツ語はさっぱりだ。けれどいまは、母に共感する必要があるだろう。

「マックスに時間をあげないと。母親との問題を解決したら、きっと戻ってくるわよ」

「戻ってこないわ。わたしにはわかる。二度と彼には会えないのよ。わたしが愛した人なのに。崇拝している人なのに」(この台詞で母が有名な女優になった理由をわかってもらえると思う)「わたしは破滅よ、ジョージー。孤独と絶望の人生を送る運命なんだわ。わたしはこれからどうやって生きていけばいいの？」

「マックスはお母さまになにも渡さずに放り出すほど冷淡な人じゃないわ。それに、彼が買ってくれたヴィラがルガーノ湖にあるじゃないの」

「あそこは、ふたりのために買ったものよ」母が言った。「こんなことになって、まだ使えるかどうかなんてわからないわ。わたしの名義にはしてくれていないもの。そうしてもらうんだった。もっと要求しておけばよかった。でもわたしは昔から世間知らずで、人を信用するから……」

実のところ母は、これまでの愛人たちからかなりのものをもらっているはずだ。

「ニースにヴィラがあるじゃないの。あれは全部、お母さまのものだわ」

「それはそうだけれど、ニースには冬しか行けないのよ。オフシーズンにはだれもあそこには行かないの。わたしはどうすればいいの？　どこに行けばいいの？　夏を過ごすところがどこにもないし、何カ月もクラリッジズに滞在できるだけのお金もない。わたしは貧民になるんだわ。道路で物乞いをするんだわ」

「お母さま、落ち着いて」わたしは母をなだめた。「いつでもここに来てくれていいのよ。いまは必要最小限のものしかないけれど、でも雨露はしのげるわ。マックスから連絡があって、今後どうなるかがわかるまでここにいてくれてかまわないから」

「あなたは本当に優しいいい子ね。そう言ってくれればいいと思っていたの。でもあなたとダーシーは結婚してそこで暮らすわけだし、ふたりの邪魔はしたくないわ」

「まだひと月先の話よ。すぐに来たらどうかしら？　お母さまは昔からこの家が好きだったでしょう？　きっとぐっと気分がよくなって、違う考え方ができるようになるんじゃないかしら」

「そうね、あなたの言うとおりだわ。そうするわ。マックスに時間をあげるのよ。そうしたらわたしが恋しくなって、わたしなしでは生きていけないことに気づいて、年老いた母親よりもわたしを選ぶに決まっているわ！」

母は長い時間、落ちこんではいられないようだ。

六月二八日　金曜日
アインスレー　サセックス州

母がアインスレーに来ることで、事態はますます複雑になる。そのうえ今夜わたしは、老婦人と会わなくてはいけない。ああ、とても不安だ。

アインスレーの使用人たちは、前ラノク公爵夫人が来るという知らせをあまり歓迎しなかった。わたしは、一番いい部屋のどれかを掃除して、空気を入れ替える必要があるとプランケットに言った。さらに、今後はちゃんとした食事を用意するようフェルナンドに言っておくようにと告げた。

「言っておきますが、お嬢さま、彼は限られた食材でできるかぎりのことをしていると思います」

「台所に行ってみたら、シャトーヌフ・デュ・パプのボトルがあったわ」わたしは言った。「わたしがディナーにそのワインを頼んだのでないとしたら、いったいだれが飲んだのかしらね。レディ・アンストルーサーかしら？　それとも使用人のだれか？　食材が限られているようには思えないけれど。地所で採れた作物のうち一番いいものは、毎朝台所に届けるようにとすでに命じてあるの。余った作物を売った代金は、今後はわたしと母のためのまともな食材を買うのに使ってちょうだい。どうしても必要なら、わたしが自分で作物を選ぶし、お店からの代金も回収に行くわ」

プランケットはごくりと唾を飲んだ。硬い襟の上で喉仏が上下するのが見えた。

「その必要はありません、お嬢さま。わたしが必ず、お嬢さまのご希望に沿った食事を作らせますから」

「ありがとう、プランケット。さがっていいわ」

彼は部屋を出ていった。母は自分のやり方を通すことに慣れている。母なら、わたし以上にうまくプランケットを扱えただろうか？

村からふたりの女性がバケツとモップを抱えてやってきて、わたしが使っている棟の寝室をきれいに掃除してくれた。わたしは前庭と私道を見渡せる部屋を母の寝室に選び、ふたりが大きな真鍮（しんちゅう）のベッドを整えるのを見守った。ロンドンですることがあるらしく——たとえば、イタリア人の靴職人から靴を受け取ったり——母が来るのは明日になる。母が注文した結婚式用の服や、嫁入り衣装はどうなるのだろうと考えた。かわいそうなお母さま。大金持ちと結婚すれば一生安泰だと考えていたはずだ。たとえ相手がドイツ人でナチスと結束しているとしても。

午後には庭に出て、母の部屋に飾る花を摘んだ。花瓶に生けて部屋まで運ぶようにジョアニーに命じた。わたしも母の部屋に行き、とにかく口うるさい前公爵夫人のお眼鏡にかなうかどうかを確認していると、砂利を踏みしめる音が聞こえた。窓から外を見ると、上品な雰囲気の年配男性が近づいてくるところだった。外は暖かく、空は晴れ渡っているにもかかわらず、傘を持っていた。黒っぽいスリーピース・スーツを着て、山高帽をかぶっている。彼は私道を半分ほど歩いたところで立ち止まり、ハンカチを取り出したかと思うと、帽子を脱いで禿げた頭の汗をぬぐった。やがて玄関へと歩きだしたので、ここからは見えなくなった。玄関の呼び鈴が鳴るのが聞こえた。好奇心を抑えつつ、ブランケットが呼びにくるのを待ったが、彼は現われなかった。あの男性はだれなのだろう、どうしてわたしを呼びにこないのだろうと考えながら、母のベッドの上の枕を叩いてふくらませ、衣装ダンスの裏に蜘蛛の巣が張っていないことを確かめた。もちろん、彼がわたしを訪ねてきたのでないことはわかっている。わたしがここで暮らしていることを知っている人間は、ごくわずかだ。だとしても、わたしはお客さまに挨拶くらいはするべきではないかしら？

階下におりていくと、ジョアニーが玄関ホールにいて像のほこりをはらっていた。

「ここにいらしたんですか、お嬢さま。今日は芝生の上でお茶になさいますか？　ミスター・プランケットにいい考えだと言われたので、テーブルとデッキチェアを出しておきました。あの大きなブナの木の下に」

「ありがとう。気持ちがいいでしょうね」わたしは答えた。「ミスター・プランケットはどこかしら？　さっきいらしたお客さまは？」

「お客さまは見かけませんでしたが」

「男の人が来たのよ。玄関の呼び鈴を鳴らしたわ」

「すみません。わたしは家の裏側で、まだ手をつけていなかった部屋を掃除していたんです。前公爵夫人はなにもかもがきれいでないと満足しないと、ミスター・プランケットに言われたので」

わたしは応接室に行ってみたが、だれもいなかった。モーニングルームも図書室も確かめた。結局、いらいらしながら呼び鈴を鳴らすことになった。かなり待たされたあと、ようやくプランケットが現われた。「お呼びでしょうか、お嬢さま」

「ええ、呼んだわ。お客さまのことを訊きたいの。どこにいるの？」

「彼はレディ・アンストルーサーを訪ねてきたんです、お嬢さま。彼女の宝石かなにかの鑑定をしたかったようです。彼女はお客さまに会えるような状態ではないと言うと、気分を害されたようでした。わざわざここまで来たわけですから。きっとレディ・アンストルーサーは、頭がはっきりしているときに手紙を書いたんでしょう」

「それで、その方は？」

「怒って帰りました。お茶を勧めたのですが、近くでもっと大切な用事があるということでした」

「どうしてレディ・アンストルーサーのところに案内しなかったの?」わたしは尋ねた。

「彼女がお客さまに会えるかどうかを判断するのは、あなたの仕事じゃないでしょう?」

「お嬢さまはまだ彼女に会っていないから、わからないんです」彼が答えた。「彼はショックを受けたでしょう。それに彼女は男性が好きではないんです。わたしが彼女の部屋に近づかないようにしているのは、それが理由です。彼女は……ご自分の目でご覧になればわかります」

「そうだとしても、この家に来客があったならわたしにそう言うべきだったわ、プランケット。わたしはここの女主人として、お客さまにはご挨拶をする立場にあるのよ」

「彼はすぐに帰りましたから。レディ・アンストルーサーに会えないことがわかると、家に入ろうともしなかったんです。この近くに、訪ねなければいけないところがあるということでした」

ジョアニーがやってきて、ブナの木の下にお茶の用意ができていると言った。今日はまともな紅茶とキュウリのサンドイッチだった。確かに進歩しているようだ。

レディ・アンストルーサーに会う準備ができたとプランケットが言いに来たのは、その夜九時少し前のことだった。

「いま彼女はとても落ち着いた状態だと、看護師が言っています。ですが、彼女は興奮しやすいので、いつでも逃げられるようにしていてください。物を投げることがあります」

わお。

わたしは深呼吸をすると、プランケットのあとについて棟と棟を結ぶ広い通路を進み、彼女がいる部屋へと向かった。

「訊いておくのを忘れていました」プランケットが暗い廊下で不意に足を止めて言った。「鳥は大丈夫ですか？」

「鳥？」きしんだような声になった。

「レディ・アントルーサーは鳥を飼っているんです。オウムとかその類を。とても鳥がお好きらしくて」

「そういうことね。鳥なら大丈夫よ。動物ならなんでも好きだから」

「よかったです。それなら怖がることはありませんね」プランケットはそのまま進んでいき、廊下の突き当たりにあるドアをノックした。灰色の制服を着た看護師の女性が現われた。「どうぞ」わたしがなかに入ると、ドアが閉まった。プランケットが入ってきていないことに気づいた。

カーテンは閉じられていて、隅に置かれたふたつのランプが灯されているだけだったから、部屋のところどころは闇に沈んでいる。不快なにおいがしたが、それがなにかはわからなかった。背もたれの高い椅子から立ちあがった人影がこちらに近づいてくるのを見て、わたしはぞくりとした。全身黒ずくめで、黒玉のビーズで縁取りをした黒のショールを頭にかぶっている。暗い部屋のなかで見るその顔は、まるで骸骨のようだ。ひどく厚化粧で、口紅がはみだした唇は真っ赤な裂け目のようだったし、頬はパウダーで真っ白だ。

「その人はだれ？」彼女は首を片側に傾げた。彼女自身が鳥のようだ。「ここでなにをしているの？」

「こちらはレディ・ジョージアナです」看護師が穏やかな口調で答えた。「子供の頃、ここに住んでいたそうです。覚えていませんか？」

「覚えていないね。彼女は侵入者だよ」レディ・アンストルーサーの声は、かすれてしわがれていた。やがて彼女はため息をついた。「わたしはなにも覚えていないの。なにもかも霧のなか」

突然はばたきの音がしたかと思うと、一羽の鳥が飛んできた。大きな鳥だ。薄闇のなかでは、鷲ほどの大きさがあるように見えた。なんの前触れもなく、その鳥はわたしの頭に止まった。

「おや、チャーリーはあんたが好きみたい」老婦人はくすくす笑いながら言った。「だれにでもそんなことをするわけじゃないんだよ」

かぎ爪が頭に食いこむのを感じた。

「かわいい男の子はだれ？」頭の上から声がした。「チャーリーにおやつをあげて」

「じっとしていて」彼女が言った。「急に動くと、チャーリーが怖がるから」

チャーリーが怖がる？　頭に大きな鳥をのせて立っているのはわたしなのに。どう言えば、頭から鳥をどけてもらえるだろうと考えたところで、これはわたしに対するテストなのかもしれないと気づいた。

「それで？」彼女はわたしをじっと見つめながら言った。「口がきけないの？」

「初めまして、レディ・アンストルーサー。ジョージアナといいます。ご機嫌いかがですか？」

「いいわけないだろう、ばかな子だね。わたしは八五歳で、リウマチで、消化不良で、そのうえ、いつだって頭痛がしているんだから」

驚きはしなかった。大きな鳥が常に頭に止まっていたら、頭痛がして当然だ！

別の羽音がして、今度はインコとおぼしき小さな黄色い鳥が部屋のなかを飛びまわった。彼女がいくつもの指輪をした手を伸ばすと、そこに止まった。

「こんにちは、いい子ね。仲間外れにされたと思ったの？」彼女はその鳥に向かってささやくと、口元に近づけてキスをした。

わたしの頭に止まったままのチャーリーが、上下に体を揺らしながら耳をつんざくような笑いとも悲鳴ともつかない鳴き声をあげたので、危うく心臓が止まりそうになった。

「チャーリーにキスして。チャーリーにキスして！」

「嫉妬深いんだから」彼女はまたくすくす笑った。「わたしがラニをかわいがるのが我慢できないんだね」彼女が腕をあげると、ラニは肩へと移動した。「インドで過ごしたあと、この子をラニと名づけたんだよ。わたしはかつてインドの女帝だった。反乱が起きて、追放されたの。命からがら逃げてきたんだ」

「あなたはインドの女帝だったことはありませんよ。ご主人の軍がインドに駐留していたことがあって、だからあなたもそこにいたんですよ。覚えていますか？」看護師が言った。

「わたしに反論しないで！」彼女が言い返した。「自分がだれなのかくらいわかっているんだから。覚えていることだってあるんだよ。でもこの娘の記憶はない。いったいなんの用？あの施設から来たんだ。そうでしょう？わたしを連れ戻すために？」

「いいえ、レディ・アンストルーサー」わたしは言った。「わたしはあそこから来たわけじゃありません」

「わたしは帰らないからね。絶対に。連れ戻されるくらいなら、胸壁から飛びおりるよ」彼女はいつでも手を貸せるように傍らに立つ看護師に向かって、手を差し出した。「ひどいところだった。あそこにいるのは頭のおかしな人間ばかり。息子がわたしをあそこに入れたんだ。わたしの頭はなんともないのに。正気なのに」

「もちろんそうですとも、レディ・アンストルーサー」看護師が言った。「座りませんか？こちらの気の毒なお嬢さまの頭からチャーリーをどけてあげてください」

「チャーリーは彼女が好きなんだよ。だれにでも馴れるわけじゃないんだから。施設にいたほとんどの人間をつついたもんだよ。怒ったときには、ひどくつつくからね」

頭をつつかれる様を想像した。チャーリーはさほど重くはなかったが、かぎ爪はかなり鋭い。

看護師が手を貸して、彼女を椅子に座らせた。

「で、その子はここでなにをしているわけ？」彼女はわたしを指さした。「施設から来たんじゃないなら、なにが目的？」

「わたしはここで暮らすことになったんです、レディ・アンストルーサー」わたしは答えた。「あなたの息子さんは留守にすることが多いので、わたしにここに住むようにと言ってくれたんです。子供の頃、彼はわたしをとてもかわいがってくれて、養子にしたがったんです」

「ばかばかしい。くだらないったらないね。わたしの息子は孤児を養子にしたりはしないよ」

「わたしは孤児じゃありません。当時、わたしの母があなたの息子さんと結婚していたんです」

「嘘っぱちだ。あんたなんて、覚えていないよ！」彼女はまたわたしを指さした。「あんたの目的がわかったよ。わたしの家を盗もうとしているんだ、そうだね？　わたしを外に放り出すつもりなんだろう？　それとも、あそこに連れ戻すつもり？」

彼女がいきなり立ちあがったので、わたしは思わず一歩あとずさった。チャーリーのかぎ爪が頭に食いこむのがわかった。

「いいえ、違います、レディ・アンストルーサー。あなたを追い出したりはしません、約束します」彼女が襲いかかってくるような気がしてわたしはあわてて言った。

彼女は先端が銀の杖をつかみ、わたしに向けて振りまわした。

「その子を追い出して。聞こえた？　わたしの家にこれ以上、いさせたくない。その子は狡猾な雌ギツネだよ。わたしにはわかる。さっさと追い出して！」

彼女はいきなりテーブルの上の灰皿をつかむと、わたしに向かって投げつけた。幸いにも、狙いはそれほど確かではなかった。灰皿はわたしの横に落ち、粉々に砕けた。チャーリーは羽をばたつかせ、数本の髪と一緒にわたしの頭から飛び立った。彼女がほかに投げるものはないかとあたりを探しているあいだに、看護師がわたしたちのあいだに立ちはだかった。

「これ以上ひどくならないうちに、お帰りになってください、お嬢さま」看護師が言った。

「怒ったときの彼女は、ひどく暴力的になるんです」

二度言ってもらう必要はなかった。鳥に襲われ、灰皿を投げつけられれば、もう充分だ。

19

六月二九日　土曜日
アインスレー　サセックス州

今日、お母さまが来る。いつもならお母さまに会うのは気が進まないのに、今日は待ちきれない。この家にだれかが来れば、きっとなにもかもが変わるだろう。サー・ヒューバートの母親はかなり恐ろしかった。彼が施設に入れようと考えたのも無理はない。ブエノスアイレスのイギリス大使に手紙を書いて、サー・ヒューバートの居所を探してもらうべきかもしれない。きっと母親のことが知りたいはずだ。あの部屋に閉じこめられているのならともかく、一度は家のなかをうろついていた。それにわたしの部屋のガス栓が開けられていた……。

わたしが昨日、たっぷり日差しを浴びながら芝生の上に座っていたせいで、好天に呪いをかけてしまったに違いない。今朝、目を覚ましたときには外は土砂降りだった。かわいそうなお母さま。こんな天気の日に来ることになるなんて。いま、母の人生はすべてが悪いほうに転がっているようだ。わたしは考えこんだ。もし母とマックスが元の鞘に収まらなかったらどうする？　母がずっとここに住みたがったらどうする？　ここは大きな家だし、母に続き部屋を使ってもらうことはできるけれど、新婚早々、母にいてもらいたいだろうか？　けれど母が、それほど長いあいだひとりでいるはずがないとわたしは自分に言い聞かせた。母は男性が大好きだ。もっとはっきり言ってしまうと、セックスが大好きだ。いずれ無防備な銀行家か、アメリカ人の大富豪、南米のポロ選手でもつかまえて、マックスのことなど忘れて嬉々として出ていくだろう。そう考えたわたしはほっとして、朝食に向かった。またスクランブルエッグだったので、フェルナンドを呼んだ。

「わたしの母——前ラノク公爵夫人が今日到着するのよ、フェルナンド。母は最高級のものに慣れているの。いまはクラリッジズに滞在しているわ。ニースとルガーノ湖にヴィラを持っていて、自宅はベルリンにあるの。子供向けの食べ物は母にはふさわしくない。わかるかしら？」

「ヨーロッパに住んでいるなら、ヨーロッパの食べ物が好きなんでしょうね。退屈なイギリス料理じゃなくて」彼が言った。「それならおれが作ります」

「まさにそういうことよ。母はおいしいヨーロッパの料理が好きなの。キャビアのような。予算が限られていることはわかっているけれど、できるだけのことをしてちょうだい。母の機嫌を損ねたら、大変なことになると思っていてね」

イチゴとラズベリーを必ずたっぷり用意して、クリームを買うようにとフェルナンドに言った。ディナーには上等の肉を出すようにとも。自転車で町まで行くのは気乗りしない様子だったので、わたしは少し気の毒になって、肉屋に電話をかけて配達を頼んだ。

「ポークチョップで大丈夫よ。ラムのもも肉でもいいわ」

「いつものランプステーキはだめですか？」

「あら、もちろんランプステーキでもかまわないわ」わたしは考えこみながら受話器を置いた。つまりわたしに米と正体不明の肉のかけらを出しておいて、レディ・アンストルーサーか使用人、もしくはその両方はランプステーキを食べていたというわけだ。だがそれも終わりだ。プランケットがいみじくも言ったように、彼女が妖精とどこかに行ってしまっているのなら、もう特別待遇は必要ないだろう。

午前中、わたしは応接室に座り、時折窓の外を眺めながら母を待った。庭師のひとりが泥まみれになりながら、四苦八苦して手押し車を押しているのが見えた。ようやく仕事をする気になったらしい。いいことだ。昼食の時間になったので、わたしは食堂に赴いた。出てきたのはまた魚だったけれど、今度はトマトソースがかかっていて、それほど悪くはなかった。デザートにイチゴが運ばれてきたのを見て、庭師が作物を届けに来たことに気づき、雨のなかで働かせていることを申し訳なく思った。

イチゴを食べている途中で、玄関の呼び鈴が鳴った。即座に駆けつけたかったけれど、お客さまですと執事が言いにくるのをその場で待つのが作法だ。母がプランケットの脇をすり抜けて、「ジョージー、来たわよ」と叫びながら部屋に駆けこんでくるのを待った。

けれど母が現われることはなかったので、わたしはけげんに思った。またたれかが、レディ・アンストルーサーを訪ねてきたのだろうか？　まもなくプランケットがやってきて言った。「何者かがあなたを訪ねてきています、お嬢さま」

正気の人間が、母を〝何者か〟などと称することは絶対にないだろう。

「どんな人かしら？」

「ただの人ですよ、お嬢さま。まるで溺れたネズミみたいです。追い払おうとしたんですが、お嬢さまと約束していると言うもので。できるだけ急いで来たんだそうです」

わたしは勢いよく立ちあがり、走りたくなるのをこらえながら玄関ホールに向かった。クイーニーが水たまりのなかに立っている。本当に溺れたネズミのようだ。

「見てくださいよ、お嬢さん」彼女が言った。「まったく、びしょ濡れですよ」

「クイーニー。来てくれたのね」わたしは彼女に笑いかけた。

「お嬢さんがあたしを必要としているみたいでしたからね。まず考えるべきはお嬢さんのことだってレディ・ホワイトに言われたんですよ。なんで、合点ですって言って、来たってわけです」

「駅からここまで歩いてきたの？」濡れそぼった服や顔からぽたぽたと水を滴らせているクイーニーは、見るからに哀れだった。

「まさか。パン屋のワゴンに乗せてもらったんですけどね、門のところで降ろされたもんで。ここの私道は、ずいぶんと長いじゃないですか」

「そうなのよ。まずは乾いた服に着替えなくてはいけないわ。そのあとで温かい飲み物がいりそうね」

わたしはブランケットを振り返った。「彼女はわたしのメイドのクイーニーよ。アイルランドからわざわざ来てくれたの。部屋を用意してちょうだい。彼女が服を着替えたら、台所で温かいお茶を飲ませてあげて」

「承知しました、お嬢さま」ブランケットは嫌悪のまなざしをクイーニーに向けた。「こっちだ。わたしは執事のブランケット。わたしの指示に従うように。今後は下の階にある、家の裏手の使用人用の出入り口を使うんだ。わかったな？」

「合点です」クイーニーが答えた。

わたしは、廊下に水滴の跡を残しながらブランケットについていくクイーニーを眺めた。だれかに会って、これほどうれしいと思ったのは初めてだ。

わたしは着替えを終えたクイーニーをフェルナンドのところに連れていった。

「今後は彼女があなたと一緒に調理をするから。彼女はわたしがなにを食べたいのかをわかっているの」

わたしはそう言うと、あとはふたりに任せて台所を出たが、しばらくすると大きな声が聞こえてきた。なにが起きているのかを確かめるのは執事の仕事だとわかっていたが、好奇心を抑えることができなかった。

「いったいこれはなんだい？」クイーニーがわめいている。「これは紅茶じゃないよ。こんな水っぽいもの。ケーキとビスケットはどこ？　あたしのお嬢さんにいったいなにを食べさせていたんだい？　ネズミの糞？」

わたしはふたりに気づかれないよう、ドア口に立った。

「さっさと出ていくんだね」クイーニーがフェルナンドをぐいっと押した。「あたしがちゃんとしたお茶を用意するから。ああ、その前にたっぷりのバターと小麦粉を用意してもらうよ。ショートブレッドを作るんだから」

わたしはそっとその場を離れた。フェルナンドは恐れおののいているようだ。わたしでもそうだっただろう。クイーニーは大柄な娘だし、怒ったときは確かに恐ろしい。しばらくすると、マクシーが紅茶とショートブレッドをのせたトレイをモーニングルームに運んできた。

「お嬢さまのメイドが作りました。まったく驚きましたよ、腕がいいんですね。ショートブレッドをひと切れもらったんですが、口のなかでとろけるようでした。フェルナンドと交代するんですか？」彼もスペイン料理があまり好きではないらしい。

「それは様子を見ないとわからないわ。いまは彼女に、わたしが好きなものをフェルナンドに教えてもらっているのよ」

「そうですか。でも彼女はたくましいいい子ですよね？」

驚いたとしか言いようがない。マクシーはクイーニーに惹かれている！　わたしは笑いたくなるのをこらえた。

「あなたはここで働くようになってどれくらいなの、マクシー？」わたしは尋ねた。

「もうすぐ二年になります。まだ旦那さまにはお目にかかったことがないんです。ぼくはミスター・ロジャースに雇われたんです」

「あら、それじゃあブランケットより古いのね」

「そうです、お嬢さま」

「ジョアニーは？」

「ぼくのすぐあとで雇われました」

つまり、ロジャースが階段から落ちたとき、ふたりはここにいたということだ。興味深い。とはいえ、ジョアニーが大柄な男性を階段から突き落とせるとは思えなかったし、マクシーは善良そうだ。つまるところ、あれはやはり事故だったのかもしれない。

濃い紅茶を二杯とショートブレッドをおそらく四切れ平らげたところで、車の音が聞こえた。顔をあげると、タクシーが近づいてくるのが見えた。運転手が急いで降りて、小柄な金髪の人物に大きな傘を差しかけた。わたしは急いで玄関に向かった。

母は全身黒ずくめで、それでなくても色白の顔がまるで幽霊のように見えた。小さなピルボックス帽を頭にのせ、黒いベールを顔の前に垂らしている。わたしに気づいて、両手を差し出した。「ジョージー。わたしの天使。わたしの救世主」そう言って、わたしの腕のなかに飛びこんできた。

ちょうどそこにプランケットがやってきた。これほど芝居がかったときでさえ、母は注意を怠ることはなく、すぐに彼に気づいた。

「こちらのさわやかな若い方はどなた？」

プランケットは、もっとも見栄えがするときでもさわやかとは言えないし、若くもない。彼は赤くなった。

「プランケットです、奥さま。執事です」

「ロジャースはどうしたの？　立派な執事だったわ」

「亡くなったのよ、お母さま」

「お気の毒に。でもかなりのお年だったものね」

階段から落ちたのだと言って、プランケットの反応を見たかったけれど、ロジャースが死んだとき彼はまだ雇われてもいなかったことを思い出した。ロジャースの死が事故ではなかったとしても、プランケットに責任はないということだ。

「お会いできてうれしいわ、プランケット」母は、地球上のすべての男性をメロメロにする、あの魅力を振りまいた。「あなたなら、完璧にわたしの世話をしてくれるわね」

「せいいっぱい務めます、奥さま。喪に服しておられるのですか？　お嬢さまからうかがっていませんでしたが」

「そうなのよ、プランケット。婚約者のお父さまが亡くなったの。なんて痛ましいことかしら。そうしたら、わたしがひとりで悲しんでいなくてもいいように、かわいい娘がここに招待してくれたの」

「お悔やみ申しあげます、奥さま」

プランケットは、タクシーの運転手がトランクを持ってよろよろと階段をあがってきていることに気づいた。「すぐに従僕に手伝わせるから」

マクシーがやってきて、小型スーツケースをふたつと宝石箱と帽子ケースを運んだ。

「お母さまの部屋に案内するわ」わたしは母を連れて階段をあがった。わたしの部屋の前を通りかかったところで母は足を止め、ドアノブに手をかけた。「わたしはここで眠るんじゃないの？　昔はここがわたしの部屋だったのよ。とても見晴らしがいいのよ」

「ごめんなさい、ここはダーシーとわたしの部屋にすることにしたの」

「そうなの」母は深々とわざとらしいため息をついた。「もちろんあなたが選んでくれた部屋も、きっと悪くないんでしょうけれどね」

母は人に罪の意識を感じさせて、自分の思い通りに事を運ぶのが上手だ。けれどわたしもこの数日で新たに強さを身につけていたから、そう簡単に屈したりはしなかった。

「気に入ってもらえると思うわ、お母さま。それに、そう長いあいだじゃないかもしれないし。きっとすぐにここに飽きて、ニースかルガーノ湖に行ってしまうんじゃないかしら」

「いいえ。いまは人前に出たくないのよ。きっと噂されるもの。わたしは同情されるのは耐えられないの。ここは人目を避けるにはいいところね。最悪のときを乗り越えたら、ノエルに会いに行こうと思うの。彼、わたしたちふたりが主演する脚本を書きたがっていたでしょう？　わたしはまた自分で生活の糧を稼がなくてはいけないかもしれないし、それには早く始めたほうがいいもの」

「生活の糧」わたしは思わず笑ってしまい、母ににらまれた。母を連れて廊下を進み、母の寝室として選んだ部屋のドアを開けた。

「まあ。ええ、そうね、ここでかまわないわ」母はあえてにこやかな笑みを作った。「北向きの部屋は寒いけれど、どうということはないわね。上等のアイダーダウンの布団を用意してちょうだいね」

「もちろんよ。それにいまは夏だわ」わたしは指摘した。「もしこの部屋が嫌なら、どこでも好きな部屋を選んでくれてかまわないから」

「あちら側の棟に素敵な部屋があったはずよ。あなたたちの部屋とよく似た感じで、向こうの隅にあるの」

「いま、あっちの棟は使っていないの。サー・ヒューバートが戻ってきたときに使えるように、そのままにしてあるのよ」

「彼、近いうちに戻ってくるの？」母は震える声で訊いた。「彼と顔を合わせるだけの気力がいまのわたしにあるかしら。彼にはひどいことをしたのよ。辛い思いをさせたわ。いまのわたしのように」

「しばらくは帰ってこないと思うわ。南米のどこかで、アンデス山脈に登っているはずだから」

「それなら、彼の部屋のひとつをわたしが使ってもかまわないんじゃない？」

「とりあえず、いまはここを使って。その話はあとにしましょう」プランケットがドア口にいるのがわかっていたので、わたしはそう言った。大きな足音が聞こえているのは、マクシーがトランクを運びあげているのだろう。

「メイドはどうするの？」わたしは不意に気づいて尋ねた。クイーニーでもジョアニーでも、母は満足しないだろう。

「クローデットが残りの荷物を持って、ロンドンから列車で来るわ。あの子にふさわしい部屋があるといいんだけれど。好みがうるさい子なのよ」

「大丈夫だと思うわ」そう言って振り返ると、プランケットはまだドア口でうろうろしていた。「お母さまのフランス人メイドの部屋が必要なのよ、プランケット。それなりの部屋を選んで、ジョアニーに掃除させてちょうだい」

わたしは母の腕を取った。「帽子と手袋をはずして、お茶にしましょう。クイーニーがショートブレッドを焼いたのよ」

「クイーニー？ ジョージー、あなたまさか、彼女をここに連れてきたの？ この家を燃やされてしまうわよ」

「クイーニーは立派な料理人になったのよ、お母さま。ショートブレッドを食べてみればわかるわ」

わたしは母を居間へと案内した。母は部屋を見まわして、眉間にしわを寄せた。

「こんなにつまらない部屋じゃなかったはずよ。もっと装飾品が必要ね。炉棚の上に、きれいなオルモルの時計があったんじゃなかったかしら？　陶器の犬はどうしたの？　銀の小間物がいっぱい飾ってあった、小さなキャビネットは？　きっとヒューバートが、留守のあいだは銀行か金庫室にしまっているのね」

ティートレイが新たに運ばれてきて、ショートブレッドがかなりおいしいことを母は渋々認めた。アインスレーはいろいろと改善されているとわたしは思った。使用人がいなくなるのを待って、わたしはドアを閉め、母に顔を寄せた。

「話しておかなければならないことがあるの」わたしは小声で言った。

「なんなの、ジョージー？　妊娠したの？」

「いいえ、そんなことじゃないの。サー・ヒューバートのお母さんの話なの。彼女がここにいるのよ。この家に」

「彼女が？　あの人のことはよく覚えているわ。怒りっぽい人でしょう？　わたしのことをまったく認めていなかった。でも、ほとんどの母親がそうなのよ。嫉妬なんでしょうね。デイナーを一緒にすることになるのかしら？」

「問題はそこなのよ。彼女はかなり耄碌していて、向こうの棟に看護師と一緒に閉じこめられているの。わたしはゆうべ訪ねたんだけれど、大きな鳥が部屋のなかを飛びまわっていて、頭の上に止まられたの。それに物を投げつけられたわ」

「なんてことかしら。どうして、彼女はその手の施設に入っていないの？」

「入っていたのよ。サー・ヒューバートが入れたんだけれど、彼女は逃げ出してここに戻ってきたの。施設に戻ろうとしないの」

「変な話ね。うんざりするわ。それじゃあ、わたしたちが彼女と会うことはないのね？」

「お母さまが、頭に鳥をのせたいのなら会えるけれど」

「とんでもない。鳥は大嫌いよ」母は身震いした。「以前に会ったときは、鳥なんて飼っていなかったと思うけれど」

「それだけじゃないの。彼女は昼間はずっと寝ていて、夜にうろつきまわるの。部屋には鍵をかけたほうがいいと思うわ」

「冗談じゃないわ、ジョージー。まるで恐怖の館みたいじゃないの。できるだけ早く、彼女を施設に戻さなくてはだめよ」

わたしは唇を噛んだ。「わたしがそこまで口出ししていいものかしら？　サー・ヒューバートに手紙を書こうと思ったんだけれど、いつ届くかもわからないんだもの」

「手紙ですって？　電報を打って、彼をすぐに捜してもらうように大使館に言わなきゃだめよ。彼女は家に火をつけるかもしれないし、眠っているわたしたちを殺すかもしれないのよ」

「看護師がついているのよ、お母さま。彼女を二度と外に出さないように、プランケットに言っておくわ」

わたしはため息をつくと、着替えのために部屋に戻った。この家を運営していくのがこれほど大変だとわかっていたら、サー・ヒューバートの親切な申し出を受けていただろうか？　イブニングドレスを取り出したところで、母はディナーにふさわしい装いをしてくるだろうと気づいた。呼び鈴を鳴らすと、ずいぶんたってからジョアニーがやってきた。

「ジョアニー、クイーニーはディナーの準備に忙しくて、わたしの着替えを手伝っている暇はないんじゃないかと思うの。細かいことを決めるまで、あなたが手伝ってくれないかしら」

「あたしはレディズ・メイドとしてのお給金はもらっていません」ジョアニーはふくれっ面で言った。

「それは、あなたにまだそれだけの能力がないからよ。そのための経験を積んでレディズ・メイドになって、もっと稼ぎたいとは思わない？」

「あたしはいいです。そんなに長いあいだ、この仕事をするつもりはないんです。アメリカに行って、ひともうけしますから」

「野心を抱くのはいいけれど、いまわたしはドレスを着る手助けをしてくれる人が必要なのよ」

ジョアニーはドレスをわたしの頭にかぶせた。「不公平じゃないですか？　あなたたちはなにもしなくてよくて、あたしたちはあなたたちに給仕しなきゃいけないなんて」

「そうね、不公平かもしれないわね」わたしは言った。「でも少なくともあなたには仕事があって、眠るところがある。大恐慌のあとは、それもない人が大勢いるのよ。わたしの父親は全財産を失って、自殺したわ。だからわたしは、自分ひとりでやってこなくてはいけなかったの」

ボタンを最後まで留めたところで地響きがして、赤い顔したクイーニーが汗だくでやってきた。

「この人はここでなにをしているんです？」クイーニーが訊いた。「ディナーのための着替えを手伝おうと思って、急いで来たのに」

「あなたはお料理に忙しいだろうと思ったから、ジョアニーに頼んだのよ」

「お嬢さんのメイドはあたしなんです。彼女じゃなくて。あたしは譲りませんよ」

「心配いらないわ。遠慮なくやってちょうだい」ジョアニーはそう言って、部屋を出ていった。

「怪しいですよ、彼女」クイーニーが言った。「あたしなら、彼女から目を離しませんね」

「どうして？」

「フェルナンドと仲がよすぎますよ。それになんだかこそこそしているし」クイーニーはそう言いながらわたしの髪を梳かし、頭の片側にキラキラ光る櫛を飾った。「顔は自分でやってくださいね。でないと、プディングが焦げちまいます」

クイーニーは棚の上の花瓶を揺らしながら部屋を出ていった。わたしはその場に座ったまま、化粧台の鏡に映った自分の顔を見つめていた。いらいらさせられることもあるけれど、クイーニーはばかじゃない。ジョアニーがこそこそしているとクイーニーが感じたのなら……そのとおりなのかもしれない。

驚くほどまともなディナーだった。まずまずのスープ、ポークチョップのグリル、イチゴとクリームを使ったメレンゲ菓子。

「悪くないわね」母が言った。

褒めておくべきだろうと思ったので、台所に向かった。

フェルナンドとクイーニーのふたりは赤く染まったしかめっ面をわたしに向けた。

「お母さまは今夜のディナーに満足していたわ、フェルナンド。この調子でお願いね」

「おれは作ってませんよ」彼の顔は真っ赤になっていて、いまにも爆発しそうだ。「この女がおれに手を出すなって言って、全部作ったんです」

「そうなの。よくやったわ、クイーニー。メレンゲ菓子はとてもおいしかったわよ」

「ありがとうございます、お嬢さん」クイーニーが言った。「でも、ここにいる男は不満たらたらで、大騒ぎだったんですよ。もう少しで殴り合いになるところでした」

「ここの料理人はおれだ」フェルナンドは芝居がかった口調で言った。「女におれの仕事は奪わせないぞ」

「サー・ヒューバートが戻ってくるまで、だれもあなたの仕事を奪ったりしないわ、フェルナンド。でもあなたはイギリス貴族が食べたいものを知らないでしょう？　だからわたしの食べるものはクイーニーに任せることにしたの。あなたはこれまでどおり、使用人のために料理してちょうだい」わたしはクイーニーに向き直った。「明日の朝、メニューの相談をしましょう、クイーニー」

「合点です、お嬢さん」

「ボブってだれです？」フェルナンドが訊いた。「そいつもここに来るんですか？」

「ただの英語の言い回しよ、フェルナンド」

「まったく英語にはばかばかしい言い回しが多すぎますよ」

「あたしたちのやり方が気に入らないなら、どうしてさっさとここを出ていって、自分の国に帰らないんだい？」クイーニーが冷ややかな目つきを彼に向けた。

もっともな疑問だと思った。イギリス料理が作れないし、作ろうともしないのに、彼はどうしてイギリスにいるのだろう？　どうして彼は雇われたの？

六月三〇日　日曜日
アインスレー　サセックス州

ぐっと気分が上向いた。母が来たから、じきにプランケットを鍛え直してくれるだろうし、クイーニーは本当にいい料理人になった。この世は驚くことばかりだ。

幸いなことに夜のうちに雨はあがり、朝もやの向こうから弱々しい光が射していた。わたしはひとりでクイーニーが作った朝食をとった。卵とベーコン、ママレードとトースト。彼女を貴重な人材だと思い始めていた。かつて彼女がしでかした大失態はすでに記憶から消えかかっている。母が姿を見せたのは、かなりあとになってからだった。長い黒のドレスをまとい、額に黒のヘアバンドをつけたその姿は、まるで悲劇に終わるロマンス小説のヒロインのようだった。

「あの部屋では一睡もできなかったわ。物音が聞こえる気がしたの——ひと晩中、だれかが行ったり来たりしているみたいな。別の部屋を用意してもらわないといけないわ。あそこはなにかに取りつかれているんじゃないかと思うの」

「ごめんなさい、お母さま。でもクイーニーがおいしい朝食を作るから」

「あまり手の込んだものはいらない。あの恐ろしい知らせを聞いて以来、まともにものが食べられないのよ。スモークしたタラだけでいいわ。あとはキドニーにベーコンを添えて、ポーチドエッグと……」母は両手をあげて、あたりを見まわした。「新聞はどこ？」

「ごめんなさい、まだ配達を頼んでいないの」

「でもわたしは毎朝、〈タイムズ〉紙を読むことにしているのよ。〈タイムズ〉紙なしでは生きていけないの。それから〈タトラー〉誌と。だれかがわたしのことを記事にしていないかどうか、確かめなくてはいけないんだもの」

「あとで村に行ってくるわ。新聞を買って、明日から配達してくれるように頼んでくる」わたしは言った。母が家計の手助けをしてくれれば、少なくともまともな食事ができるはずだと気づいた。予算が乏しいことを伝えて、少し出してくれるように頼んでみよう。いまはまだ、困窮しているわけではないのだから。

「ありがとう。一時間くらいなら、新聞がなくても我慢できると思うわ。コーヒーはあるかしら？」

「わたしは紅茶を飲んでいたの。コーヒーを頼むわね」

コーヒーはフェルナンドがちゃんと作れるもののひとつだったようだ。母は満足したらしく、機嫌を直した。

「一緒に村に行かない？」わたしは母を誘った。「地元の教会のお祭りなんですって。楽しいと思うわ。行くって約束したの」

「お祭り？　とんでもない」母は体を震わせた。「どんなものだか知っているでしょう？　わたしに開催の宣言をさせて、スピーチをさせて、一番いいジャムやカボチャを作った人に賞をあげる役をさせるんだわ。でもいまわたしはひどい有様だから、とても人前になんて出られないの」

「サセックスの準ミス・デイリー・クイーンがその役をやるみたいよ」わたしは笑顔で応じた。「でも、わかった。長居はしないで、新聞を買ったら早めに帰ってくるわ」

わたしは用意させた車で、村に向かった。通りには万国旗が飾られ、教会の外でブラスバンドが演奏している。ずらりと並ぶ屋台では、手作りのジャムからがらくたまであらゆるものを売っていた。子供たちが輪投げやココナッツ落としといった遊びに興じている。開催のスピーチはすでに終わったようで、お祭りはすでに盛りあがっていた。盛りあがるといえば、大きなブランコがあがったりさがったりするたびに、歓声が響いている。いかにも楽しそうな光景で、わたしはよそ者になった気分でそれを眺めた。わたしに気づいて、笑顔で声をかけてきた人が数人いた。「ようこそ、お嬢さま。楽しんでくださいね」庭師のベンを偶然見かけたので、できるだけ早くアインスレーに戻ってきてほしいと改めて頼んだ。

「考えていたんですよ。本当にお嬢さまがわしを必要としてくれてるなら、喜んで行かせてもらいますよ」

「いまの庭師たちは、あなたを煙たがると思うわ。でもいまあの屋敷の女主人であるわたしが、あなたに来てほしいと思っているの。彼らとなにか問題が起きたら、わたしのところに来てくれればいいから」

「わかりました、お嬢さま。まあ、とにかくやってみますよ。あれだけの手間暇かけたあの庭が、台無しにされるのはわしも嫌ですからね」

「ありがとう、ベン。本当に助かるわ」彼は帽子に触れながらその場を離れようとしたが、わたしはふと思いついて言葉を継いだ。「ベン、老婦人のことだけれど。彼女に会ったのよ。彼女があの家にいることをあなたは知っていたみたいね」

ベンは顔を赤らめた。「なにも言うべきじゃなかったんですがね。彼女は内緒にしておいてほしかったみたいですから」

「どうしてあなたは、彼女が戻ってきたことを知っていたの?」

「見かけたんですよ。最初は何カ月か前でした。大きな車のうしろに座って、外を見てたんです。わしに気がついて、軽くうなずいてましたよ。二度目に見たのは、ほんの一週間ほど前でした。やっぱり同じ大きな車のうしろに乗ってましたが、そのときはわしには気づきませんでしたね。あの黒いショールを頭にかぶっていました」

「運転していたのはだれだったのかしら?」

ベンは首を振った。「わかりません」

「ありがとう、ベン」わたしはお礼を言って背を向けようとしたが、ベンが軽くわたしの腕に触れた。「彼女を施設に戻したりしませんよね？　旦那さまがあの手の施設に彼女を入れたと聞いたときは、なんとも言えない気持ちになったんですよ。彼女が施設を嫌がることはわかっていましたからね」

「ええ、戻したりしないわ。でもサー・ヒューバートに手紙を書いて伝えておく必要はあると思うの。彼のお母さまのことなんですもの」

ベンと別れ、人込みのなかを歩きながら、わたしは改めて考えていた。彼女は看護師にきちんと面倒を見てもらっている。あそこは彼女の家なのだし、たとえ夜にうろついたからといって、なんの問題があるだろう？　サー・ヒューバートが戻ってくるまで、わたしがいらぬ口出しをすべきではないかもしれない。

細々したものをいくつか買った。婦人会の売店でルバーブのジャムと手編みのしおり。教会のマザーズ・ユニオンが運営する雑貨の屋台で、かわいらしい小さなエナメルのブローチ。スカウトがやっている宝探しでは櫛とリボンを手に入れたので、近くに立っていた幼い少女にあげた。一緒にいた友人たちがうらやましがったので、彼女たちも運試しができるようにそれぞれに六ペンスを渡した。

義務は果たしたと思えたので、帰ることにした。わたしの名を呼ぶ声がしたのでそちらに目を向けると、レディ・マウントジョイの姿が見えた。彼女は、アインスレーからほんの一・五キロほどのところにあるとても立派なお屋敷ファーロウズに住んでいて、わたしはそこで開かれた評判の悪いハウスパーティーに、デイヴィッド王子とあのアメリカ人女性と一緒に出席したことがあった（そしてもう少しで命を落とすところだったのだけれど、その話はまた別のところで）。

「ジョージアナ！　驚いたわ」レディ・マウントジョイは大型のアイリッシュ・セッターを二匹連れていて、わたしに飛びつこうとする犬たちのリードをぐいっと引っ張って押さえこんだ。「こんなところでなにをしているの？」

「アインスレーで暮らすことになったんです」わたしは答えた。「サー・ヒューバートが招待してくれて」

「彼は帰ってきているのかしら？」

「いいえ、まだ南米にいます。でもわたしは結婚が決まったので、アインスレーで暮らすようにとサー・ヒューバートに言われたんです」

「まあ、素敵。あなたが隣人になるなんてうれしいわ。もちろん、〈タイムズ〉紙で読みましたよ。ダーシー・オマーラと婚約したのよね？　昔からいい若者だと思っていたんですよ。とても颯爽としているんですもの。実を言うと、イモジェンのお相手としてどうかと思っていたの……彼がカトリック教徒でなければよかったのだけれど」レディ・マウントジョイは口を滑らせたと気づいたのか、言葉を切った。「近いうちにディナーにいらしてね。婚約者も一緒に」

「彼はいまどこかの国にいるんです。でも戻ってきたら、ぜひうかがわせていただきます」

「よかった。日にちが決まったら教えてちょうだいね」犬たちは焼いたソーセージを売っている屋台のほうへと、レディ・マウントジョイを引っ張り始めていた。「つけ！　ほら、つけ！」彼女は叫び、その場を離れようとしたところで振り返った。「そうそう、充分に気をつけたほうがいいわ、ジョージー。このあたりで盗難が起きているのよ。わたしたちも入られたの。上等の銀器を盗まれたわ。素人の仕業じゃないみたい。押し入った形跡がないの。どうやって侵入したのかもわからない。二階の窓に梯子をかけたとしか思えないのだけれど、門が閉まっているのにどうやってそれだけの長さの梯子を持ってくるというの？　主人とわたしは、盗まれたものが見つかるんじゃないかと思ってブライトンの骨董品店から目を離さないようにしているのだけれど、いまのところなにも出てきていないわ。本当に残念よ。一七〇〇年代から、我が家に代々伝わるものもあったのに」

「夜は必ず戸締まりするように使用人に言っておきます」わたしは言った。「でも、実を言うと盗むだけの価値のあるものはあまりないんです。貴重な品物は、サー・ヒューバートが出かけるときに銀行か金庫室にしまったみたいで」

「そうかもしれないわね。とんでもない山を登ろうとすることを除けば、分別のある人だから。いったいだれの血かしら。彼の父親はとにかく退屈な人だったのよ。必要なとき以外、家から出ようともしなかったんだから」犬たちが思いっきりぐいっとリードを引っ張ったかと思うと、自由の身になって走っていく。「追いかけないと」レディ・マウントジョイが悲鳴のような声をあげた。「ディナーに来てちょうだいね。約束よ」彼女はそう言って緑地を走りだした。「戻りなさい。いますぐに」犬たちが命令に従うことはなかった。

アインスレーに戻ってみると、母のメイドのクローデットが到着していて、様々な大きさのトランクをマクシーとジョアニーが運んでいるところだった。母の姿は見当たらなかったが、モーニングルームにいるのを見つけた。

「クローデットが荷物を持ってきたのを知っている？」

「ええ、もちろん知っているわよ」

「見ていなくていいの？」

「ばかなことを言わないのよ、ジョージー。どこに片付ければいいのか、クローデットはわかっているわ」そう答えた母の目が輝いた。「あなたって本当に素晴らしいわ。〈タイムズ〉紙を買ってきてくれたのね」

「月曜の朝から配達するように頼んできたわ」

「よかった。わたしはいい娘を持ったわ。おいしいコーヒーとクイーニーのショートブレッドを少しいただければ、昼食まで我慢できそうよ」小柄で喪に服している女性にしては、なかなかの食欲だ。

コーヒーを運んできたマクシーは、クイーニーに惹かれたときと同じように、母にもすっかり魅了されたらしかった。母から目を離せずにいたが、やがて我慢できずに言った。

「いろんな新聞で奥さまの写真を見ました」

「そうでしょうね、かわいいぼうや」そう言って微笑みかけたので、マクシーは顔を真っ赤に染めた。「もし欲しければ、どこかに写真があるからサインしてあげるわ」

マクシーはしどろもどろでお礼を言いながら、部屋を出ていった。

「どうやっているの？」わたしは尋ねた。

「なんのこと？」

「どうやったら、男の人をそんなふうにとりこにできるの？　お母さまをひと目見たとたん、みんなわけのわからないことを言いだすんだから。プランケットでさえ、顔を赤くしたわ」

「才能じゃないかしら」母は何気なく新聞をめくりながら答えた。「生まれつき、持っているものなのよ。あいにくあなたは、〝セックス〟っていう言葉が絶対に出てくることのない父方の家系のほうから、多くを受け継いだのね」

こちらに向けられている新聞のページに気を取られていたので、わたしは母の言葉をほとんど聞いていなかった。一番下にある小さな記事と、見たことのある気がする人物の写真。

「ちょっと待って、お母さま」わたしは母が持っている新聞がよく見えるように、母の足元に膝をついた。「そのままにしていて。読みたい記事があるの」

小さな見出しにはこう書かれていた。

シティの投資家、行方不明

記事を読み進んだ。

シティのハリソン・アンド・ウィークス社の財務顧問アーサー・ブロードベント氏が二日前の六月二八日から帰宅しておらず、妻アナベルが捜索願を出した。その日、彼はサリー州とサセックス州の顧客を訪ねると妻に話したと言う。彼の勤務先は財界を揺るがすスキャンダルで世間を騒がせた企業のひとつで、外貨の操作と優良顧客のために租税回避地を提供した疑いがかけられている。しかしながら、ブロードベント氏の名前が、このスキャンダルに関連して浮上したことはない。

「どうしたの?」母がそのページを自分のほうに向けながら尋ねた。

「その人」わたしは写真を指さした。「数日前、家を訪ねてきた人だわ」

六月三〇日日曜日　および七月一日月曜日
アインスレー　サセックス州

どういうこと？　どう考えればいいのだろう？　ここを訪れたあと、男性が姿を消した。奇妙なことがこれほどたくさん起きていなければ、疑念を抱くこともなかっただろうに。

母は新聞を顔に近づけた。眼鏡が必要なのに、虚栄心が邪魔をしているのだろうとわたしは思った。「どこにでもいそうな男の人ね」母が言った。「この人に間違いないの？」

わたしは立ちあがり、母が座っているソファの肘掛けに腰を乗せた。

「間違いないわ。二階のお母さまの部屋の窓から見ただけだし、あのときは顔も赤らんでいて汗だくだったけれど」

「いったいなにをしに来たの？」

「それなのよ。よくわからないの。来客があったことをプランケットはわたしに言いに来なかったの。あとで叱っておいたけれど。だれだったのと訊いたら、レディ・アンストルーサーに会いに来た人だって答えたわ。彼女は人に会えるような状態じゃないって、その人には言ったそうよ。暑い日にわざわざここまで来たのに会えなかったものだから、彼は怒って、お茶も断ってすぐに帰ったんですって」

「説明としては筋が通っているわね」母はいま一度、新聞の写真を見つめた。粒子の粗い写真だったから、わたしの見間違いということもあるかもしれない。そのとき、彼はレディ・アンストルーサーの宝石を鑑定しに来たのだとプランケットが言ったことを思い出した。だとすると、彼は写真の人物ではないか、あるいはプランケットが嘘をついているかのどちらかということになる。後者にわたしの気持ちは傾いた。

「いつだって、害のなさそうな人なのよ」母の言葉にわたしは現実に引き戻された。

「だれの話？」

「その人がお金を持ち逃げしたのは、はっきりしていると思わない？　裕福な顧客が大勢いて、お金を彼に預けている。そそられて当然よ。いま頃はバミューダにいるか、南米を目指しているかでしょうね」

「本当にそうだといいんだけれど」そう応じたものの、頭のなかでは恐ろしい考えが渦巻いていた。わたしは彼が帰るところを見ていない。もちろんずっと私道を眺めていたわけではないから、わたしが見ていないあいだに帰ったのかもしれない。けれど……その先は考えたくなかった。

「警察に電話して、彼がここに来たことを話したほうがいいかしら?」わたしは訊いた。

「ジョージー、どうしてもその必要があるとき以外は、警察と関わりを持つものじゃないわ。ただその人が来て、帰ったというだけなら、なにも話すことなどないでしょう? さっきも言ったとおり、彼はきっといま頃どこか遠くにいて、大金か宝石がなくなっていることに会社も気づいているんじゃないかしら」

「そうね」それでも、心の奥の恐ろしい考えが消えることはなかった。もう少しでわたしの頭に当たるところだった、レディ・アンストルーサーが投げたカットグラスの重い灰皿。彼女は男の人が嫌いだとプランケットは言っていた。実は彼とレディ・アンストルーサーが会っていたとしたら? 彼女が彼に向かってなにかを投げつけて、運悪く死んでしまったとしたら? わたしは無理やり、違うことに意識を向けた。「フェルナンドとクイーニーに話をして、お母さまの好きなものを作ってもらうように言っておかないといけないわね。明日はそのための材料を買いにヘイワーズ・ヒースに行きましょうか」

「わたしは虚弱体質の競走馬でもなんでもないのよ」母が言った。「あっさりしたシンプルな食べ物があればいいの。おいしいものが少しあれば」

「とにかく、ふたりと話をしておかないと」わたしは呼び鈴を鳴らしてプランケットを呼んだ。行方がわからなくなっている男性の話をするべきだろうかと考えたが、いまはまだそのときではないという気がした。もう少しくわしいことがわかるまで、待ったほうがいいだろう。母の言うとおりだ。世間では毎日のように、害のなさそうな人が姿を消している。愛人や現金と一緒にどこかへ逃げ出したのだ。きっとそのうち、ティンバリー港で船に乗ろうとしているミスター・ブロードベントが捕まったという記事が新聞に載るだろう。

「お呼びでしょうか、お嬢さま、奥さま?」プランケットが現われた。

「ええ、フェルナンドとクイーニーに話があるの」

「すぐに来させます」プランケットは母に向かって小さくお辞儀をした。公爵の娘は歯牙にもかけなかったくせに、前公爵夫人には一目置いているらしい。というより、この家に有名人がいることが誇らしいのかもしれない。そしてそれが美しい女性であることが!

フェルナンドとクイーニーがやってきた。フェルナンドはかんかんだった。「この娘! 彼女とは働けません。ありえない! おれの料理を台無しにしたんだ」

「なにがあったの、クイーニー?」

「カウンターに置いてあった野菜がこの人の料理の材料だなんて、あたしにわかるわけないじゃないですか。いらなくなった野菜くずと皮だと思ったんですよ」

「あれは千切りにしてあったんだ。炒めるつもりだった。小さく、細く切っておいた。それをこの間抜けが捨てちまったんだ。牛肉を調理して、ふと見たら……おれの野菜はどこにいった? 全部なくなっていた。そのうえ……こいつはおれのオイルまで捨てたんだぞ」

ばかばかしいと言わんばかりに、クイーニーは肩をすくめた。

「ひどいにおいのする緑色のなにかが入ってただけですよ」

「ニンニクと玉ねぎを調理するとき、おれはオリーブオイルを使うんだ。それをこいつは捨てた。あれがなくなったら、こんなところでどうやってオリーブオイルを手に入れられるっていうんだ？」

「それは申し訳なかったわ、フェルナンド」わたしは笑いをこらえながら言った。「クイーニー、フェルナンドのものには触らないようにしてちょうだい」

「でも台所がぐちゃぐちゃなんですよ。きちんと掃除できてないし、探し物は見つからないし」クイーニーが応じた。「あのモリーって子は、役立たずですね。なにもわかってない」

「フェルナンドが教えていないからじゃないかしら。なにをしてもらいたいのか、あなたが教えてあげるのよ。わかった？」クイーニーは渋々うなずいた。フェルナンドはわたしをにらみつけている。

「わたしたちの食事だけれど」わたしは母が好みそうなものをいくつか挙げた。菜園で見かけたものを使うメニューになるように気をつけた。「明日はヘイワーズ・ヒースに行って、母の好きな食材を配達してもらうように手配してくるわ」

その後はこれといった問題もなく一日が過ぎていき、日曜のディナーにはローストビーフとヨークシャープディングを食べることができた。ミスター・ブロードベントのことは考えないようにして、ベッドに入った。わたしには関係のないことだ。

月曜の朝、母はだれかに気づかれるのが嫌だと言って、ヘイワーズ・ヒースに行くのを渋った。結局、ベールのついた帽子をかぶることにしたのだが、逆効果ではないかとわたしは思った。小さな田舎町で、買い物に行くのにベールのついたシャネルの帽子をかぶる人間はそういない。シンプルなものがあればいいという言葉とは裏腹に、母の買い物リストはかなり長かったし、田舎の店では扱っていないものも多かった。母はふくれっ面で店から出てきた。「フォートナムからキャビアを取り寄せないといけないわね。それからウズラと、わたしの好きなママレードと……」

「お母さま」どう切りだせばいいのかわからないまま、わたしは口を開いた。「サー・ヒューバートからもらっている家計費は、実を言うとそれほど多くないの。とてもキャビアを買えるような金額じゃない。お母さまの経済状態は知らないけれど、少し節約して、もっとシンプルな食生活にしてもらわなくてはいけないと思うの」

「ばかなことを言わないのよ、ジョージー。わたしは空腹を我慢するつもりはないから。マックスが作ってくれた銀行口座があるし、あれを使えなくするほど彼の意地が悪いとは思えないわ。だから、食べて、飲んで、悲しみを紛らわせましょう。使えるうちに彼のお金を使うのよ」

銀行に行こうと母が言った。家計を潤せるだけのお金を引き出すつもりらしい。母の口座があるのがウェストミンスター銀行だったので、母がカウンターで話をしているあいだに、わたしは支店長に会わせてほしいと頼んだ。支店長は恰幅のいい陽気な男性で、昔風にチョッキに懐中時計の金の鎖を垂らしていた。

「お座りください、お嬢さま。それで、どういったご用件ですかな？」

わたしはアインスレーに住むことになった経緯を説明し、サー・ヒューバートが用意してくれた月々の生活費が充分ではないことを語った。「金額を増やすことは可能でしょうか？」

すると支店長は難しい顔になった。「金額は充分だと思いましたが。毎週末、大がかりなハウス・パーティーを開くというなら話は別ですが」

「とんでもない。ごく質素に暮らすつもりです」

「そういうことなら、ひと月四〇ポンドあればやっていけるのではないですか？」

「いくらですって？」

「違っていましたか？　サー・ヒューバートが決めたのはその金額だったと思いましたが」

彼はファイル・キャビネットに近づき、フォルダーを取り出した。「ああ、やっぱりそうだ。毎月一日（ついたち）に四〇ポンドが引き出せるようになっています」

　銀行を出たわたしの顔は怒りに赤く染まっていた。つまりプランケットはわたしに見せるための偽の帳簿を作って、差額のお金を自分のものにしていたわけだ。彼はわたしのことをまったくの世間知らずと思っているに違いない。実際、そのとおりなのかもしれない。大きな屋敷を維持していくためにはいくらくらい必要なのか、まったくわかっていなかったのだから。プランケットが悪党だとはっきりしたことで、行方不明になっている男性はレディ・アンストルーサーではなく、彼に会いにきたのではないだろうかとわたしは考え始めていた。ふたりはなにかの不正行為に関わっていたのかもしれない。だがひとつ理解できないのが、貴族の家が彼に素晴らしい推薦状を出していることだった。プランケットはなんらかの方法で、前の雇い主のこともだましていたのだろうか？　現伯爵が早く返事をくれることを願った。

家に帰ったらすぐにプランケットを問いただそうと決めた。けれど母のお気に入りのフランス製の石鹸がなくなったというので、ヘイワーズ・ヒースにあるすべての薬局を回らねばならなかったため、なかなか帰ることはできなかった。結局、ひとつ二シリングもするような石鹸は地元の薬局には置いていないのがわかり、母いわく、この悲しい事実から気持ちを逸らすためにはお気に入りの雑誌が必要だということで、雑貨店に立ち寄った。

家に帰りついたときにはすでに昼食の時間になっていて、母がひどく空腹だと訴えたので、まっすぐ食堂に向かった。母は足を止めて、部屋のなかを見まわした。「この部屋もずいぶん殺風景ね。ヒューバートはここを放置していたのね。男の人がひとりで暮らしていて、家を華やかにしてくれる女性がいないと、こうなりがちだわ。昼食のあとで、庭師と話をしなくてはいけないわね、ジョージー。部屋に飾るための花を毎日届けるように言っておくのよ」

うまくいくといいけれど、とわたしは心のなかでつぶやいたものの、口には出さなかった。それとも相手が母となると、ふたりの庭師は蘭を育てて、どちらの花束のほうができがいいかを競い合うかもしれない。

わたしたちはパセリソースをかけたハムステーキと、庭で採れた小さな新じゃがと豆というシンプルだけれどおいしい昼食をとった。デザートはベリーのシャルロットだ。クイーニー、万歳。コーヒーはモーニングルームで飲むと母が言ったので、わたしはプランケットと対決することにした。

「話があるの」わたしは言った。「図書室に来てちょうだい」

プランケットはおとなしくついてきた。「なんでしょうか？」その表情は穏やかで、焦っている様子はない。

「あなたが見せてくれた家計の帳簿だけれど、あれは偽造ね。否定しても無駄よ。銀行の支店長から話を聞いたの」

「否定はしません、お嬢さま。おっしゃるとおりです。あれは偽造です。申し訳ありません」

わたしはあっけに取られた。「それで、雇い主から盗みを働いていたことをどう言い訳するつもりかしら？」

「いえ、違います、お嬢さま。そういうわけじゃありません」プランケットは気分を害したようだ。「レディ・アンストルーサーなんです。お嬢さまがいらしたときは、彼女がここで暮らしていることを秘密にしておきたかったので、それで帳簿をごまかしたんです。常勤の看護師やレディ・アントルーサーの好きな食べ物にかなり費用がかかるんです。差額のお金はそこに使っていました」

「家計費を使うのはいますぐやめてちょうだい」わたしは言った。「わかったかしら？　宝石の鑑定を頼むくらいだから、彼女はお金がないわけじゃないでしょう？　それに施設に払っていたお金はどうなったの？　その分で看護師には支払いができるはずだし、わたしたちと同じものを食べてもらえばすむことよ。それがいやなら、施設に戻ってもらうほかないわ」わたしはプランケットの顔をまっすぐに見つめた。「あとはあなたに任せるわ、プランケット。でも今後は本物の帳簿を見せてもらうから。でないと、サー・ヒューバートに報告することになるわ」

「承知しました、お嬢さま」

彼は部屋を出ていった。わたしはまただまされているんだろうか？　彼はしたり顔で配膳室に戻っていったんだろうか？　わたしはモーニングルームに行き、母と一緒にコーヒーを飲んだ。「庭師に会いに行く？」わたしは尋ねた。「その前に庭をひとまわりしましょうか。そうしたら、いまはなにが咲いているのかがわかるわ。でもあらかじめ言っておくけれど、全然手入れが行き届いていないのよ。今週中にはベンにまた来てもらうことにしたから、きっと彼がふたりの怠け者を叩き直してくれると思うわ」

「あなたったら、ずいぶん厳しい女主人になったのね」母が驚いたようなまなざしをわたしに向けた。「不器用で気弱なあのジョージーが、ひいおばあさまそっくりになるなんて、いったいだれが想像したかしら？」

「自分でも驚いているのよ」わたしは答えた。「でもここで暮らすのを本当に楽しみにしていたのに、来てみたら荒れ果てていたなんてあんまりなんですもの」

「確かにそうね。わたしが住んでいた頃は、こんなに殺風景でも薄汚れてもいなかったわ。あそこの壁には乗馬姿の美しい絵が飾られていたはずよ。いったいどうしたのかしら？」

「サー・ヒューバートはお金に困って、家にあったものを売ったのかしら？」わたしは尋ねた。「一九年の恐慌で大勢の人がお金を失ったわ。お父さまは全財産をなくしたのよね？」

「ヒューバートには、ばかげた探検にしょっちゅう出かけられるくらいのお金があるわ。それに充分な収入もあるはずよ。ジャマイカに砂糖農園を持っているんだから」

「知らなかったわ」

「そうなのよ。それにヨークシャーにはいくつか工場もある。だから、あなたが彼の相続人なら、食べるものに困ることはないわ」

「驚いたわ」わたしはあんぐりと口を開けた。「そういえば昨日、レディ・マウントジョイと偶然会ったのだけれど、このあたりの家に泥棒が入っているんですって。この家も入られたのかしら？　いくつかなくなっているものがあるって、言っていたわよね？」

「プランケットに訊いてみるといいわ」

「彼はここに来てから一年にもならないの。盗まれたのはその前かもしれない」

わたしは改めて彼を呼んだ。今度はなにを責められるのだろうと心配しているのか、不安そうな表情を浮かべている。

「はい、泥棒の話は聞いています、お嬢さま」彼は言った。「幸い、この家には入られていません。旦那さまが出発前に、貴重品をしまっていかれたのだと思います。あちらの棟に鍵のかかった小さな部屋があって、わたしたちもそこの鍵はもらっていません」

「よかったわ。サー・ヒューバートが留守のあいだに、泥棒に入られたなんて嫌だもの」

玄関の呼び鈴が鳴ったので、わたしたちはそろって顔をあげた。プランケットが玄関に向かった。ずいぶん時間がたってから、妙な顔で戻ってきた。「警察です。お嬢さまに会いたいそうです」

「図書室に案内してちょうだい」わたしは言った。

わたしはけげんなまなざしを母と見交わしてから、部屋を出た。

その男性は私服姿だったが、ひと目で警察官だとわかった。警察官には独特の雰囲気がある。彼は手を差し出した。「サセックス警察のトラヴァース警部補です。この家のご主人でいらっしゃいますか？」

「レディ・ジョージアナ・ラノクです」わたしは答えた。「この家の持ち主はサー・ヒューバート・アンストルーサーで、わたしはここに滞在しているだけです。どうぞお座りください。どういったご用件でしょう？」

「あなたはここに滞在しているだけなんですね。サー・ヒューバートに会えますか？」

「とても無理だと思います。いま彼はアンデスの山に登っているところなので」わたしは笑いながら答えたが、彼の気難しい顔はそのままだった。

「今日うかがったのは、先週の金曜日、ミスター・ブロードベントがここを訪ねたと聞いたからです」

「そのようですね。ですが、わたしはその人とは話をしていません。行方がわからなくなっている と言われている人ですよね？　昨日の朝、〈タイムズ〉紙で写真を見ました」

「そうです。あなたは彼を見たけれども、話をしていないと言うのですね？」

「二階の窓から見かけただけです」そう答えているあいだも、わたしの頭は猛烈に回転していた。レディ・アンストルーサーのことを話せば、警部補は彼女に会いに行き、その結果、彼女は施設に戻されるかもしれない。

「来客があったことを、執事はあなたに報告しなかったんですか？」

「そうなんです。あとで彼を叱責しておきました」

「ではあなたは彼とは話をしていないんですね？　彼の話を聞いていないんですね？」

「わたしを訪ねてきたわけではないから、わたしに報告する必要はないと執事は考えたようです」

警部補は咳払いをした。「彼はサー・ヒューバート・アンストルーサーに会いにきたと執事は言っています。年老いた母親のことで。間違いありませんか？」

プランケットは咄嗟に機転を利かせたようだ。「ええ、彼のお母さまのことでした」わたしはうなずいた。

「そして彼は、サー・ヒューバートがここにはいないと聞くとすぐに帰った」警部補は確かめるようにわたしを見つめた。「家には入らなかったんですね？」

「ええ、わたしはそう聞いています。さっきも言ったとおり、わたしはずっと二階にいましたから」

「それは何時頃でしたか？」

わたしは顔をしかめた。「三時頃だったかしら？」

「執事の話と一致しますね」

「その人には午後にほかに大切な約束があったので、無駄足を踏まされたことにとても怒っていたとも聞いています」

「なるほど。事務所にあった彼の予定表に、このあたりの住所がいくつか書かれていたので、いま、それを調べているところなんです」

警部補は立ちあがった。

「それではあなたは、彼がサー・ヒューバートに会いに来た理由をご存じないんですね？どうして前もって電話や手紙もなしに、ここまで来たのかを？」

「さっぱりわかりません。わたしがここに来たのはほんの数日前ですから、あらかじめ手紙が来ていたのかどうかは知りません。何度も言ったとおり、わたしは二階にいましたし、彼を見かけたのはほんの数分のことです」

彼は手を差し出した。

「ありがとうございました、レディ・ジョージアナ。彼の予定表にあったほかの住所を訪ねてみます。ですがなにか役に立ちそうなことを思い出したら、いつでも電話をください。これがわたしの名刺です」

プランケットはずっとドア口に立って、わたしたちの会話を聞いていた。警部補を送り出しながら、彼はちらりとわたしを見た。安堵の色が浮かんでいるように見えたのは、気のせいだろうか？

七月一日　月曜日
アインスレー　サセックス州

　事態は一層混乱してきた。なにを信じればいいのだろう？　プランケットはレディ・アンストルーサーをかばっている。彼女は本当にあの気の毒な男性を殺したのだろうか？　どうしてプランケットはあれほど彼女をこの家に置いておきたがるの？　どうして彼女をかばうの？


　玄関のドアが閉まる音が聞こえた。図書室を出て、モーニングルームに戻ろうとしているところに、プランケットが足早に近づいてきた。

「ありがとうございました、お嬢さま」

「なんのこと？」

「あの男性が母親のほうではなく、サー・ヒューバートに会いにきたとわたしが警部補に言ったのを否定しないでくれたことです。そのほうが話は簡単だと思ったんです。それにもちろん、彼女を守りたかったものですから。警部補がいまの状態の彼女に会えば、きっとすぐに施設に戻していたでしょう。それどころか、彼女を――」プランケットは言葉を切った。

「とにかく、丸く収まりましたね。警察はじきに、行方不明の男性の居場所を突き止めるでしょう」

わたしは母のところに戻り、警部補との話を伝えたが、母はたいして興味を示さなかった。

「言ったでしょう、そのばかな男はお金を持って逃げたのよ。そのうちはっきりするわ」

「どうしてそう言い切れるの？」

「わたしは男というものを知っているからよ。わかるでしょう？　よく知っているの」

それに反論できる人間はいないだろう。母は、衰弱して死にかけている悲劇のヒロインのように、ソファにぐったりともたれかかっていた。わたしは手を差し出した。

「さあ、起きて。庭を見に行きましょう。部屋に飾る花を選ぶのよ」

母はため息をついた。「どうしてもと言うのなら行くけれど、はっきり言っていまはなにもする気になれないのよ。わたしの人生が終わったなんて、信じられないわ」

「終わってなんていないわよ。ただマックスはいま、お父さまのお葬式の手配で頭がいっぱいなだけよ」

「意地の悪い母親を慰めるのにもね」母は吐き捨てるように言った。「どうして死んだのが母親じゃなかったのかしら？」

「お母さま、そんなこと言うものじゃないわ」

わたしは母の手を引っ張った。「行きましょう。新鮮な空気のなかを歩いたら、気分もよくなるわ」

「わかっているわ」母はまたため息をついた。「いまはひどい気分なのよ」

母はおとなしく玄関へとついてきた。気持ちよく晴れ渡った午後で、刈ったばかりの芝と花の香りがあたりに漂っている。木が燃えるにおいもした。どこか近くで焚火(たきび)をしているのだろう。どれも、イギリスの田舎で嗅ぎ慣れたにおいだった。噴水の脇を通り過ぎ、芝生を横切って花壇のほうへと向かった。母の好きな薔薇の茂みがあり、青いアジサイや牡丹(ぼたん)の花が咲いていた。母はすぐに機嫌を直した。「ここの庭は素敵ね。ヒューバートがわたしにプロポーズした小さなあずまやはどこかしら？」

「あずまや？　覚えていないわ」

「見た目はいかついし、山ばかり登っているような人だけれど、彼ってロマンチストだったのよ」夢見るような表情が母の顔に浮かんだのを見て、彼をもう一度つかまえることができるだろうかと考えているのかもしれないと思った（マックスに望みがなくなったらの話だが）。

「そのあずまやはどこにあるの？」

母は眉間にしわを寄せてあたりを見まわし、ある方向を指さした。

「あっちだと思うわ。あの木立の向こう。自然のままの雑木林のなかにあったの。あの頃は鹿の群れがいたのよ」

「覚えているわ」わたしは言った。「まだいるのかしら。行ってみましょうよ。あずまやを探すのよ」

「きっと手入れもされないままぼろぼろになっていて、わたしはかつての様を思いながら悲しみに沈むことになるんだわ」母は片手で顔を撫でた。女優というものは、台詞(せりふ)には必ずなにかの動きがつくらしい。

わたしは笑いながら言った。「お母さまはいつだって大げさなのよ。行きましょう。見てみたいわ。全然覚えていないんだもの。きっと小さかった頃は、家からあまり離れたところには行かせてもらえなかったのね」

「小さなポニーがいたけれど、あなたは馬丁と一緒でなければ乗せてもらえなかったわね。あのポニーを覚えている？　たしかスクイブスっていう名前じゃなかったかしら？」

「覚えているわ。小さくて丸々太っていたの。なにをしても落ちそうだった」わたしはそう言って笑ったが、笑い声が消える頃にはしみじみと考えていた。わたしのポニーがいた。ここは贅沢な場所だった。あれはみんな、どこに行ったの？

手入れの行き届いた庭を通り過ぎた。あたりはでこぼこした牧草地になり、背の高いオークとブナの木がまだらな影を作っている。

「林の奥には小さな礼拝堂もあったのよ」母が不意に言った。「一家はカトリックだったの。昔は、礼拝を隠れてしなければいけなかったのよ。家から礼拝堂に通じる秘密の通路があったはずよ。異なる宗教を信仰することは、首を斬られることを意味していた時代ね」

「いまがそんな時代じゃなくてよかったわ。そうでなければ、ダーシーとは結婚できなかったもの」わたしは言った。「その礼拝堂も探しましょうよ」

「丈夫な靴を履いてこなかったわ」母が言った。「こんな深い芝生の上を歩いたら、靴が台無しになってしまうじゃないの」

「こっちに道があるわ。それに、ほかにも靴はたくさんあるでしょう？」

母は横目でちらりとわたしを見た。「あなたがこんなに自己主張するようになるとは思わなかったわ。従順なおとなしい子だったのに」

「わたしは、ひとりで生きていくことを覚えなくてはいけなかったのよ。お母さまのように闘わなくてはいけなかった。強くもなるわ」

母はわたしの手を取った。「そのとおりね。わたしたちには思っていた以上に、共通点があるのかもしれないわね」母はそう言って、わたしの顔を見あげた。「ここに来てよかったわ。あのままロンドンにいたら、ずっと絶望に浸っていたでしょうね」

やがて、木々が密集しているあたりまでやってきた。木々のあいだにはワラビが生い茂っている。本物の雑木林だ。

「こっちで間違いない？」わたしは尋ねた。

「間違いないわ。ほら、のぼり坂になっているでしょう？　あずまやは小さな丘の上にあって、木立の合間から家が見えたのよ」

林に足を踏み入れようとしたまさにそのとき、大きな怒鳴り声がした。

「おい、どこに行くつもりだ？」

ブーツが下生えを踏みしめる音が聞こえたかと思うと、庭師のひとりが現われた。走ってきたせいで、顔が赤らんでいる。わたしたちに気づくと、ばつの悪そうな表情になった。

「あ、すみません、お嬢さま。侵入者かと思ったもので」

「母とふたりで散歩していただけよ、ホスキンス。あずまやと古い礼拝堂を探そうと思ったの」

「そっちは行かないほうがいいと思います」彼が言った。「危険です」

「危険？　野生の動物でもいるの？」わたしは笑いながら訊いた。

「いえ、そういうわけじゃなくて、いろいろと伸び放題なので。まだこっちは手入れができていませんし、罠もありますから」

「罠？」

「はい、そうです」

「なにを捕まえるの？　ウサギ？」

「いえ、侵入者を捕まえる罠です。密猟者がいるんです。いまは森番がいないので、ウサギやキジを勝手に獲るやつらがいるんです」

「侵入者を捕まえる罠？　なんて野蛮なことを。それに違法よ」わたしは言った。「だれがそんなものを設置するように指示したの？　サー・ヒューバートではないわね」

「わかりませんｈ、お嬢さま。ここに来たときに、密猟をやめさせるために罠を仕掛けてあるから、このあたりに来るときには気をつけるようにと言われただけですから」

「その罠にだれもかかっていないことを定期的に確かめているんでしょうね？」

彼は不安そうな表情になった。逃げ道を探しているかのように、視線を右へ左へとさまよわせている。「いいえ、お嬢さま」

「男の子が罠にかかって、出血で死にそうになっていたらどうするの？」

「それはないです、お嬢さま。叫び声が聞こえるでしょうから」

「いますぐに取り外しなさい」わたしは命じた。「このあたりを隅々まで調べて、絶対に安全であることを確かめるのよ。いずれベンが来るから、わたしが言ったとおりにしているかどうかがわかるわ」

彼はすっかり怯えていた。

「もうひとりの庭師にも伝えて、すぐに取りかかってちょうだい。それに、もしもここにウサギやキジがいるのなら、喜んでディナーでいただくから」

母とわたしは腕をからませながら、慎重にワラビの茂みのなかを戻った。

怒りが収まらなかった。人間相手の罠だなんて。村の少年たちが、ここのような屋敷の塀を乗り越えて果物を盗んだり、ウサギを捕まえたりすることがあるのは知っていた。行方がわからなくなったり、怪我をしたりした子供はいないはずだ。もしいるなら、お祭りに行ったときに耳にしていただろう。けれど、それも時間の問題だったかもしれない。いったいだれが罠を仕掛けるように命じたのだろうとわたしは考えた。そしてその理由も。

「少なくとも、わたしの靴は台無しにならずにすんだわ」母が言った。

「罠にかかって、脚を折らずにすんだのよ」わたしは辛辣な口調で応じた。「なんて野蛮なことを」

「そろそろお茶の時間じゃないかしら」母はすでに機嫌を直していた。「あの大きな木の下の芝生でお茶にしない？」

「そうね」

わたしたちは一番近い道を通って家に向かった。たどり着いたのは家庭菜園の裏側で、そこにはさっきわたしがにおいに気づいた焚火のあとが残っていた。ほぼ燃え尽きていて、ひとかたまりの灰から煙がたちのぼっているだけだ。まわりには半分燃えた木の破片が転がっていて、灰の山からまっすぐな棒が数本突き出ている。木ではなく、金属だ。細い金属の棒。その脇を通り過ぎたあとで、わたしはそれがなんであるかに気づいた。傘の骨だ。

七月一日月曜日および七月二日火曜日

ひどく心がざわついている。あの警部補に話すべきだろうか？

家へと歩きながら、わたしはじっと考えこんでいた。疑念を吐き出してしまいたかったけれど、母に話しても無駄なことはわかっていた。まったく興味を示さないか、ただの想像だと言ってあっさり片付けられてしまうだろう。それに早くお茶にしたいのか、母は足取りを速め、先に立って階段に向かって歩いていた。

大きなブナの木の下にテーブルと椅子が用意されていて、マクシーがティートレイを運んできた。銀のティーセットに陶器のカップとソーサー、そしてキュウリのサンドイッチがのっている。なにもかも完璧だ。そのシーンを台無しにしたのが、クイーニーだった。花壇の縁につまずいて転び、運んできたショートブレッドともども、宙を飛んだのだ。

「おっとっと」クイーニーは起きあがりながら言った。「すいません、お嬢さん。おまえはそのうち、パンくずにつまずいて転ぶぞって、父さんによく言われてたんですよ」クイーニーは地面に落ちたショートブレッドを拾い、皿に戻し始めた。

「もうそれは食べたくないわ、クイーニー」母が非難めいた口調で言った。「地面に落ちたじゃないの。土がついているわ」

「きれいな土じゃないですか」クイーニーが言った。「庭の土にはなんの問題もないですよ」

わたしは母に笑いかけた。「クイーニーの言うとおりよ。ナプキンで土を払えばいいわ」

母はあきれたように首を振ったが、ショートブレッドの土を払うと、おいしそうに食べ始めた。皿の上のものをあらかた食べ終えると、あんなところまで歩かされたせいでくたくたなので、少し昼寝をしてくると言った。食器類がさげられていくあいだ、わたしは木陰に座ったまま、ひとりで考えていた。

傘は壊れるものだ。それはわかっている。風でひっくり返ったり、布が裂けたりする。壊れた傘は捨てなくてはいけない。だから、あの傘の骨は家を訪ねてきた男性とは無関係だという可能性はおおいにある。けれど、脇の下に傘をはさみ、暑さで顔を真っ赤にしながら私道を歩いていた彼の姿が、脳裏にこびりついて離れなかった。わたしが階下にいたなら彼と顔を合わせていただろう。そうすれば彼を恐ろしい運命から救うことができたかもしれない。

問題はこのことを警部補に話すべきかどうかだ。

もし話せば、レディ・アンストルーサーがこの家にいることが明らかになり、彼女は施設に戻されるだろう。けれどそのほうが彼女にとってはいいのかもしれない——彼女がひどく暴力的で他人にとって危険な存在なら、確かにそのとおりだ。ああ、どうしよう——大使館に電報を打って、サー・ヒューバートに連絡がつくかどうか確かめてもらうべきだろうか？ダーシーがここにいればよかったのに。ゾゾがロンドンにいてくれればよかったのに。彼女なら、どうすればいいのかわかるだろう。アイルランドにどれくらい滞在するつもりなのか、ゾゾはなにも言っていなかった。長距離電話をかけることはできるけれど、電話で説明するのは難しいし、なによりとんでもなくお金がかかる。

さっきの庭師と罠のことを考えた。本当に罠が仕掛けてあるのだろうか？ それとも、あそこにわたしたちを近づかせたくなくて言ったこと？ 後者だとしたら、彼はなにを隠そうとしているのだろう？ 確かめたくてもあそこに戻ることはできない。彼が目を光らせているはずだ。それに、罠に足をはさまれたくもなかった。

昼寝のあとの母は、驚くほど上機嫌だった。食前にたっぷりとシェリーを飲み、ディナーにはミートパイをふたつ、その後で桃のコンポートとアイスクリームに、大きなスティルトン・チーズを平らげた。母の立ち直りの早さにいまさら驚くことはないのだろうとわたしは思った。一瞬たりとも後悔することなく、これまでずっと男から男へと渡り歩いてきた人なのだから。一方のわたしはと言えば食欲もなく、明るく振る舞うことができなくなっていた。

「どうかしたの？」母にしては珍しく、自分以外の人間の感情に気づいたらしい。「今夜はずいぶん暗いじゃないの。ダーシーがいなくて寂しいのね」

母に打ち明けたかったけれど、そういうわけにはいかなかった。わたしたちの一言一句に耳を澄ましている人間がいるかもしれない。「そうなの。ダーシーがいなくて寂しいわ。でもお母さまが来てくれて、本当によかった。こんな大きな家にひとりでいると、不安になるもの」

「ラノク城ではわたしも同じ気持ちだったわ」母が言った。「あそこには我慢できなかった。だって、お手洗いの壁紙がタータンチェックなのよ？　それに廊下をうなりながら吹き渡る風。頭がどうかなるかと思ったわ」

笑わずにはいられなかった。「そうね、たしかに不気味よね。でもビンキーはあそこで暮らすのが好きみたいよ」

「フィグは？」

「フィグはそうでもないと思うわ」

寝室に引き取ったわたしはガス栓を確かめ、ドアノブの下に椅子をあてがった。ベッドに横になって天井を見つめながら、偶然で片付けるにはあまりに多くのことが起きていると考えた。ロジャースが階段から落ちて死んだ。何者かがわたしの部屋のガス栓を開けた。男性が姿を消した。焚火の跡から傘の骨が突き出ていた。ロジャースの死以外は、すべてがレディ・アンストルーサーを示しているように思える。彼女は、頭がはっきりしているときに、使用人にお金を渡してここに匿ってくれるように頼んだのだろうか？　息子に知られることなくここで身を隠していられるように、わたしをどうにかしろと指示したのだろうか？　ミスター・ブロードベントを殺して、庭師に証拠を隠滅させたのだろうか？
まだ警察に行くだけの証拠はない。なにもかも非現実的に聞こえるだろう。とりわけ、貴族の老婦人が訪ねてきた財務顧問を殺したなどという話は。わたしは、どうにかして真相を突き止めると心に決めた。明日の朝早く、庭師が作業を始める前に確かめに行こうと思った。なにを見られまいとしているのかを突き止めるのだ。罠が心配だが、杖で前方を探りながら歩けば大丈夫だろう。危険を冒すつもりはなかった。

鳥のさえずりで夜明けと共に目を覚ました。ベッドから出て、着替えた。スラックスと一番頑丈な靴を履いて、足音を立てないように階段をおりた。使用人の区画からはなんの物音も聞こえない。廊下にあったもののなかから丈夫そうな杖を選び、玄関を出た。もしだれかが見ていたとしても、朝の散歩に行くのだと思ってもらえるだろう——貴族がよくしているように。地所の入り口に向かっているふりをして進み、最初の木立までやってきたところで、昨日呼び止められた雑木林へと向きを変えた。庭師はまだどちらも起きていないようだ。早朝の太陽の光が、露に濡れた芝を斜めに照らしている。伸びた芝生から一羽のウサギが目の前に飛び出してきて、心臓がどくんと打った。わたしは目が見えない人のように杖でまわりを探りながら、ワラビの茂みのあいだを慎重に進んでいった。地面は緩やかにのぼっていて、木立のあいだに母が言っていたあずまやが見えた。白い大理石の柱にからまった蔦が、屋根からだらりと垂れている。あそこは母とふたりで改めて行くことにしようと決めた。

さらに林の奥へと進んでいくと、別の建物が見えてきた。最初は物置小屋かと思ったが、尖った屋根のある灰色の石造りの建物だとわかった。母が言っていた小さな礼拝堂だ。なかを調べようと近づいていくと、左側にあるワラビの茂みが踏みしだかれていることに気づいた。下生えのあいだをだれかが通ったような跡があり、そこをたどっていくと小さく開けた場所に出た。わたしは思わず手で口を押さえ、息を呑んだ。最近、地面が掘り返された跡がある。土の山ができていた。

いかにも墓のように見えた。というより、墓以外の何物にも見えない。植物を植えるために、わざわざ雑木林のなかをここまでやってくる人間はいないだろう。なにかを（あるいはだれかを）埋めたとしか考えられなかった。スコップかシャベルを持ってくればよかったと思った。もちろん掘り返したいわけではないが、そうせざるを得ないこともわかっていた。持ってきた杖の先端にはしっかりしたゴムがついていたから、掘るためには使えない。あたりを探すと、ところどころ皮がむけている太目の木の枝が見つかった。皮の一部をはいでみた。使えそうだ。なにもすべてを掘り出そうというわけではない。真実がわかる程度でいいのだ……。

しゃがみこんで、少しずつ土を掘っていった。なにかが埋まっている。枝の先がなにか固いものに当たるのを感じた。このまま続けたいとはまったく思わなかった。これまでも死体を見たことはあるけれど、楽しい経験だったとはとても言えない。少しずつ土をかき出していき、やがて見えてきたものを信じられない思いでながめた。白い髪。わたしはひどく混乱した。白い髪の人？　わたしが見た男性ははげていた。心臓があまりに激しく打っていて、このあとなにが出てくるのかが怖くて、手が言うことを聞いてくれない。さらにもう少し土をかき出すと、それは白い髪などではないことがわかった。白い毛皮だ。なにかの動物の足だった。ばかみたいだと思った。骨がむきだしになっているところを見ると、しばらく前にだれかのペットが死んだのだろう。なにも怪しいところなどない。

わたしは土を戻し、叩いて元通りにした。完璧とは言えないけれど、墓を掘り返したようには見えない。キツネかアナグマの仕業だと思ってもらえるだろう。立ちあがって、墓を眺めた。人間を埋めるには小さすぎると気づいた。わかっているべきだったのに。想像ばかりが先走ってしまった。ほかにも墓があるかどうかを確かめるべきだろうかとも考えたが、もし死体を埋めようと思うなら、こんなだれからも見えるところではなく、もっと人目につかない場所を選ぶだろう。

ここまで来るあいだに罠はひとつもなかったから、庭師はわたしたちを脅して追い払おうとしたに違いないと思った。だとするとなにかあるはずだ……主人の貯蔵室から盗んだワインのようなたわいもないものかもしれないが、なにかがある。わたしは木々の合間から礼拝堂のほうを眺めた。見に行くべきだろうか？　ためらった。もしわたしが死体を隠すなら、だれが来るかわからない礼拝堂のなかではなく、森に埋めてワラビや木の枝で隠すだろう。けれど礼拝堂はすぐ近くだ。確かめておかなくてはいけない。

細心の注意を払って進んだ。こちら側の下生えは一段と深い。木にからまる蔦に足を取られそうだ。杖で地面を探っているうちに、礼拝堂に通じる石畳の小道の名残を見つけた。その小道をたどっていくと開けた場所に出て、そこに礼拝堂が建っていた。確かに小さい。まるで教会の子供版のようだ。急勾配の屋根があるざらざらした灰色の石造りで、ドアはわたしがぎりぎりで通れるくらいの高さだった。掛け金はとても古いもので錆びていたので、開けるのに苦労した。なかに入ってみると、古い教会らしくじっとりとかび臭かったが、お香のにおいも残っていた。そのうえ、ひどく暗い。祭壇の上に小さな窓があるが、そのすぐ外側に生えている大きな木が光をほとんど遮っているのだ。わたしは内部が見えるように、ドアを開けたまま手で押さえた。なにも隠されていないことを見て取るのに、時間はかからなかった——隠すところなどどこにもない。ふたりずつ座れる信者席が四つ、祭壇の上に燭台と十字架像、隅に聖母マリアとわたしの知らない聖人の像があるだけだ。くぼみに古い蠟燭が残されている、すべすべした簡素な壁。石畳の床。わたしは静かにドアを閉め、来た道を戻り始めた。

不意に、静まりかえった林と張りつめた空気に気づいた。うなじの毛が逆立った。だれかが見ている。確信があった。どれほど林の奥深くまで来てしまったのかを、初めて意識した。罠があると警告したにもかかわらずわたしがここにいることを知ったなら、庭師は疑われているのことに気づくだろう。もしも本当にアインスレーでなにかが起きているのなら、わたしも気の毒なミスター・ロジャースのように階段から落ちることになるかもしれない。それとも、だれかがここでわたしの息の根を止めようとするだろうか。いま襲われても、だれも見ている者はいない。悲鳴をあげても、だれにも聞こえない。真実を突き止めたいという自分の衝動を呪った。どちらに行けば安全なのかすらわからず、わたしはあたりを見まわした。踏みしだかれたワラビの道をようやく見つけて、林の外に向かって歩きだしたとたん、なにかが目の前に飛び出してきた。悲鳴をあげたと思う。それが、わたしと同じくらい怯えている一頭の鹿だったことに気づくまで、長い時間がかかった。鹿が下生えのなかを遠ざかっていく音が聞こえた。ここには母が言っていたようにまだ鹿がいるようだ。使用人はだれもそんなことは言っていなかったのに。ひょっとしたら、鹿がいることを知らないのかもしれない。それとも鹿肉で稼いでいるのだろうか。

明るい光に照らされた芝生が前方に見えてきて、わたしは足を速めた。林を抜けたときには、ほぼ全速力になっていたと思う。芝生の上を歩いていたとき、わたしはようやくあることに思い当たった――あの墓に埋められていた動物は、死んでからずいぶんたっていた。けれど、そこに続く道のワラビが踏みしだかれたのは、つい最近だ。

ああ、どうしよう。なにかとんでもないことが起きているのに、焼けた傘以外にはなにも証拠がない。だれか話し相手がいればよかったのに。

七月二日　火曜日
アインスレー　サセックス州

家のなかに入り、杖を元の場所に戻したときにも、まだだれも起き出している気配はなかった。わたしは音を立てないように自分の部屋に戻ると、少し泥がついた靴を脱ぎ、普段のスカートとブラウスに着替えた。レディズ・メイドがいないことの利点のひとつが、靴に泥がついていても気づかれないことだ。それなりの時間になるのを待って、朝食に向かった。
母はまだ起きていなかったので、スモークしたタラをひとりで食べながら、頭のなかを整理しようとした。警部補に連絡して、あの男性が帰るのを見ていないこと（わたしが気づかないうちに帰った可能性はおおいにあるが)、焼けた傘の骨を見たこと、最近だれかがワラビを踏みながら森のなかを歩いたことを話すべきだろうか? どれもささいなことばかりだ。想像力豊かな若い女性が、警察の時間を無駄にしていると思われるだけだろう。

ワラビをくまなく杖で叩きながらもう一度あの林に行く以外に、なにかをつかむすべはないように思えた。そのとき、恐ろしい考えが浮かんだ。あの焚火……あそこで燃やされたのは傘だけではないかもしれない。死体もあったのかもしれない。落ち葉と枯草の焚火で、死体を燃やせるほど高温になるものだろうか? その点についてはよくわからない。さらに考えた。骨のかけらが残っていないかどうか、焚火の跡を調べる勇気がわたしにはある? とんでもない。文字通り、火遊びをするようなものだ。そんなところを見られたら、犯人がだれにしろ、わたしが疑っていることを知られてしまう。

母が現われて、あれこれと考えていたわたしを現実に引き戻してくれた。紺色のワイドパンツと紺色で縁取りした白いシャツというお洒落な装いで、すっかり元気になっている。もう喪服を着ていないことに気づいたが、わたしは賢明にもなにも言わなかった。

「おはよう、お母さま」わたしはなんとか明るい笑顔を作った。「よく眠れた?」

悲劇のヒロインのような態度が戻ってきた。「この状況にしては、よく眠れたほうなんでしょうね」そう言ってため息をつく。「美しい嫁入り衣装をあれこれ揃えたのに、もう必要なくなったことについさっき気づいたのよ。あなたがわたしのように小柄で、ほっそりしていないことが残念だわ、ジョージー。そうしたらあなたにあげられたのに。あれをどうすればいいのかしら。全部、オーダーメイドで作ってもらったから、返品はできないのよ。四〇歳でわたしのような体形をしている女性は、世界でもそれほどいないんですもの」

わたしはいま二四歳で、母がわたしを産んだときにはとっくに二〇歳を過ぎていたはずだが、今度もわたしは微笑んだだけだった。

「シンプソン夫人にあげたらどうかしら？」わたしは言った。「彼女も嫁入り衣装が必要だろうし、お母さまとだいたい同じサイズだと思うわ」

「あの女？　わたしとはサイズも体形も違うわよ。そもそも彼女は胸がぺったんこだもの。まったく胸がないのよ。それに彼女はわたしのことをひどく妬んでいるから、わたしからもらったものを着るくらいなら、裸で走りまわるほうを選ぶでしょうね」母はいたずらっぽく笑ったが、顔をしかめて言葉を継いだ。「デイヴィッド王子が本当に彼女と結婚するなんて思っていないわよね？」

「彼女はそのつもりよ」わたしは答えた。「王家の方々はみんな、デイヴィッド王子が目を覚まして正しいことをするのを願っているけれど、彼女にしっかりとつかまえられてしまっているのよ」

「なんて悲惨なのかしら。ウォリスが次の王妃だなんて。絶対にそんなことにはならないでしょう？」

「彼女はそうなるとも思っているのよ。でも、彼女と結婚できるわけがないのよ。二度も離婚しているし、デイヴィッド王子は離婚を認めていない英国国教会の長なんですもの」

「とにかく、彼女にわたしの服はあげないから」あくまでも現実主義の母が言った。

母がスモークしたタラとポーチドエッグをふたつ注文した直後、玄関の呼び鈴が鳴った。

やっと手紙が届いたのだとわたしは思い、駆けだしたくなるのをこらえた。ダーシーからかもしれない。

プランケットが薄い茶色の封筒を持って現われた。「電報です、お嬢さま」

電報？　電報で届くのは悪い知らせだけだ。心臓が激しく打ち始めた。だれかが死んだの

だ。ビンキー？　ダーシー？　手が震えて、封を切ることができなかった。

「わたしが」プランケットがナイフで封を切ってくれた。

「なんなの？　声に出して読んでちょうだい」母が言った。

わたしは言われたとおりにした。『ロムフォード病院。状態悪し。祖父』母とわたしはす

くみあがった。

「すぐに車を用意して、プランケット」わたしは言った。「祖父が病院に運ばれたの」母に

尋ねた。「お母さまも来る？」

「当たり前でしょう。わたしの父なのよ。行くに決まっているじゃないの」

母は二階に駆けあがってハンドバッグを手にすると、最後にもう一度鼻に白粉をはたいた。

たとえ病院にいる父親に会いに行くときであっても、見た目にこだわらずにはいられないら

しい。わたしはと言えば、まともに頭が働かなくなっていた。祖父の体が衰えてきているこ

とはわかっていたけれど、死ぬなんて考えただけで耐えられなかった。いろいろなことがあ

った。この数年、祖父はわたしの支えだった。わたしを愛して、支えてくれた人だった。

玄関前にベントレーが横づけされた。「駅までわたしが運転しましょうか、お嬢さま？」プランケットが言った。

思いがけない優しい言葉に、涙が浮かんだ。

「ええ、ありがとう、プランケット。ロンドンまで車で行こうかと思ったけれど、でも……」

「列車のほうがずっと速いです。ブライトン発の急行に乗れれば」

「そうね」うなずいた。「ブライトン発の急行。ずっと速い」いらぬことを考えないためにはなにか話している必要があったから、気がつけば彼の言葉をただ繰り返していた。

一方の母は恐ろしいくらい静かだった。駅に着くまで、わたしたちは無言だった。ロンドンに向かう列車では、一等車の客室で向かい合って座った。

わたしたちは黙って窓の外を眺めた。緑の田園風景が通り過ぎていき、最初の住宅地が現われ、やがて薄汚れた裏庭や立ち並ぶ家が見えてきたかと思うと、テムズ川の南岸に新しく建てられたバタシー発電所の煙突が吐き出す煙が見えた。ヴィクトリア駅に着き、わたしたちは人込みをかき分けて進んだ。

「タクシーを使ったほうがいいかしら？」母が訊いた。

「遠いのよ。とんでもなくお金がかかるわ。それに、町なかの細い通りを説明するよりは、地下鉄のほうが速いわ」

「地下鉄。面白いこと。わかったわ、それしかないなら、そうしましょう」

ほかのときだったなら、わたしは声をあげて笑っていただろう。ロンドンの東のはずれにある一階と二階にそれぞれふた部屋だけの長屋で生まれたにもかかわらず、そのことを都合よく忘れ、最初から公爵夫人だったかのように振る舞う母を見ると、わたしはいつもおかしくてたまらなくなるのだ。

「こっちよ」わたしは母の手を取り、地下鉄の階段をおりた。

昼間だったせいか乗客は半分程度だったが、母が視線を集めていることに気づいた。ラムフォードに向かう列車にパリ風の装いをした美しい女性が乗っているのは、珍しいのだろう。列車が波止場の向こう側の地上に出たところで、ようやく母が口を開いた。

「わたしはひどい娘だったわ。父を訪ねるべきだったのに、そうしなかった。ロンドンに来るたびに、いまは忙しいって自分に言い訳をしていた。でも本当は、父のあのみすぼらしい小さな家に入っていくところを、人に見られたくなかったのよ」

「あそこはとても素敵な小さな家よ。お母さまが買ってあげたんじゃないの。誇りに思うべきよ。お母さまはとてもいいことをしたのよ」

「わたしはしなければいけないことをお金で片付けたんだわ。でもあなたがかわいい孫娘として頻繁に父を訪ねてくれた。そうしてくれてよかった」

「おじいちゃんはきっと乗り越えるわ。たくましい人だもの」

「そうね。いつだってたくましい人だった」

それっきり、列車がラムフォード駅に着くまでわたしたちはまた黙りこんだ。病院まではタクシーですぐだった。

わたしは、受付にいた看護師に電報を見せた。「今朝、祖父からこれを受け取ったんです。祖父が自分で送ったのか、だれかに頼んだのかはわかりません。祖父がどこにいるのか、ご存じですか？」

看護師は電報を見て、答えた。「ええ、アルバート・スピンクスですね。わたしがこれを送ったんですよ。まだ緊急治療室のどこかにいるはずです。その通路を進んで、左に曲がってください」

白いタイル貼りの廊下にわたしたちの足音が反響した。消毒薬のにおいが鼻をつく。待合室には大勢の痛々しい人たちが長椅子に座っていた。出血している人もいれば、咳きこんでいる人もいる。わたしたち――どちらかと言えば、母だろう――を見ると、彼らは互いをつつき合った。クリップボードを手にした看護師が、せわしない足取りでやってきた。

「アルバート・スピンクスを捜しているんです」わたしは言った。「電報を受け取ったので」

「そうですか、お気の毒です」彼女が言った。「こっちの突き当たりです。右側の最後の区画です」

わたしたちの前を通り過ぎながら、看護師がだれかに呼びかけた。

「ミセス・ジェンキンス？　こちらです」

わたしたちは、カーテンで仕切られたいくつもの区画の前を進んだ。うめき声が聞こえてくる。具合の悪い人間の声だ。まるで地獄に向かって歩いている気がした。母が最後の区画のカーテンを開け、わたしたちはその場で凍りついた。ベッドに横たわるその人は、顔までシーツで覆われていた。

七月二日　火曜日
エセックスの病院

今日はなにも書きたくない。動揺があまりにも大きかった。

母が悲鳴のような声をあげた。「お父さん！　嘘よ。信じない」わたしはショックが大きすぎて、声も出せずにいた。息をしていたかどうかもわからない。ただシーツを見つめることしかできなかった。

体の内側から嗚咽（おえつ）がこみあげてきた。押し戻そうとしたけれど、だめだった。

「ああ、おじいちゃん！」

母とわたしはしばし見つめ合い、そして初めて抱き合った。子供の頃、母に抱きしめられた記憶はない。母の膝に座った覚えもない。大人になって再会してからは、五センチくらい顔を離したまま、頬にキスの挨拶をしただけだ。けれどいま、わたしたちは互いにすがりつくようにして抱き合っていた。

「お父さんのいない世界なんて考えられない」母が言った。「あんないい人はいなかった」

「本当に。おじいちゃんだけが……」その先は言葉にならなかった。

母はわたしから離れて、ベッドに近づいた。シーツに触れたものの、はがす勇気がないのか、その手が止まった。あたかも自分の目で見なければ、なかったことになると思っているかのように。

近づいてくる足音が聞こえ、カーテンが開いたのがわかった。だれかが遺体を引き取りにきたのだろうと思ったが、いまはまだだめだ。お別れをしてからでなければ。

「少し待ってください。いまはまだ……」

背後から声がした。「こいつは驚いた。こんなに早く、ここでおまえたちふたりに会えるとは思わなかったぞ」

そこにいたのは祖父だった。生きている。

「お父さん！」母は幽霊でないことを確かめるかのように、手を伸ばして祖父の肩に触れた。

「電報が届いたんだな。来てくれてよかった」

「生きていたのね。それじゃあ、あれは……」わたしはベッドを振り返った。

「かわいそうなヘッティ。心臓がへたばったんだ。結婚式の準備で、興奮しすぎたんだろう。幸せなうちに死んだのがせめてもの慰めだ」

わたしは祖父に近づき、首にかじりついた。「かわいそうなおじいちゃん。でも、おじいちゃんじゃなくてよかった。電報を受け取って、わたしたちはてっきり……」

「電報には、お父さんが病院にいて、あまりよくないって書いてあったのよ」母が非難めいた口調で言った。「だから、てっきりお父さんのことだと思って、わざわざここまで来たの」

「おまえが、ようやく年老いた父親のことを心配してくれてうれしいね」祖父が言った。

「だが心配かけてすまなかった。電報に書いてほしいことを看護師に伝えたんだが、できるだけ短くしてほしいと頼んだんだ。一文字ごとに、おまえたちが料金を払うことになるからな」

「だから彼女は、亡くなったのがおじいちゃんじゃなくてミセス・ハギンズだっていうところを省いたのね」わたしは笑いながら言ったが、頬を伝う涙は止まらなかった。

「かわいそうなヘッティ。結婚式をそれはそれは楽しみにしていたんだ。ミスター・ハギンズとの最初の結婚のときは、期待はずれだったらしい。ふたりとも金がなかったし、ミスター・ハギンズは派手な式をするような大物でもなかったから、ただ登記所に行って、そのあとパブでビールを飲み、ソーセージ・ロールを食べただけだったそうだ。だから彼女は、今回はできることを全部するつもりでいたんだ。ドレスを作って、ケーキを注文して、式のあとは一週間クラクトン・オン・シーで過ごす予定だった」

「気の毒すぎるわ」

祖父はうなずいた。「乗り切れるものだ。そうだろう？　踏ん張るしかないんだ。おまえのおばあさんを亡くしたときは、この世の終わりのような気持ちがしたもんだ。だが結局はそれも乗り越えた」

「おじいちゃん、わたしたちと一緒に来ない？」わたしは言った。「おじいちゃんをひとりにしておきたくないし、田舎の新鮮な空気のなかで過ごすのは、いい気分転換になるわ」

「いまはそういうわけにはいかないんだ。ヘッティのために、やれることはやってやらないと。もちろん、まだ家族になってはいなかったから、わしがあれこれ決めるわけにはいかないがね。まずは彼女の娘に連絡を取らねばいかん。サウスエンドのカフェで働いているのはわかっているが、名前を憶えていなくてね。彼女の家を訪ねて、話をする必要がある。どんな葬儀にして、どこに埋葬するのかは、彼女次第だ。おそらく父親の隣になるんだろうな。ろくでなしだったとヘッティは言っていたがね」祖父は顔をあげて、わたしを見つめた。「もちろん、費用はわしも出すつもりだ。そうするべきだろう」

「わたしにも出させてちょうだい」母が言った。今回ばかりは、いつものような女優の顔ではなく、ごく当たり前の娘の顔をしていた。

「そう言ってくれるのはありがたいが、ドイツ人の金を受け取るわけにはいかん。おまえもわかっているはずだ。マックスはいいやつなのかもしれんが、それでもドイツ人であることには変わりない。そうだろう？　あいつらは息子のジミーを殺したんだ」

「遠い昔の話じゃないの、お父さん。過去のことは許して、前に進まなきゃいけないのよ。それに、マックスが軍にいたことはないわ。どちらにしろ、もうマックスとは関係なくなったの。全部終わったのよ。お父さまが亡くなったから、彼は母親の面倒を見なくてはいけなくなったの」

「全部終わった？」祖父はなにもかもわかったような顔で母を見た。「そうか。おまえも一からやり直しなんだな？」

「そのようね」母が言った。「いまはジョージーのところにいるの。本当に優しい子だわ。全部片付いたら、お父さんもすぐにわたしたちのところに来てちょうだいね」

「そうするとも」祖父はかろうじて笑みを作った。「そうさせてもらうよ。娘たちと一緒に田舎で過ごせるなんて、こんなにうれしいことはない」

「おじいちゃん、これからわたしたちはどうすればいい？」わたしは尋ねた。「もちろん一緒にいるつもりだけれど、今夜はおじいちゃんの家に泊まってほしい？　おじいちゃんをひとりにしたくないの」

「いやいや、気持ちはうれしいがね、わしは大丈夫だ。ずっとひとりでやってきたんだ。それに、ヘッティの娘が仕事から帰ってくるのを待たねばならんから、帰りが遅くなるかもしれない。かわいそうにショックを受けるだろう。慰めてやる必要があるだろうからな」

そういうわけで、今後の行動が定まった。ふたりの雑役係がやってきて、遺体を安置所へと運んだ。わたしたちはタクシーで祖父の家に向かった。なにか料理を作ろうかとわたしは申し出たが、祖父は食欲がないということだったので、ミセス・ハギンズの娘の家に行くという祖父を残し、わたしたちはロンドンに戻る列車に乗った。

「わたしが、その娘さんを一緒に探しに行ってもよかったのよ。夕食を作ることだってできたのに」

「お母さまったら、いつ料理を覚えたの？」わたしは笑いながら尋ねた。

「あなたと同じように、わたしも自分の面倒は自分で見なければいけないときがあったのよ。料理が上手とは言えないけれど、目玉焼きくらいは作れるわ」

「頑固なのは変わらないわね」母が言った。

ヴィクトリア駅に着くと、母はこのままアインスレーに帰るわけにはいかないと言い出した。クラリッジズに寄って、郵便物が届いていないかどうかを確かめる必要があるし、決まった薬局でしか手に入らないフランス製の特別な石鹸を買わなくてはいけないのだという。一方のわたしはベリンダを訪ねて、ウェディングドレスがどうなっているのかを確かめたかった。ふたりで決めた良識あるデザインではなく、最新流行のものに立ち戻っているかもしれないという不安が残っていたのだと思う。歩く白い排水管になるのは絶対にごめんだもの！

そういうわけで、六時の列車で待ち合わせることにしてわたしたちは別れた。わたしはエクレストン・ストリートからナイツブリッジまで歩き、ベリンダの馬小屋コテージに向かった。ドアを開けたのは、黒の制服を着たいかめしい顔つきのメイドだった。ベリンダに会いたいとわたしが言うと、彼女はわたしの名前を尋ね、奥さまが来客に応じるかどうかを確認してきますと言った。二階から話し声がして、やがてベリンダがメイド（ハドルストーンだろう）について階段をおりてきた。

「ジョージー、うれしい驚きだわ」ハドルストーンがわたしの名前を告げる前にベリンダが声をあげた。ハドルストーンは気分を害したらしく、わたしたちが抱き合っているあいだ、唇をぎゅっと結んで立っていた。「どうしてロンドンに？　あなたのドレスの仮縫いはまだなのよ」

「祖父のことで来なきゃならなかったの。祖父が結婚するつもりだった人が亡くなったのよ。母もわたしも、それはそれはショックを受けたの。だって受け取った電報には、祖父が病院にいるとだけしか書いてなかったんですもの。だからわたしたちは、亡くなったのがミセス・ハギンズじゃなくて、祖父だと思いこんだのよ」

「まあ。おじいさんはお気の毒だったわね。でも、あなたはほっとしたでしょう。おじいさんのことが大好きなんだものね。とにかくここまで来てくれたんだから、できているところまで見てちょうだい」ベリンダはそう言って、わたしを彼女の寝室へと連れていった。そこには、生地をピンで留めた三体の人型があった。

「ここで作業をしているのよ。恐ろしいハドルストーンのいないところで」

ベリンダはドアを閉めた。「彼女、ぞっとするでしょう？」

「確かに怖いわ。お料理ができないし、する気もないから、くびにするって言っていたんじゃなかった？」

「そのつもりだったんだけれど、代わりの人を探す時間がなくて。どちらにしろ、彼女もやめるつもりだと思うわ。この手の家は、彼女にはレベルが低すぎるんですって。でもそれまでは、形だけでも礼儀正しくしておかなければならないのよ。そうでないと、わたしからい推薦状をもらえないから」ベリンダはにやりと笑ってから、一番大きな人型を示して言った。「これがあなたのよ。素晴らしい考えがあるの。ほら、このデザインはすごくシンプルでしょう? だからウェストに真珠のついた幅広のベルトを巻こうと思うのよ。こんなのを」ベリンダは真珠を縫いつけてある生地をわたしに見せた。

「まあ。素敵」

「王女さまたちのドレスも同じ感じにしようと思うの。ウェストに真珠の細いベルトを巻いて、全体に真珠をちりばめるの」

わたしはベリンダの描いたデザイン画を見た。「完璧だわ、ベリンダ」

「よかった」ベリンダはほっとしたようだ。「一週間のうちには、王女さまたちの仮縫いができると思うの。あなたが一緒に来てくれるとうれしいんだけれど。王女さまに針を刺したりしたらどうしようって思うと、不安でたまらないの」

わたしは思わず彼女の顔を見た。これが、なにも怖いものなどなかったベリンダだなんて。スキーのインストラクターに会うために、屋根を伝って学校を抜け出していたような人なのに。子供を産んだことで変わったのだろう。ずっとうらやんでいたあの大胆な彼女に、少しでも戻ってくれることをひそかに願った。

「もちろん一緒に行くわ」わたしは答えた。「でも針を刺す心配はしなくていいと思うわよ。エリザベスは礼儀正しいからなにも言わずに我慢するだろうし、マーガレットはその場で叫ぶだろうから。きっとあなたを叩くわね。でもふたりともとてもかわいい子だし、お母さんもいい人よ」

なにかを言いかけたベリンダの顔に、うれしそうな表情が浮かんだ。

「そうだわ。おじいさんの奥さんになる人が亡くなったのなら、あなたの結婚式にとんでもない孫娘を呼ぶ必要はなくなったっていうことよね？」

「そうね、そのとおりよ。ありがたいわ。そのことが、とても心配だったのよ」

「わたしもよ。それだけの生地は買っていないんですもの」

わたしたちは声をあげて笑った。

七月二日　火曜日
ベルグレーブのラノクハウス　その後アインスレーに戻る

まだ動揺している。おじいちゃんが死んだと思ったときのあの絶望感は、そう簡単に忘れられるものじゃない。おじいちゃんは無事だった、大事なのはそれだけだ。おじいちゃんがアインスレーに来ることになったから、居心地よくしてあげたい。おじいちゃんがミセス・ハギンズと結婚しなくなってほっとしている自分に、罪悪感を覚えている。おじいちゃんのためにも悲しむべきなのだろうけれど、正直なところ、悲しくない。

ドレスの仮縫いをいつにするのか、いつ王女さまたちのドレスを持ってピカデリーの家を訪ねるのかを決めてから、わたしはベリンダの家をあとにした。六時までまだ時間があったので、ラノクハウスに寄ることにした。結婚式の招待状の返事が届いているかどうかを確かめたかったからだ。案内された応接室では、ビンキーとフィグがお茶を飲んでいた。

「いいところに来たね、ジョージー」ビンキーが言った。「さあ、座って、お食べ」

テーブルには大きなヴィクトリア・スポンジだけでなく、アイシングをしたフェアリー・ケーキとクランペットがのっていた。とてもおいしそうで、昼食を食べ損ねていたことを思い出した。「ありがとう」わたしは言った。

フィグは、自分の分が減ることが気に入らないようだった。

「足はどうなの、ビンキー?」わたしはフェアリー・ケーキをいくつか皿に取り、紅茶を注ぎながら尋ねた。

「まったく問題ないよ、ありがとう。おまえはちょうどいいときに来たのだよ。明日、わたしたちはフライング・スコッツマンで帰るつもりなのだ。こっちに戻るのは、おまえの結婚式の一週間前になる。新しいキルトを作ることにしたのだよ。昔のものは少しばかりきつくなったのでね。一八のときに作ったものだから」

兄のお腹まわりが少々でっぷりしてきていることに気づいた。

「それにポッジの初めてのキルトも作るつもりなのよ」フィグが言った。「ページボーイになるというので、あの子はとても興奮しているの。あなたのブライズメイドは決まったの? 申し訳ないけれど、アディはとても無理だわ。本当に強情なんですもの」

「親友のベリンダがメイド・オブ・オナーになってくれるの」わたしは答えた。「ふたりの小さな王女たちがブライズメイドよ」

「エリザベス王女とマーガレット王女？」フィグは驚いているような口調で言った。「あなたが頼んだの？」

「というより、そうしてほしいって王妃陛下に頼まれたの。もちろん、喜んでって答えたわ」わたしはケーキを頬張った。

「国王陛下、王妃陛下は？」

「いらっしゃるわ。ウェストミンスター寺院で式を挙げないというので、国王陛下は少しばかりおかんむりなのだけれど」

「おふたりは、そのあとこの家にいらっしゃるの？」フィグは不安そうにビンキーを見ている。

「だと思うわ」

フィグは目を見開いた。「王家の方々は何人来られるの？」

わたしは笑いながら答えた。「王妃陛下はヨーロッパの王家の方の半分を招待したがったんだけれど、個人的に知っている人だけにしようってダーシーとわたしで決めたの」

「ヨーロッパの王家の方の半分！」フィグはおののいたような口調になった。「聞いた、ビンキー？　この家にいらっしゃるのよ」

「この家にはなんの問題もないよ、フィグ」ビンキーが応じた。「戦前に、父が前国王をここでもてなしたことがある。父の伯父だったわけだからね。それに、彼らはみんなジョージの親戚なのだから、結婚式に来るのはごく当たり前のことだ」

「ええ、そうね」わたしが王家の血を引いているのに彼女はそうではないという事実を、フィグはどうしても受け入れることができずにいた。それが腹立たしくてたまらないらしい。

「心配いらないわ、フィグ」わたしは言った。「ヨーロッパの王家の人たちは、きっと来ないから。招待状の返事は来ている？」

「玄関ホールにあなた宛の手紙が何通かあったと思うわ」フィグが答えた。

わたしが立ちあがって玄関ホールに向かうと、執事のハミルトンがそこにいた。有能な執事は不気味なほどの洞察力を持っているものだ。

「こちらがお嬢さま宛の手紙です」ハミルトンは手紙の束を差し出した。

「ありがとう、ハミルトン」

「ラノクハウスでお嬢さまの披露宴を行いますことを、大変うれしく思っております。ラノク家にとって名誉なことだと存じます」

「ありがとう、ハミルトン」わたしは彼の言葉を考えながら応接室へと戻った。これこそ、昔ながらの執事というものだ。その家が問題なく運営されるように気を配り、言うべきことを知っている。一家に名誉が与えられれば、それは彼の名誉でもある。あのいまいましいプランケットとは大違いだ。

「マルムスバリー伯爵夫人とは知り合いかしら？」わたしはビンキーとフィグに尋ねた。

当然ながらビンキーは、きょとんとした顔をするだけだった。「聞いたことがないね」

「あなたはだれのことも知らないじゃありませんか」フィグが容赦なく非難した。「あなたほど人づきあいの悪い人はいませんよ、ビンキー。放っておいたら、あなたはハイランド・キャトルと一緒にスコットランドのあの陰鬱なお城に閉じこもって、それで満足しているんでしょうからね」

「まったくだ。そのとおりだよ」ビンキーが応じた。

「それじゃあ、あなたは伯爵夫人を知っているの、フィグ？」わたしは尋ねた。「あなたはチェシャーの出身だったわよね？」

「ダービーシャーよ。近いわね。ええ、彼女なら知っているわ。子供の頃、会ったことがある。変わった人だったわよ。魔女みたいな黒いショールをまとっていたわ」

「彼女の執事を覚えていないかしら？」

「執事？」フィグは人をひるませるような笑みを浮かべた。「だれが執事のことを覚えているというの？　シェリーをこぼされたというのならともかく」

わたしは腰をおろし、一通目の封筒を開いた。「よかった、いとこのファーガスとラハンは来てくれるんですって」

「この家に泊まることになるんでしょうね」フィグはぎゅっと唇を結んだ。なにを考えているのかはわかっている。ふたりとも大柄なスコットランド人で、人並みはずれた食欲の持ち主なのだ。

次の二通はダーシーの招待客からで、喜んで出席するということだった。四通目には封筒に紋章があった。

ブルガリアのニコラス王子とマリア王女は、残念ながら出席できません。

その下にニコラスの手書きの文字が添えられていた。

出席できなくて残念だが、その週にマリアが最初の子供を出産予定なんだ。幸せを祈っているよ。


「あなたたちにはいいニュースよ。ブルガリアの王子夫妻は欠席ですって。マリア王女が出産予定なの」わたしは言った。

「あなたはどこでブルガリアの王家の人たちと知り合ったの？」フィグが訊いた。

「学校でマリアと一緒だったのよ。わたしは彼女のブライズメイドだったの」わたしは答えた。

「ルーマニアの王子は来るの？　あなたと結婚の話があった人よ？」

「ジークフリート？　とんでもない。彼は絶対に招待しないわ。ひどい人だったもの。ダーシーとわたしは、本当に来てほしい人しか招待しないことに決めたの」

「そのダーシーはいまどこにいるの？　まさかあなたと一緒にアインスレーにいるわけじゃないでしょうね？」

「いいえ、いま仕事で留守にしているわ。でも母がアインスレーに滞在しているのよ。マックスのお父さまが亡くなったので、結婚式が延期になったの。だから落ちこんでいるのよ」

「それほど長く落ちこんでいるとは思えないわね」フィグは意地の悪い笑みを浮かべた。

「海には魚がたくさんいるんだもの」

「そんなことを言うものじゃないよ、フィグ」ビンキーが言った。「わたしはジョージーのお母さんが好きだよ。いい人だ。ラノク城にいた頃は、わたしに優しくしてくれた」

「ありがとう、ビンキー」わたしは炉棚の上の時計に目を向けた。「もう行かないと。母と六時にヴィクトリア駅で落ち合うことになっているの」

「おまえの新しい家は問題ないのだね？　すべて順調なのだね？」

「ええ。なにひとつ問題ないわ」

わたしはかろうじて明るい笑みを作り、なんとかそれを保ったままラノクハウスをあとにした。


両手いっぱいの荷物を抱えたポーターを従えて母がヴィクトリア駅に現われたのは、列車発車時刻のわずか数分前だった。

「喪に服すのにふさわしい服が足りないことに気づいたのよ」母が言った。「それはそれでいいかとも思ったんだけれど、でも黒いベールをつけたわたしはとても魅力的なんですもの。それに、マックスが口座を閉じる前にその恩恵はしっかり受けておきたかったし」

わたしたちは一等車両に乗りこんだ。フィグの予想どおり、母はショックからすっかり立ち直っていて、おしゃべりが止まらなかった。

「マックスがロンドンに小さなアパートを買ってくれないかと思っているのよ。公園の近くに」母が言った。「わたしにこんな思いをさせたんだから、それくらいしてくれてもいいはずよ。パリでもいいわ」

「お母さまはフランス語ができないじゃないの」

「ドレスのデザイナーたちとはなんの問題もなくやりとりできたわよ。パリのほうが洗練されていることは確かでしょう?」

「お母さまが決めてかかっているだけのような気もするけれど。事態が落ち着いたら、マックスはお母さまなしでは生きていけないって気づくかもしれないわよ。それに彼と結婚せずに恋人のままでいるのなら――これまでだって、同じようなことはしてきたじゃない?」

声を潜めていたにもかかわらず、見るからに独身であることがわかるふたりの老婦人の耳に、わたしの言葉の一部が届いたらしい。ふたりの眉が吊りあがり、ひとことも聞き洩らすまいとして極限まで身を乗り出したのがわかった。

「彼と結婚したいのかどうか、わからなくなったわ。だって、ドイツで暮らすのは退屈だし、まわりで起きていることもほとんど理解できないんだから」母はため息をついた。「しばらく様子を見るほかはないわね。それまで、かわいい娘の結婚式の準備を手伝えるんだもの!食事の手配はどうなっているの?」

「披露パーティーはラノクハウスでするの。お料理は料理人に任せるわ」

「あそこで披露パーティーをするつもりなの？　どうしてザ・ドーチェスターかクラリッジズにしないの？」

「お金の問題よ。それに、自分の家で披露パーティーをするのって素敵じゃない？」

「でも意地の悪いあの義理のお姉さんは、ひとりにシャンパンを一杯とスモークサーモンのサンドイッチをひと切れずつしか出さないわよ！」

わたしは笑って応じた。「ゾゾに頼むつもりなの。彼女がシャンパンをたっぷりと用意してくれるわ。それにシンプルなものにしたいのよ。少しだけ食べて、何度か乾杯をして、ケーキを切ったら、わたしたちは出発するわ」

「どこへ行くの？」

「まだ決めていないの。王妃陛下はバルモラルを使っていいって言ってくださっているんだけれど」

「とんでもない！　あなたの性生活に水を差す場所があるとしたら、バルモラルだわ。あなたが服を脱ごうとするたびにひいおばあさまが現われて、わたしは面白くないって言うに決まっているもの」

思わず笑った。「ダーシーがなにか考えているといいんだけれど。本当に彼には早く帰ってきてほしいわ。だって……」わたしはその先の言葉を呑みこんだ。今日一日、心配ごとを考えないようにしてきた。けれどヘイワーズ・ヒースが近づいてくるにつれ、抑えつけていたものが一気にあふれ出した。

「そうでしょうとも!」母はわたしの言葉を完全に誤解して、くすくす笑いながらわたしをつついた。「わたしはセックスなしで、どれくらい我慢できるかしら」

母の言葉に、ふたりの老婦人は心底ショックを受けたようだ。

駅が近づいてきて列車が速度を落とし始めると、母がわたしの手をつかんだ。

「たったいま、恐ろしいことに気づいたの。わたしとマックスが結婚する直前に、彼の父親が死んだ。お父さんとミセス・ハギンズが結婚する直前に、彼女が死んだ。ああ、ジョージー! わたしたち家族が呪われているわけじゃないわよね? だれかが死んで、あなたの結婚式が中止になったりしないといいんだけれど」

言わないでほしかったと思った。祖父の隣に立ってミセス・ハギンズの遺体が運ばれていくのを待っていたとき、同じことが脳裏をよぎったからだ。心配ごとがもうひとつ増えたわけだ。わたしはいま、不可解なことばかりの家で暮らしている。ダーシーはどこか遠くにいて、おそらくなにか危険なことをしている。どうか彼をお守りください、わたしは心のなかで祈った。

ヘイワーズ・ヒースで列車を降りると、母はプランケットが迎えに来るのを待つのではなくタクシーで帰ろうと言った。家に着き、玄関ホールに入っても、だれもわたしたちを出迎える人間はいなかった。気味が悪いほど、家のなかは静まりかえっている。

「使用人たちはいったいどうしたっていうの? これじゃあ、泥棒が入り放題じゃないの」

「盗む価値のあるものはそれほどないんじゃないかしら？」

「長広間の肖像画があるわ。でもあれは、シャツの下に隠すには大きすぎるわね」母はあたりを見まわした。「ヒューバートは、高価なものをどこにしまったのかしら？」

印象的な紋章のついたわたし宛の手紙が、廊下のテーブルにのっていることに気づいた。

「きっとマルムスバリー伯爵からだわ」わたしは興奮した声をあげた。「これでなにかわかるかもしれない」

「なんのこと？」母は自分以外の人間には興味がない。「シェリーとチーズ・ストローを頼もうかしら。お腹が空いたわ」

母は手近にある呼び鈴を探しに行き、わたしは封筒を開いた。

親愛なるレディ・ジョージアナ

チャールズ・プランケットに関するお尋ねの件ですが、彼はわたしの母に長年、献身的に仕えた信頼できる執事でした。昨年、母が亡くなり、惜しまれながら退職しました。

七月二日　火曜日
サセックス州　アインスレー

プランケットのことで、ますます混乱している。レディ・マルムスバリーは変わった人だとフィグは言っていた。彼は、変わった年配女性を探し出して、その財産をごまかしたり、宝石を盗んだりしているのかもしれない。だからわたしが来たときには、邪魔をされると思って敵意をむき出しにしたのかもしれない。

母がシェリーを頼み、クイーニーが「合点です」と答えるのが聞こえた。クイーニーはちゃんとしたお屋敷では絶対に務まらないだろうと思った。上流階級の人間に対してどう振る舞えばいいのかを、学ぶことができないのだ。あるいは、自分もわたしたちと同等だと考えていて、だからあんな口のきき方ができるのかもしれない。彼女の頭のなかがどうなっているのかは、だれにもわからない。それでも彼女は明るいし、やる気があるし、最高においしいチーズ・ストローを作ることができる！

けれどプランケットは、ただ礼儀を守っているだけだ。わたしが知っているどんな執事とも違っている。けれど年配の貴族女性たちは、彼を信頼していたようだ。プランケットは、レディ・アンストルーサーが施設だか病院だかから逃げ出すのに手を貸したんだろうか？ここで彼女の世話をして、彼女のお金を自由に使うために？もしそうだとしたら、彼女の財産を気にかけてやってきたミスター・ブロードベントを殺す理由が、プランケットにはあることになる。とはいえ、警察に行くためにはなにか証拠が必要だった。

わたしは手にしたままの手紙を見つめた。伯爵がプランケットを献身的な執事と称していることが気になった。その言葉は、長いあいだ、一家に仕えていたことを意味している。プランケットはそれほどの年ではない。最高でも五〇、おそらくは四〇代だろう。筋が通らないことがまたひとつ増えたわけだ。ひょっとしたら彼はチャールズ・プランケットではなく、推薦状を盗んだのかもしれない。だとしたら、本物のプランケットはどこにいるのだろう？

あたりを見まわした。台所に戻っていったクイーニー以外、まだだれの姿も見えない。わたしはホールの椅子に荷物を積みあげている母に近づいた。

「シェリーとチーズ・ストローを持ってきたら、そのあとでこれをわたしの部屋まで運んでクローデットに片付けさせてとクイーニーに頼んだのよ」

「ずいぶん信用しているのね」思わず、頬が緩んだ。「クイーニーのことはわかっているでしょう？　転んで、帽子箱の上に座りこむかもしれないわよ」

「大丈夫よ。あの子はここでよくやっているもの。お料理はとてもおいしいじゃないの。わたしたちが見ていない台所でなにかひどい失敗をしていたとしても、だれも気づかないわよ」

「お願いがあるの」わたしは言った。「プランケットが来たら、しばらく彼を引き留めておいてくれないかしら？」

「なにをするつもり？」

「少し調べたいことがあるのよ。あとで話すわ」

わたしは台所と使用人の区画に通じるドアを開き、耳を澄ました。なにも物音はしなかったけれど、執事の事務室に行くのはためらった。プランケットが肘掛け椅子でいびきをかいているかもしれない。けれど彼の寝室を調べることはできるだろう。西棟の奥にある主階段をあがり、廊下を進んで使用人用の階段に通じるドアをくぐった。その階段は傾斜が急で、絨毯も敷かれておらず、何世紀ものあいだ、お湯の入った水差しや石炭入れを持って毎日ここをあがらなければならなかった幼いメイドのことを思って、心が痛んだ。ロジャースが落ちて死んだのはこの階段だろう。足腰の衰えた年配の男性が足を踏み外すのはおおいにありうることだ。けれど片側にはしっかりした手すりがあるから、つかむことはできたはずだ。何者かが彼の背後に忍びより、突き落としたというほうが可能性が高いような気がした。筋が通らないのは、ロジャースは退職を考えていたということだ。すでにあっせん業者に連絡を取っていて、プランケットが推薦されていたらしい。だが事故当時、プランケットはまだここにはいなかった。だとしたら、だれが？

わたしはじっくり考えてみた。ロジャースが本物のチャールズ・プランケットを知っていたとしたら？　執事同士が知り合いだというのはよくあることだ。だからロジャースは自分の後釜として、昔ながらの優秀な執事である彼を推薦した。だがロジャースは階段から落ち、プランケットの身になにかが起きて、あの男がその代わりにやってきた。ありえることだと思えた。使用人たちの寝室がある、最上階にたどり着いた。最初の部屋をのぞいてみると、そこがあまりにも質素で殺風景であることに衝撃を受けた。小さなベッド、タンス、コートと帽子をかけるためのフックが壁に数個。個人的なものも、部屋を明るくするようなものもなにもなかった。ベッドの脇にきゃしゃなスリッパが置いてあったから、女性の部屋に違いない。さらに廊下を進んだ。クイーニーの部屋はひと目でわかった。すでに散らかっていたし、あのとんでもないコートがフックにかかっていたからだ。

突き当たりに一番大きな部屋があった。プランケットの部屋だ。なかを見まわし、それから足を踏み入れた。質素とは言えない部屋だ。寝心地のよさそうな大きなベッドに、シルクの羽根布団とレースの縁取りのある枕。床にはラグが敷かれ、窓にはベルベットのカーテンがかかっている。どれも階下から勝手に持ってきたものだろうとわたしは思った。タンスに近づいた。鏡とつややかな木の箱が置かれている。箱のなかには、二一歳の誕生日に贈られるような銀の持ち手のブラシのセットが入っていた。ＥＰとイニシャルがついている。チャールズ・プランケットならCPのはずだ。彼は親戚なんだろうか？　引き出しのなかを探ってみたけれど、書類の類は入っていなかった。もっとも個人的なものは、階下の事務室の机にしまってあるのだろう。そこを調べるあいだ、彼の気を逸らしておく方法を考える必要があった。部屋を出ようとしたところで、階段をあがってくる足音が聞こえた。わたしは焦って部屋のなかを見まわした。ドアのうしろに隠れる？　カーテンの陰に？　ドアがわずかに開いたままになっていることに気づいた。わたしがいることがわかってしまう。音を立てないように閉め、一番安全だと思われるベッドの下に潜りこんだ。危ないところだった。廊下を近づいてくる足音がしたかと思うと、ドアノブがまわり、だれかが部屋に入ってきた。

わたしは息を殺した。見えるのは茶色いズボンをはいた脚とゴム底の茶色いスエードの靴だけだ。その男は足早にタンスに近づいて引き出しを開け、再び閉め、それから静かにドアを閉めて出ていった。

わたしはそのあともしばらく、動かずにいた。だれが茶色のスエードの靴を履いていただろう？　プランケットでもマクシーでもない。どちらも制服に合わせた光沢のある黒の靴を履いている。フェルナンドはどうだった？　ゴム底の靴でないことは確かだ。わたしに近づいてくるとき、こつこつという足音が聞こえたのを覚えている。それじゃあ、庭師のどちらかだろうか？　だがゴム底のスエードの靴は贅沢品だし、怒鳴りながらわたしたちに駆け寄ってきた庭師はブーツを履いていた。そもそも、庭師は家のなかに入ることを許されていない。ましてや、使用人の寝室には絶対に入れない。ただし……妙なことが起きているのなら話は別だ。

わたしは箱入り娘だったから、夜中に人の寝室に忍びこむ人間がいることを知ったときはショックだった。男性同士が関係を持つことがあるのを知ったときも。プランケットはそういう男性のひとりなんだろうか？　秘密の恋人が、彼にメモを残していったんだろうか？　まず頭に浮かんだのが、これがプランケットに対する切り札になるかもしれないということだった。これまで人を脅したりしたことはないけれど、でも……。わたしはベッドの下から這い出ると、大量のほこりをはらった。アインスレーの衛生環境はおおいに改善の余地がある！　タンスに近づいて、一番上の引き出しを開けた。メモは畳んだ下着のあいだに挟まれていた。取り出して、読んだ。

前倒ししろ。船は木曜日。口に気をつけること。新しいメイドは見かけより鋭い。

わたしはメモを畳み、引き出しに戻した。どういう意味だろう？　船が木曜日？　木曜日はプランケットの休日だっただろうか？　川で密会をするつもりなの？　それとも船でブライトンに行くとか？　新しいメイドというのはクイーニーのことだろうけれど、秘密にしておかなければいけないこととはなんだろう？　さっきの男がだれであれ、真っ昼間に家に忍びこむのは大きな危険を冒したことになる。わたしは急いで階段をおり、母の寝室に入った。太陽は沈みかけていて、私道沿いの木立が長い影を落としている。それでも、家を出ていく人間を見て取るには充分な明るさだ。わたしはしばらく外を眺めていたが、だれも出てくる者はいなかった。侵入者は使われていない部屋のどこかに隠れて、暗くなるのを待っているんだろうか？　それともあれは、庭師のひとり？

母のいる応接室に向かっていると、畳んだリネンを抱えて階段をのぼってくるジョアニーとすれ違った。

「ジョアニー、いまだれか家から出ていった人がいた？」わたしは尋ねた。「玄関が閉まる音がしたと思うんだけれど」

「いないと思います、お嬢さま」ジョアニーはどうでもいいと思っているような口調で答えた。「でも、わたしはたったいままで洗濯室にいたんです。あそこにいるとなにも聞こえませんから」

わたしは彼女の姿が見えなくなるのを待って、玄関から外に出た。家の周辺をぐるりとまわってみたが、だれもいない。ガレージの外にベントレーが止まっていた。その前を通りかかると、ぷんと熱いオイルのにおいがした。近づいてみると、エンジンがまだ温かいことに気がついた。だれかが使ったのだ。わたしたちを迎えに行くためにプランケットがガレージから車を出しただけだとしたら、エンジンはこんなに熱を持つだろうか？　それともだれかが無断で乗りまわしたんだろうか？　わたしたちがロンドンから帰ってきたとき、使用人がだれもいなかったのはそのせい？　わたしはため息をついた。最悪のことを考えるのはもううんざりだ。わたしはただこの家を問題なく運営したいだけなのに。母のところに戻った。

プランケットがすぐに現われた。息を切らしているようだ。

「申し訳ありません、お嬢さま。戻っていらしていることに気づきませんでした」

「あら、ここにいたのね、プランケット」わたしは明るい口調で言った。「どこに行ったのかと思っていたのよ。帰ってきたとき、だれも出迎える人がいなかったから」

「すみませんでした、お嬢さま。食料貯蔵室で銀器を磨いていたものですから。奥さまもいらっしゃったことですし、食卓にはまたきちんとした燭台を置いたほうがいいと思ったんです。それに駅から電話があると思っていましたから、ベントレーでお迎えにあがるつもりでした」

「タクシーで帰ってきたのよ」わたしは応じた。「そのほうが簡単だったから」

「それで、悪い知らせだったんでしょうか？　おじいさまのお加減は？」

「まったく問題なかったわ、ありがとう、プランケット。祖父と結婚するはずだった人が、心臓発作で亡くなったのよ。当然ながら祖父はとても落ちこんでいるの。しばらくここで静養するように勧めたわ」

「お悔やみ申しあげます、お嬢さま。おじいさまはいつ来られるんでしょう？」

「わからないの。まずは葬儀の手配をしなくてはいけないから。でもいつでも大丈夫なように、寝室の準備をしておいてね」

「承知しました、お嬢さま」

「シェリーとチーズ・ストローがどうなったのか、見てきてちょうだい、プランケット」母が言った。「お腹が空いたわ。夕食は三〇分以内にしてほしいと料理人に言っておいてね」

母は自分の父親の健康状態よりも食事のほうが大切らしい！

七月三日　水曜日
アインスレー　サセックス州

おじいちゃんが近いうちに来てくれると思うと、うれしくてたまらない。おじいちゃんなら、どうすればいいかをわかっているはず。わたしはなんでもないことを心配しているのかもしれない。警察がミスター・ブロードベントの行方を突き止めて、なにも問題はないことがわかるかもしれない。それでも……チャールズ・プランケットの件があるし、この家でなにかおかしなことが起きているとわたしの直感がささやいている。

その夜は、なにごともなく過ぎた。翌朝、母とわたしは一緒に朝食をとった。母は、どんどん元気になっていくようだ。

「お父さんがここに来てくれることになって、うれしいわ。昔みたいじゃない？　家族が揃うなんて」母はクーパーのオックスフォード・ママレードをのせたトーストを口に運んだ。「ここの食べ物のほうが、ドイツよりもずっといいわ。ドイツではどれもこれもクリームたっぷりで、こってりしているんですもの。ウェストや体形を保つにはよくないものばかりよ。でもドイツ人はぽっちゃりした女性が好きみたいだから」

「なんだか、マックスとの結婚がなくなってほっとしているみたいに聞こえるけれど」

「まさか。そんなことはないわ。わたしはマックスを崇拝しているもの。ただ、ドイツでの暮らしを楽しみだとは思えないっていうことよ」悲しげな表情が戻ってきた。「庭師たちが、あなたの指示どおりにあの恐ろしい罠を取り外したかどうか、見に行きましょうか？　あの小さなあずまやに行ってみたいのよ。幸せな時代だったわ……」

「わかった」わたしは答えた。「頑丈な靴に履き替えてきたほうがいいわ。あのあたりは、下生えが生い茂っているのよ」

すがすがしい朝だったが西から強い風が吹いていたので、わたしたちは夏用のワンピースの上にジャケットを羽織った。歩きだしたとたんに、スカーフで髪を覆ってくるのだったと母は文句を言った。「クローデットに元通りのカールをつけてもらうのに、何時間もかかるのよ」

「わたし以外、だれも見る人はいないわ」わたしは指摘した。

家の裏手にまわったところで、菜園のほうへと歩いていくベンの姿が見えた。

「ベン、おかえりなさい」彼に呼びかけた。

ベンは帽子に手を触れて、挨拶をした。「おはようございます、お嬢さま。気持ちのいい日ですね」

庭師たちを見つけるまで、わたしたちはベンのそばを離れないようにして歩いた。ふたりはレタスが入った木箱を積みあげているところで、わたしたちが近づいてくるのを見るとうしろめたそうな顔になった。

「村のお店に行くところなのかしら？」わたしは尋ねた。「家で使う分はちゃんと残してくれている？」

「はい、お嬢さま」ビルがテッドに素早く目配せしながら答えた。

「あなたたちを監督してくれるベテランの庭師を連れてきたわ。ベンを知っている？ずっとこの庭で働いてきたのよ。彼がいれば、ここはまた素晴らしくなるわ。彼はわたしの指示に従うことになっているから」

ふたりが歓迎していないのは明らかだった。「それから罠のことだけれど」わたしはふたりに厳しいまなざしを向けた。「サー・ヒューバートは絶対に人間用の罠を仕掛けさせたりしないし、そのことを知ったらさぞ怒るだろうってベンが言っているの。わたしが言ったとおり、全部取り外したかしら？」

「ひとつも見つからなかったんです、お嬢さま」テッド・ホスキンスがわたしと目を合わせないように、うつむいたまま答えた。「前にここにいた庭師にからかわれたんだと思います」

「そう、それを聞いて安心したわ。あなたたちのどちらかが脚を片方、失うことになったらどうしようって心配していたのよ」

ふたりは弱々しい笑みを浮かべた。わたしは彼らの足元に視線を向けた。どちらも田舎の男性が履くような、頑丈なブーツを履いている。それに彼らは、ゴム底の靴を履こうなどと考えるようなタイプには見えない。つまり、謎の侵入者は謎のままだということだ。

「それじゃあ、わたしたちはもう行くから、仕事を始めてちょうだい」わたしは最高ににこやかな笑みを浮かべた。「このあたりを散歩してくるわ。母が思い出のあずまやを見たがっているの」

「鹿に気をつけてくださいね」ビルが言った。「驚くと、獰猛(どうもう)になることがあるんです」

「地所にまだ鹿がいるのがわかってうれしいわ。子供の頃は鹿を見るのが大好きだったのよ。でもありがとう。気をつけるわね」

歩きだしたところで、ベンの声が聞こえてきた。「さてと、まずは肝心なところから始めるか。花壇の縁取りだ。まったくあれはひどすぎる」

ベンの下であのふたりがどれくらい続くだろうとわたしは考えた。焚火の跡があったところをわざと通ってみたが、無駄だった。新たに木の枝やゴミが集められて、燃やすばかりになっている。そこで林のなかへと進み、あずまやを目指した。今回はすぐに見つけることができたが、あまりにひどい有様だったので母は落胆のあまり、泣くような声を漏らした。柱にはびっしりと蔦がからみつき、屋根からはなかに入ろうとする者を捕まえるかのように太い巻きひげが垂れさがっている。大理石の床は枯れ葉にうずまってしまっていたし、階段はひび割れ、石の隙間から苗木が伸びていた。

「わたしの大好きなあずまやが」母が声をあげた。「こんな有様を見たら、ヒューバートはどれほどがっかりすることか。いますぐ、あの庭師たちになんとかさせないと」

「順番があるのよ。まずは芝を刈って、花壇の雑草を抜くのが先だわ。どうもあのふたりは、家庭菜園にばかり力を注いでいたみたいなの。そうすれば、できたものを売れるから」

「なんてことかしら。ふたりをくびにすべきよ」

「問題は、わたしには使用人をやめさせる権限がないということなの。もしあったなら、プランケットはとっくにいなくなっているわ。フェルナンドも。それを言うなら、ジョアニーも」

「確かにひどい使用人ばかりね」母はうなずいた。「やる気もないし。おかげで、クイーニーがいることをありがたく思うくらいだもの」

わたしたちはくすくす笑いながら、あずまやをあとにした。「そうだわ、おじいちゃんが来たら、わたしたち家族で取りかかりましょうよ。剪定ばさみと熊手を持ってきて、このあずまやを昔のような姿にするのよ」

「いい考えだわ。わたしにもすることができるから、なくしたもののことを考えずにすむわね」母はうれしそうだ。「礼拝堂はどうなっているかしら？　あそこも同じようにひどい有様になっているんでしょうね。ここからそれほど離れていないもの」

「いいえ、あそこは大丈夫だった。昨日、偶然見つけたのよ」

「あなた、昨日ここに来たの？　罠を取り外したかどうかもわからないうちに？」母は首を振った。「ジョージー、いったいなにを考えていたの？」

「本当は罠なんてないだろうって思っていた。庭師たちはわたしたちをここに来させたくなくて、あんなことを言ったんだろうって」

「どうしてそんなことを？」

「わからない。きっとまたなにか、お金にまつわることじゃないかしら」

「じゃあ、あなたは礼拝堂に入ったのね？」

「ええ。それほど悪い状態じゃなかったわ。ほこりっぽかったけれど、でもなにも壊れてはいなかった」

「あの気味の悪い地下埋葬室は？　どう思った？」

「地下埋葬室？　見なかったわ」

「見なかったの？　本当にぞっとするのよ」

「礼拝堂にはドアも階段もなかったけれど」

「そうそう、思い出した。入り口は礼拝堂の裏にあるんだったわ。ヒューバートに一度だけ連れていってもらったの。怖くてたまらなかった。アンストルーサー家の人間全員が、壁際にずらりと積み重ねられているんだもの」

「どういう意味？」

「棺桶よ。墓地なの。アンストルーサー家の人たちはあそこに埋葬されているのよ」

「見たいわ」わたしは言った。

「わたしは行かないわよ」

「外で見張っていて、だれか来たら教えてくれればいいわ」

礼拝堂はすぐに見つかった。建物の裏手にまわると、壁に高さ一メートルほどの小さなドアがあった。装飾的な錬鉄の蝶番(ちょうつがい)がついた、頑丈そうなオーク材のドアだ。ドアを開けると、暗闇へとおりていく急な階段が見えた。母の言うとおり、進んで足を踏み入れたくなるような場所ではない。

「ドアを閉めないでね」わたしはそう告げてから、階段をおり始めた。壁はじっとりとして冷たい。幸いなことに階段はそれほど長くなく、八段で終わった。わずかな明かりのなかに、母の言葉どおりのものが見えた。四方の壁に棺桶が重ねられていて、それぞれに墓碑銘がある。「ヘンリー・ウィリアム・アンストルーサー／一七四五―一七八九」「ジュリア・マリア・アンストルーサー／一六四八―一七二〇」そして床には、眠る騎士をかたどった黒い大理石の棺桶があった。本当に不気味だ。

これ以上奥には行きたくなかったけれど、棺桶のうしろになにも隠されていないことを確かめなくてはならない。床に足をおろそうとしたところで、あることに気づいた。床はほこりをかぶっていて、長年のあいだに吹きこんできた枯れ葉に覆われてしまっている。そのなかに、端が丸まりかけてはいるものの、まだ緑色を残している新しい葉があった。そしてその横には足跡。つい最近、大きなブーツを履いた人間がここに来ている。

29

七月三日　水曜日
アインスレー　サセックス州

恐ろしいことになってきた。おじいちゃん、お願い早く来て！

わたしはそろそろと前進し、黒い大理石の棺桶の向こうをのぞいた。なにもない。けれど、疑念はいっそう大きくなった。遺体がたくさん埋葬されている場所ほど、死体を隠すのにふさわしいところがあるだろうか？　棺桶のどれかに最近開けられた痕跡があるかもしれないと思ったけれど、ここは暗すぎたし、ひとりで調べる気にはなれなかった。くぼみに手を突っ込んで、得体のしれないものに触ったらと思うだけで、ぞっとした。母は支えにはなってくれない。これまでずっと、不快なことは避けて生きてきた人なのだから。祖父が来るのを待つしかないだろう。ふたりで調べて、あるかもしれないと考えているものが見つかったら、その足で警察に行くのだ。

だがそれまでは、同じ家のなかに少なくとも殺人犯がひとりいるという可能性と向き合っていなくてはならない。もしもミスター・ブロードベントの死体がこの埋葬室に隠されているとしたら、彼をここまで運ぶには少なくともたくましい男性ふたりの力が必要だ。かっとなったレディ・アンストルーサーがたまたま彼を殺したのなら、死体を隠すのにだれかの手を借りたはずだ――あの大きなブーツの足跡が証明しているように。わたしは地下埋葬室を出るとドアを閉め、母に明るく微笑みかけた。

「お母さまがどうしてここに入りたくないのか、よくわかったわ。本当にぞっとしたもの！」わたしは身震いした。

「ヒューバートはそう思っていなかったのよ。先祖がみんなひとところに埋蔵されていることを、とても誇らしく感じていたわ。自分の場所まで決めていたくらい」

安全な芝地に早く戻りたくて、わたしたちは急ぎ足で歩いた。正面の私道沿いの花壇で作業している、ふたりの庭師の姿が見えた。ベンは伸びすぎた庭木の刈りこみを始めている。熟練したその手の先で、庭木はすでに鳥の形を取り戻していた。脇を通りかかると、ベンはわたしたちに会釈をした。

「散歩は楽しかったですか、お嬢さま？」彼が尋ねた。

「ええ、とても。ありがとう、ベン」

わたしたちは家へと戻った。

祖父のためにバスルームに近い日当たりのいい部屋を選んでおいたが、そこの準備ができているかどうかを確かめた。窓を全部開けて、空気を入れ替えた。この家に来た最初の夜、砂利を踏むタイヤの音が聞こえて、外をのぞいたのがここからだったことを思い出した。その前に見たときは家具がいっぱいに押しこまれていたのに、いつの間にかベッドフレームに布がかけられているだけで、あとはなにもなくなっていたのだ。わたしは窓の外を眺めながら、考えこんだ。筋の通らないことが多すぎる。どうしてこの部屋の家具をあれほどあわてて運び出し、そのうえ、まだそこにあるように見せなくてはならなかったのだろう？

時間はのろのろと過ぎるばかりで、わたしは落ち着きなく行ったり来たりしていた。ミセス・ハギンズのお葬式が終わるまで、おじいちゃんがあと一週間ロンドンに留まるつもりだったらどうする？　いますぐ警部補のところに行くべきだろうか？　けれど警察がなにも見つけることができなかったなら、わたしが使用人を疑っていることが彼らにわかってしまう。もしも死体がどこか別の場所に隠されていたなら、もしもなにか犯罪がここで行われているのなら、次に階段から落ちるのはわたしかもしれない。それとも、寝ているあいだにガス栓が開いているかもしれない。

六時を少し過ぎたところで、ディナーのための着替えをしますかとクイーニーが訊きにきた。

「今夜はキャセロールなんですよ」クイーニーが言った。「ジャガイモと野菜はフェルナンドに任せてきました。あの人でもそれくらいはできるでしょう」

「彼はそんなにひどいの？」わたしはコットンのワンピースを頭からかぶりながら尋ねた。

「ひどいなんてもんじゃないですよ。いままでどこで料理をしていたのか知りませんが、台所もひどい有様ですし」

「ほかの使用人はどう？」

クイーニーは唇を結んだ。「ひとつ言っておきますよ。お嬢さんのお兄さんみたいなちゃんとした家では、あの人たちは五分と務まりませんね。執事をないがしろにするし、服はだらしないし。ジョアニーはメイドをなんだと思ってるんですかね？　台所で煙草を吸うんですよ。聞いたことがありますか？」

こんな状況でなければ、世界で最悪のメイドの口から出たこの台詞を面白いと思えただろう。ここの使用人たちを雇ったのはいったいだれ？　サー・ヒューバートの弁護士は、有能で信頼できる使用人を代わりに雇ったはずなのに。

クイーニーはわたしの服の背中のボタンを留め終えた。「ジョアニーですけど、彼女もまったくやる気がありませんよ。自分は使用人で収まるようなタイプじゃない、メイドになるのはちゃんとした仕事につけない頭の悪い人間だけだって言ってましたからね」クイーニーが顔をあげたので、鏡ごしに目と目が合った。「それじゃあどうしてメイドをやっているんだって訊いたら、いまだけだって言ってました」

「興味深いわね」

クイーニーは問題なく着替えの手伝いを終えたものの、どういうわけかブラシが髪に引っかかった。どうにかしてはずそうとするものの、ただ痛いばかりでどうしてもはずれない。

「すいません、お嬢さん」クイーニーは顔を真っ赤にして奮闘している。「髪がきれいに内巻きになるようにしようと思ったんですけどできなくて、ブラシが取れなくなっちまいました。引っ張るたびに、どんどんこんがらかって」クイーニーはもう一度引っ張った。「ハサミを取ってきて、切りますか？」

「とんでもない。頭のうしろにはげなんて作りたくないわ」

「それじゃあ、これはこのままにしておいて、上からリボンでも結ぶとか？」

「自分でやるわ」わたしは後頭部に手を当てて、どうなっているかを確かめた。「クイーニー、あなたは台所に戻ったほうがよさそうね。そこなら、それほど失敗しないみたいだから」

「すいません、お嬢さん」クイーニーは打ちひしがれたような顔で繰り返した。「がんばってはいるんですけど。でもうまくできないことがいろいろあって」

クイーニーが台所に戻っていき、わたしはようやくのことで髪からブラシをはずすことができた。彼女がいまも失敗の多い昔ながらのクイーニーだとわかって、ほっとしていた。彼女の存在はわたしを安心させてくれる。もっと腕のいい料理人を雇ったときには、彼女をわたしのメイドとして置いておくべきか、それとも料理人の助手にするべきかどちらがいいだろうと考えた。ともあれ、それは先の話だ。いまは切り抜けなければならない現実がある。

母とシェリーを飲み始めたところに、プランケットがやってきた。

「お嬢さまに会いたいという人が来ています」

「わたしに？　どんな人かしら？」

「年配の下層階級の男です、お嬢さま。裏にある使用人用の出入り口に行くように言いました。大きなスーツケースを持っていたので、あまりいい顔をしませんでしたが」

わたしはブランケットの言葉が終わらないうちに立ちあがり、彼を押しのけるようにして部屋を出ると、玄関に向かった。外は雨が降りだしていて、祖父はちょうど建物の角を曲がろうとしているところだった。

「おじいちゃん！」わたしは大声で呼びかけ、祖父のあとを追おうとした。運の悪いことに、サテンのイブニングシューズの片方が泥だらけの水たまりにはまって取れなくなった。わたしはその靴を脱ぎ捨て、ストッキングだけの足で走り続けた。「おじいちゃん、待って！」

わたしの声が届いたらしく、祖父は足を止めた。

「戻ってきて、おじいちゃん」わたしは両手を広げた。

「だが、あの男に裏にまわれと言われたんだ」

祖父に追いついたわたしは、スーツケースを手に取った。「玄関から入ってって、わたしが言っているのよ。さあ、行きましょう。濡れてしまうわ」

「あの男は、わしをごろつきと思ったようだな」祖父はくすくす笑っている。

「どうしてわたしのおじいちゃんだって言わなかったの？」

「言う暇もなかった。わしをひと目見るなり、〝裏にまわれ。使用人用の出入り口がある〟

ときたもんだ」

「くそ生意気な男！」わたしが思わず口走ると、祖父はさらに笑った。

「おまえのようなレディがそんな言葉を使うとは思わなんだ」

「こういうときにはふさわしい言葉じゃない？」

わたしは祖父の腕を取り、階段をあがった。傘を手にしたプランケットが、わたしたちを出迎えようと階段をおりてきた。

「すみません、お嬢さま。わたしはてっきり……」

「プランケット、こちらはわたしの祖父よ」

「お嬢さまのおじいさま？」プランケットの口があんぐりと開いた。

「ええ、そう。わたしや母に対するのと同じように、祖父にも敬意を持って接してちょうだいね。わかったかしら？」

「承知しました、お嬢さま。もちろんです」

わたしたちは玄関ホールに入り、プランケットが傘を畳んだ。

「コートをお預かりしましょうか、サー？」祖父に向かって言う。「それからお嬢さま、かなり濡れたようですね。風邪をひくといけませんから、着替えていらしてはどうでしょう？」

「そうするわ。夕食はひとり増えたと料理人に伝えてね。それから、水たまりで脱げてしまったイブニングシューズをだれかに取ってきてもらってほしいの」

プランケットにコートを預けたあと、わたしは祖父をつれて二階の寝室へと向かった。祖父は茫然として部屋を見つめた。「いや、だめだ」

「気に入らなかった？」わたしは尋ねた。「日当たりがよくて、使いやすくて、ごちゃごちゃしていないからいいかと思ったんだけれど」

「いや、そうじゃないんだ」祖父は不安そうな表情で部屋を見まわした。「素晴らしい部屋だよ。ただ、ここはわしが使えるような部屋じゃないっていうだけだ。わしみたいな男にはもったいない」

「ばかなこと言わないで！　おじいちゃんはわたしのおじいちゃんで、ここはわたしの家なんだから、一番いい部屋を使ってほしいの」

「おまえがそう言うなら、使わせてもらうよ」

わたしは祖父の手を取り、ぎゅっと握りしめた。「おじいちゃんに気持ちよく過ごしてほしいのよ。使用人になにを言われても気にしないでね――とりわけプランケットのことは」

「あのずんぐりした男か？　執事なんだろう？」

「ええ。彼には少しばかり問題があるのよ。でも今夜はその話はやめておくわ。明日散歩しながら、なにもかも話すから」

祖父はわたしを見つめた。「震えているじゃないか。さあ、早いところ着替えておいで」

「そうする。荷物をほどくのはあとにしてね。着替えたら迎えにくるから、お母さまとシェリーでも飲みましょう」

祖父はうなずいた。わたしは窓の外を眺めている祖父をその場に残し、自分の部屋に向かった。イブニングドレスは一枚しか持ってきていなかったので、シルクのティードレスに着替えた。クロティルドがわたしの指示を待つことなく、トランクを送ってくれているといいのだけれど。戻ってみると、祖父は転校初日の少年のように途方に暮れた様子でベッドに座っていた。

「さあ、行きましょう」わたしは言った。

階段をおりながら、祖父は恐れおののいた様子であたりを見まわした。

「いい家じゃないか。ずいぶんと広い。ここでの暮らしは楽しくなりそうかい？」

「いずれ、ダーシーと結婚したらね。いまはおじいちゃんとお母さまがいてくれて、本当にうれしいの。いつまででもいてくれていいのよ」

祖父をつれて応接室に入っていったときには、母はチーズ・ストローをほぼすべてたいらげていた。

「シェリーでいい？」落ち着かない様子でドア口で立ち止まった祖父に、わたしは声をかけた。「それともウィスキーのほうがいいかしら？　あったと思うわ」

「わしはそれほど飲まんよ。シェリーの一杯ももらえば大満足だ。シェリーやポートワインはクリスマスのときだけだからな」

わたしはシェリーを注いだ。祖父は母と同じソファの端に、恐る恐る腰をおろした。

「お葬式の手配はどうなったの？」わたしは尋ねた。

祖父は肩をすくめた。「全部、ヘッティの家族がやっているよ。彼女の娘は亡くなったミスター・ハギンズの隣に埋葬したいらしい。ひどい夫だったと彼女はよく言っていたから、それを喜ぶとは思わんがね。だが二区画買ってあるから、無駄にしたくないらしい。つまり、わしの出番はないってことだ。そうだろう？　なんで、土曜日の葬式のときに戻ってくると言ってきた」

「わたしも行くわ」わたしは言った。

「それには及ばん」

「ひとりで行きたくないでしょう？」わたしは祖父の手を叩いた。

「おまえは優しいな」祖父はにっこりと笑った。

夕食はステーキとキドニーパイというシンプルなものだったが、おいしかった。祖父は満足そうにうなずいた。「ここの料理人はいい腕だ」

「クイーニーが作ったのよ」

「クイーニー？　ヘッティの姪っ子の？　家の台所を燃やしちまった、あの子か？」

「その子よ。とても腕のいい料理人になったの。驚きでしょう？」

「家族に話しても信じないだろうな。追い出したくてたまらなかったんだから」

祖父と言葉を交わしているあいだに、わたしはクイーニーに大おばさんの死を伝えていなかったことに気づいた。彼女がミセス・ハギンズの親戚であることをわたしはつい忘れてしまう。そもそもわたしのところで働くことになったのは、それがきっかけだったのに。「クイーニーも土曜日のお葬式に行きたがると思うわ。みんなで車で行ったほうがいいかもしれないわね」

食事のあとで、わたしはクイーニーを呼んだ。彼女はエプロンで手を拭きながら、応接室に現われた。「どうかしましたか、お嬢さん？　パイがおいしくなかったとか？」

「お料理は完璧だったわ。ありがとう、クイーニー。でも知っていると思うけれど、わたしの祖父がここに滞在することになったの。残念なことに、あなたの大おばさんのヘッティが亡くなったのよ」

「はい、お嬢さんのおじいさんがここに来ることになったってプランケットが話してくれたときに聞きました」クイーニーはにやりと笑った。「お祖父さんのことを堂々とした公爵さまかなにかだって思ってたみたいです。あたしたちみんな、行儀よくしなきゃいけないぞって言われました」

「さぞ驚いただろうな」おじいちゃんが笑って言った。「現われたのが、ただの老いぼれだったわけだから」

「ただの老いぼれなんかじゃない！　おじいちゃんはどんな公爵にも負けないくらい立派よ。みんなには行儀よくしてもらわなくちゃ」わたしはクイーニーに向き直った。「クイーニー、あなたも土曜日にはお葬式に行きたいでしょう？　わたしたちみんなで、車で行こうと思うの」

「そうですね、行ったほうがいいんでしょうね」クイーニーはあまり家族に会いたくないらしい。

「いまは大きなお屋敷の料理人をしているって、教えてあげればいいわ」

クイーニーの顔が輝いた。「本当だ。そうですね。それが嘘じゃないって、お嬢さんも言ってやってくださいね。台所も燃やしていないって」

わたしは心のなかで、ひとこと付け加えた。〝いまはまだ〟

七月四日　木曜日
アインスレー　サセックス州

おじいちゃんが来てくれたおかげで、ぐっと気分がよくなった。長年警察官だったおじいちゃんなら、本当になにかおかしなことが起きているのか、それともただのわたしの想像なのか、判断してくれるはず。

わたしは翌朝早く目を覚まし、雨があがっているのを知ってほっとした。霧が緑地庭園を覆っていて、そのせいか鳥の鳴き声がいつも以上に大きく聞こえる。モリバトやツグミやクロウタドリの耳ざわりな鳴き声を伴奏代わりに、カッコーが澄んだ声を張りあげていた。これがほかのときなら、窓からの景色を楽しんでいたのだろうけれど、今日はそんな気にはなれなかった。できるだけ早く祖父に、あの地下埋葬室を見てもらいたい。早く答えが知りたかった。

わたしが部屋を出ると、ちょうど祖父がドアの隙間から顔を出したところだった。

「おや、おまえも起きたのか」祖父が言った。「いつになったらみんな起き出すんだろうかと思っていたところだ」

「いつもはこんなに早くないのよ。もう顔を洗って、着替えも終わったの?」

「ああ。わしは早起きなんだ」

「それなら下で紅茶を飲みましょう」

「そいつはうれしいね」

「なにか欲しいものがあるときは、部屋にある呼び鈴を鳴らせばいいのよ」わたしは言った。「使用人のだれかが来るわ。そうしたら、紅茶を持ってきてほしいって頼めばいいの」

「そんなことはできんよ。おまえたちみたいなそういう暮らしには慣れてないんだ。自分のことは自分でしてきたからな」

台所で呼び鈴を鳴らすと、かなりの間があってからフェルナンドがやってきた。クイーニーの姿が見えないところを見ると、まだ寝ているのだろう。フェルナンドに紅茶を頼んだが、運ばれてきたのは色のついたお湯だった。祖父はにおいを嗅いで言った。

「こいつはなんだ?」

「フェルナンドのいれる紅茶はこうなのよ。あとでクイーニーにちゃんとした紅茶をいれさせるわ」

「そもそもそのサー・ヒューバートとやらは、いったいなんだってスペイン人の料理人なんて雇ったんだ?」

「それがわかっていればいいんだけれど。使用人はみんな新しいみたいなの。おそらくプランケットが雇ったんじゃないかと思うわ。プランケットがスペイン料理が好きなのか、それとも老婦人が好きなのかもしれないわね」

「老婦人?」

わたしはサー・ヒューバートの母親の話をした。祖父の顔がぱっと明るくなった。

「わしのような老いぼれが会いにいったら、喜んでくれるかもしれんな。昔話ができる」

「話はしないと思うわ。物を投げるし、飼っている鳥は部屋のなかを飛び回ったあと頭に止まるのよ」祖父がけげんそうな顔をしたので、わたしは笑いながら説明した。「ちょっと耄碌しているのよ」

「そういうことか。なるほど。おまえは、役立たずの使用人に頭のおかしな老婦人といっしょにここで暮らしているわけか。うらやましいとは思えんな」

「わたしもよ。だからおじいちゃんと話したかったの」わたしはあたりを見まわした。まだ家のなかは静かだけれど、使用人の耳が鋭いことはよくわかっている。「散歩に行かない?」わたしは誘った。「おじいちゃんに庭を見せたいわ。それに、今日もし庭師のベンが来ていたら、紹介したいの。きっと親しくなれると思う」

風がかなり冷たかったので、わたしたちは上着をはおった。家の裏手を進んでいくと、大きなイチイの木からミヤマガラスの鳴き声が聞こえた。ふたりの庭師の姿は見当たらない。

「いい庭だ。キュー・ガーデンみたいじゃないか」祖父が言った。

「本当はもっと美しいのよ。以前のような姿にしようとしているところなの。噴水はもう水が出るようにしたわ。でも芝は刈る必要があるし、花壇ももっと手入れをしないと」

「うまそうな豆が生(な)っているな。それにマロー（カボチャの一種）も。いい菜園だ」

「きちんと手入れされているのは、庭のなかでここだけなの」わたしは言った。「庭師たちが必要以上に野菜を作って、売っているのよ」

「なんとまあ！　それは普通のことなのか？」

「聞いたこともないわ。余ったものは売っていいってサー・ヒューバートが言ったそうだから、そうする権利はあるんでしょうけれど。でも、今後その代金は、家計用口座に直接振りこむように村のお店には言っておいたの。それに、帳簿は毎週確認することにした。プランケットがごまかしているのは間違いないんですもの」

「ここは面倒なやつらばかりいるようだな」

「そうなの。不安なことがたくさんあるのよ」わたしは、ここに来てからのことをすべて語った。祖父も心配そうな表情になった。「だれかがガス栓を開けたのか？　そいつはたまたまだとは思えんな。それにその財務顧問だが、その男を殺すような理由はあるのか？」

「レディ・アンストルーサーが殺してしまったんじゃないかと思うの。彼女がなにか重たいものを投げて、それが頭に当たったとかで」

「そして使用人が彼女をかばっているというのか？　だとすると殺人の共犯者として逮捕される可能性があるわけだから、おまえに対して忠実だということじゃないか」

「そうなの。なにもかも筋が通らないのよ」わたしたちは芝生のはずれまでやってきた。地所のその先は手が入っておらず、自然のままになっている。「だからおじいちゃんにこれを見てもらいたかったの」わたしは祖父を連れて林のなかの細い通路をたどった。無言のまま進んでいくと、やがて前方の開けた場所に礼拝堂が現われた。

「こりゃまた驚いたね。ずいぶんとかわいらしい礼拝堂だ」

「ええ、家族用の礼拝堂よ。一家はカトリックだったの。異端者であることがわかったら火あぶりになる時代に、ひそかにここで礼拝をしていたんですって」

わたしはドアを開けて祖父になかを見せてから、裏手にまわった。

「先祖代々の遺体が埋葬されている地下埋葬室のことを、お母さまが教えてくれたの。つい最近、だれかがそこに入ったのよ。床に溜まったほこりに大きなブーツの足跡が残っていたの。それに緑色の新しい木の葉もあった。死体を隠すのに、これ以上ふさわしい場所がある？」

「なんてこった。警察に行くことは考えなかったのか？　警察に棺桶を調べさせればいいじゃないか」

「考えたわ。でも、わたしが間違っていたら？　死体はここじゃなくて、どこかほかの場所に埋められていたら？　そうしたら、わたしが疑っていることを彼らに知られてしまって、なにかされるかもしれない。ロジャースのように階段から突き落とされるかも」

「いまはとりあえず、みんなでロンドンに戻ったほうがいいかもしれんな」祖父が言った。

「ダーシーが戻ってくるのを待つんだ。きっと彼が解決してくれる」

その言葉だけは聞きたくなかった。囚われの姫君のように、ハンサムな王子さまが助けにきてくれるのを待つの？　これまでもダーシーには何度も助けられたし、そのことにはとても感謝している。けれどわたしは守らなければならない無力な女性としてではなく、同等のパートナーとして結婚生活を始めたかった。

「真実が知りたいの」わたしは言った。「なにか悪事の証拠を見つけたら、すぐに警察に行くわ。約束する」

わたしたちは地下埋葬室の入り口の前に立った。わたしはひとつ深呼吸をしてから、ドアを開けた。「なかに明かりはないのよ。懐中電灯を持ってくるんだったわ。ばかだった」

「ドアを開けっぱなしにしておけばいい」祖父は近くにあった石でドアを押さえた。

「階段に気をつけて」わたしは言った。「急だから」

わたしたちは壁に手を添わせながら階段をおりた。一番下の段でわたしは足を止めた。

「ほら、足跡があるでしょう？」

「かなり前のものかもしれんぞ。ここは密閉されているからな。ウォークイン・クローゼットならぬ、ウォークイン墓地みたいなもんだ」

わたしは身震いした。「ここはすごく寒い。早く終わらせましょう」

わたしたちは壁に沿って、なにかおかしなところはないかと棺桶をひとつずつ調べていった。やがて祖父は、床の上のある大理石の棺桶の前で足を止めた。「ジョージー、これを見てごらん」

円天井に反響する音が聞こえるのではないかと思うほど、わたしの心臓は激しく打っていた。「なに？」

「これだ。最近、動かしたあとがある。床を見てごらん。それに大理石にほこりが積もっていない」

それは奥の壁沿いに置かれた白い大理石の棺桶で、ほかのものよりは小さめだった。蓋には中世の衣装をまとった女性の彫刻が施されている。祖父とわたしは顔を見合わせた。

「ふたりじゃ蓋は持ちあげられないわよね？　大理石だもの」

「無理だ。だがなかが見える程度にずらすことはできるだろう」

わたしはごくりと唾を飲んだ。なかが見たかったけれど、見たくない気持ちもあった。

「わかった。やってみましょう」

わたしたちはありったけの力で蓋を押し、ようやくのことで、ほんの数センチ動かすことができた。

「ちょっと待っていろ」祖父が言った。「上から木の枝を取ってくる」その年にしては驚くほどの機敏さで階段をあがっていき、やがて落ちていた木の枝を手に戻ってきた。その細いほうの先を棺桶と蓋の隙間に挿しこみ、てこの要領で持ちあげた。途端に襲ってきたひどいにおいに、祖父とわたしは思わずあとずさった。

「なにこれ」わたしは手で鼻を押さえた。

「まだましだ」祖父が言った。「新しい死体はもっとひどいにおいがする。これは、しばらく前からあったものだろう」

「そうなの?」

祖父はうなずいた。わたしたちは棺桶に顔を寄せた。黒いスーツと禿げた頭を予期していたのに、まず目に入ったのは長く白い髪だった。今度こそ、動物の毛皮ではなく、人間の髪だ。そしてその髪に囲まれているのは……縮んでしまってはいるが、まだ判別のできる顔だった。歪んだ顔のなかでぽっかりと口が開き、黄色い歯が見えていた。顔の下には白いガウン。

「老女だな」祖父が言った。

わたしは、それがどういうことなのかを考えながらその死体を見つめていた。「亡くなってからどれくらいになると思う?」

「数カ月というところだろう。それほど前じゃない」

「なんてこと」それ以外に言葉が見つからなかった。

「いったいだれだと思う?」

「わからない。アンストルーサーの親戚かしら。でもサー・ヒューバートが留守なのに、だれが彼女をここに埋葬する手配をしたの?　アンストルーサー家の親戚のだれか?　でも、ガウンで埋葬するものなの？」

ドアの外で物音がしたので、わたしは言葉を切った。その次の瞬間、ドアが音を立てて閉まり、わたしたちは闇に包まれた。

七月四日　木曜日

アインスレーでなにか不可解なことが起きているというわたしの勘が正しかったことはわかった。けれど、怪しいと思ったとき、すぐに警察に行くべきだったのかもしれない。少々厄介なことになってしまった。

しばらくは恐ろしさのあまり、動けなかった。やがて、大理石のひんやりした棺桶を手探りしながら恐る恐る足を進め、壁までたどり着いた。壁沿いに進んでいき、階段を見つけてのぼった。ドアの滑らかな板を両手でなぞった。内側から開けるためのノブはない。閉じこめられた。

「おじいちゃん、出られないわ」ドアはしっかり密閉されていて、ひと筋の光すら入ってきていなかった。

「動くんじゃないぞ、いま行くから」祖父がなにかにぶつかりながら近づいてくる音が聞こえた。やがて息を切らしながら、階段をあがってきた。

「横にずれておくれ。見てみよう」祖父はわたしの隣で手を伸ばし、ドアに触れた。

「見えないのよ。それが問題なの！」わたしの声は震えていた。「ここは真っ暗だわ」

「そのようだな」しばしの間のあと、祖父が言った。「ノブのようなものはない。必要ないからな。死人は外に出たがらない」

「だれかが捜しに来てくれるはずよ」わたしは言った。「わたしたちが戻らなかったら、お母さまが心配するもの」

「おまえの母親は自分のことで頭がいっぱいだから、わしらがいないことに気づくのは何時間もたってからだろうな」

「それでも、いつかは気づく」

「どれくらい時間があるかが心配だ」

「どういう意味？」

「どれくらい空気がもつかということだよ」

「なんてこと。あのドアはぴったり閉まっているわ。空気がなくなるかもしれないと思う？」

「心配いらんよ。きっと大丈夫だ」祖父はそう言ってわたしの肩を叩いた。「おまえの言うとおり、わしらはどこにいるだろうとおまえの母親が捜してくれるさ」

恐ろしい考えが脳裏をよぎった。こんなことをした人間――それが庭師であれ、プランケットであれ、ほかのだれであれ――は、わたしたちはロンドンに行ったと母に告げるくらい狡猾かもしれない。そうしたら母はそれを信じて、わたしたちが夜になって帰ってこなくても心配しないかもしれない。

わたしは階段の一番上の段に座りこみ、膝を抱えた。祖父はその一段下に腰をおろした。

「で、おまえはいったいどういうことだと思うかね？」祖父が尋ねた。

「どう考えればいいのか、さっぱりわからないわ。おじいちゃんをここに連れてきたのは、ミスター・ブロードベントの死体が隠されているかもしれないと思ったからよ。老婦人の死体を見つけるなんて、夢にも思っていなかった。亡くなってから数カ月だって言ったわよね？　何年もたってはいないって」そう口にすると、あたりに充満するひどいにおいがますます強く感じられた。

「そうだ。そんなにたってはいない」

「こんなふうに、密閉されていて乾燥しているところでも？」

「そのはずだ」

「わたしが知っている老婦人は、サー・ヒューバートの母親だけよ。でも彼女は西棟で暮らしていることになっている。施設から逃げ出してここに戻ってきた彼女をだれかが殺して、替え玉を立てたのかしら？」

「なんのために？」

考えてみた。「お金？　彼女はなにかの手当を受け取っていたとか？　投資をしていたのに、替え玉がそれを売ってしまったとか?」わたしは祖父の肩に触れた。「そうよ、きっとそうだわ。彼らは、まさかミスター・ブロードベントが直々にやってくるとは思っていなかった。レディ・アンストルーサーが偽者だということが彼に知られると困るから、殺したのよ」

「ありうるな」祖父はうなずいた。

長い沈黙のあと、わたしはさらに言った。「それじゃあ、あの棺桶のなかにいるのが本物のレディ・アンストルーサーだとしたら、家にいる偽者はだれなのかしら?」

「ここを出たらすぐに警察に行く必要があるな」

「そうね」わたしは祖父の言葉を言い直そうとはしなかった。〝ここを出ることができたら〟わたしたちは黙って座っていた。上着を着ていたにもかかわらず、ひどく寒かったので、一段おりて祖父にぴったりと体を寄せた。祖父はわたしの体に腕をまわして言った。

「大丈夫だ、ジョージー。心配いらんよ」

ややあってから、わたしは言った。「ドアの蝶番はすごく古いわ。蹴ったら開かないかしら?」

「やってみても損はないな。ただ、ここは動ける空間があまりない。階段から落ちるのはごめんだぞ」

「わたしがやるわ。おじいちゃんはわたしを支えて」

祖父に体を押さえてもらいながら、わたしはありったけの力でドアを蹴った。さらに、映画でよく警察官がやっているようにドアに肩からぶつかってみた。とんでもなく痛かったけれど、ドアはびくともしなかった。もう一度蹴ってみた。

「叫んだらどうだろう?」祖父が提案した。

「無駄だと思う。どこからも離れているもの。それにわたしたちの声が聞こえるとしたら庭師だけだろうし、ドアを閉めたのはそのどちらかだって考えたほうがいいと思う。ただ――」わずかな希望を見つけた気がして、わたしは言葉を切った。「今日、ベンが来ていたら話は別だわ。昔、ここで働いていた庭師で、週に二、三回来てって頼んだの。でも昨日来ていたから、今日は……。ううん、それでも来ているかもしれない。いいわ、やってみましょう」

わたしたちは大声で叫んだ。円天井の地下室に、けたたましいほどにその声が反響した。叫ぶのをやめると、静けさがいっそう密度を増したようだった。安らかな眠りを邪魔したと、遺体が怒っているのが感じられる気がした。

「だめね」わたしたちはまた階段に座りこんだ。祖父の肩に頭をもたせかけ、いずれはお母さまが来てくれると自分に言い聞かせた。たとえ心配し始めるのが、かなり時間がたってからだとしても。母は決して早起きではない。お昼まで寝ているつもりだったらどうする?息ができなくなるまで、どれくらいの時間があるだろう?当然ながら、そう考えたとたんに、息苦しくなってきた気がした。祖父の弱っている肺のことを考えた。

「おじいちゃん、大丈夫?」

「うん？　もちろんさ。ぴんぴんしとるよ。わしのことは心配いらん」

それでも心配だった。

「ねえ、あの鍵をどうにかして開けられないかしら？　ペンナイフかなにか、ポケットに入っていないの？」

「全部、部屋に置いてきてしまったよ。それに、あれは鍵じゃなくて、ただのラッチだ。ヘアピンで開けられるようなものじゃない」

「わたしはヘアピンを使っていないの」わたしは半分笑いながら言った。「おじいちゃんが棺桶を開けるのに使った木の枝でなんとかできるかも」

わたしはそろそろと階段をおりると、手探りで木の枝を見つけた。頑丈な枝だが、ドアの隙間に挿しこむには太すぎる。折るか割くかできないかと思ったが、とても無理だ。祖父のところに戻った。「太すぎてだめだわ。でもこれでドアを叩いてみたらどうかしら。古いドアだから、板のどこかに弱くなっているところがあるかもしれない」

わたしはその枝を何度も繰り返し、ドアに叩きつけた。ガツン、ドーンという音が天井に反響したが、ドアが開くことはなかった。

そのとき、遠くから声がした。「ちょっと待ってくださいよ。いま行きますから」

ドアが開いた。突然の光に目をしばたたかせながら、わたしはドア口をふさいでいる大きな体を見あげた。クイーニーがそこに立っていた。

「なんてこった。本当にここにいたんですね。まさかと思いましたよ」

「ふたりとも無事なの？」クイーニーのうしろから母の声がした。クイーニーがわたしの手を取って立たせてくれた。次にクイーニーとわたしがふたりがかりで立たせると、祖父は喘ぎながら外に出た。

「助かったよ。もうこれまでかと思った」

「見つけてくれて、本当に助かったわ、お母さま」わたしは言った。

「わたしじゃないのよ。クイーニーのおかげなの」

「どうしてわかったの、クイーニー？」

「ゆうべ、おじいさんからサヤマメが好きだって聞いていてよかったですよ」クイーニーが言った。「まだあるかどうか、庭師に訊きに行ったんです。そうしたら生っているのが見えたんで、自分で摘むことにしたんですよ。摘んでいるあいだに、男ふたりが話しているのが聞こえたんです。ひとりはすごく動揺していて、叫んでました。〝信じられない。よくもあんなことをしたな。頭がどうかしたんじゃないのか？　手遅れになる前に、だれかがきっとふたりを見つけるぞ。おれたちの仕業だってことがばれて、捕まっちまう〟

そうしたら、もうひとりがこう言ったんです。〝いますぐとんずらすりゃ、大丈夫だ。おれたちを捜しに来る頃には、とっくにいなくなっているさ〟

最初の男が〝いますぐ逃げて、あとでほかのやつらと合流するってことか？〟って訊くと、もうひとりは〝いいや、あいつらは見捨てるのさ。おれたちだけで逃げるんだ〟って答えたんです。〝見つかったら、フィルに殺されるぞ〟って最初の男が言って、もうひとりが〝どっちにしろ、もう終わりだ。違うか？　おれはあいつらと心中するつもりはないからな〟って答えました」

クイーニーはわたしたちの顔を交互に見ながら言った。

「あたしはふたりがどこかに行くのを待ってから、家に戻りました。なんか怪しいことが起きてるっていうのはわかったんですけど、なんの話なのかはさっぱりわからなくて。そこにお母さんが来て、お嬢さんを見かけなかったかって訊かれたんで、聞いたことを話したんです。そうしたら、お嬢さんを捜しに行かなきゃいけないって言われて。家中を捜したあと、ここを調べたほうがいいってことになったんです。どんぴしゃでしたね」

「クイーニー、あなたは素晴らしいわ」

わたしたちは家へと歩きだした。あと少しというところで、わたしは三人を近くに呼び寄せて言った。「言葉にも行動にも、充分気をつけないとだめよ。クイーニーが聞いた話からすると、おそらく使用人全員が関わっているわ。なにを企んでいるにしろ、みんな仲間なのよ」

「すぐに警察に行くべきだ」祖父が言った。「おまえの言っていた男が、あの埋葬室で発見される可能性はおおいにあると思うね」

「どの男の話をしているの？」母が尋ねた。

「行方不明になっている人よ。ミスター・ブロードベント」わたしは答えた。「ここにいるだれかが彼を殺して、死体を隠したんだと思うの」

「ばかなことを言わないでちょうだい」母が言った。「彼は逃亡したんだって言ったでしょう？　今朝の〈タイムズ〉紙に載っていたわ。ゆうべ、彼の死体がビーチー岬の下で発見されたそうよ。自殺の名所として知られているって書いてあったわ」

「本当に？」

「〈タイムズ〉に書いてあったのよ。〈デイリー・ミラー〉じゃなくて。あの新聞は間違ったことは書かないわ」

「わお」ほかに言葉が見つからなかった。わたしの推理は根本から崩れた。いま警察に行っても、なにも訴えることはできない。わたしは間違った結論に飛びついてしまったのだろうか？　ミスター・ブロードベントはビーチー岬から身を投げたんだろうか？　あの高さから落ちたのであれば、その前に殺されていたかどうかを確かめることは不可能だろう。だとしたら、警察になにを言えばいい？　この家でなにかおかしなことが起きている気がすると？　レディ・アンストルーサーは地下埋葬室に眠っていて、家には替え玉がいると？　それを調べに入ったら、埋葬室に閉じこめられたと？

それはわたしが想像をたくましくしすぎているだけで、埋葬室のドアはだれかが閉めたのではなく風のせいだろうと、丁重に笑顔で応じる警官たちの姿を思い浮かべることができた。どうすれば棺桶のなかの死体がレディ・アンストルーサーであることを証明できるだろう？　何事もなかったかのように家に戻り、ごく普通に振る舞うことはできるだろうか？

「レディ・アンストルーサーが暮らしていた施設に行ってみたらどうかしら」わたしは考え

こみながら言った。「なにかわかることがあるかもしれない」

「それはどこにあるの？」母が訊いた。

「わからない」

「イギリス中の老人用施設を調べるのは無理よ」

「考えたんだけれど……。昔の家政婦のミセス・ホルブルックならなにか知っているかもしれないわ。この近くに住んでいるのよ。行ってみましょう。とても気持ちのいい人だし」

家に近づいたところで、わたしはクイーニーに向き直った。「クイーニー、あなたにとても勇気がいることを頼みたいの。ここにとどまってほしいのよ。そうすれば、いつもと同じように見えるから、わたしたちが疑っていることを気づかれずにすむ。庭師たちは、自分たちがしたことをだれにも話していないし、いまにもここから逃げ出そうとしているわ。だからあなたは何事もなかったかのように振る舞って、だれかに訊かれたら、お母さまはショッピングに行きたがっていたし、おじいちゃんが外出するのはいいことだって答えてほしいの」

「合点です」クイーニーが答えた。「それくらい、なんでもないです。それに、またあの人たちの話に聞き耳を立てておきますよ」ふと思いついたように尋ねる。「で、だれを疑っているんです？」

「それが問題なの。わからないのよ。はっきりしているのは、使用人全員が新しいっていうことだけ。昔の使用人はみんな死んだか、くびになったかどちらかなの。だから、全員が一緒になってなにかを企んでいる可能性もあるのよ」

「犯罪者にとっては、理想的な状況だと言えるだろうな」祖父が考えこみながら言った。

「主人は留守。ひとりが雇われて、仲間たちを呼び寄せる。だれにも疑われることなく悪事ができる、うってつけのアジトが手に入ったというわけだ」

「このあたりの家に強盗が入っているって、レディ・マウントジョイが言っていたわ」わたしは言った。「それと関係があるかしら?」

「強盗団か? ありうるな」祖父がうなずいた。

「最初はヒューバートのものに手をつけたんじゃないかしら」母が言った。「いろいろなものがなくなっているって言ったでしょう? そうしたらブランケットが、ヒューバートがどこかにしまって鍵をかけたって答えたのよ。でもそうじゃなかったら? 彼らが盗んだとしたら?」

「どれも推測だわ」

「ロンドン警視庁に友人がいる」祖父が言った。「あの男なら話を聞いてくれるだろう。新人の頃に、わしが教えてやったんだ。まったくの青二才だったが、わしがしごいてやったおかげで、いまは警部になっている。彼なら、わしらを追い払ったりはせんだろう」

「それじゃあまずは施設を見つけて、それからロンドン警視庁に行きましょう」わたしは言った。「車を取ってこないと」

「ちょっと待ってちょうだい」母が言った。「わたしもここに残ったほうがいいんじゃないかと思うの」

「どうして残りたいの？」普段の母は、不快なことからは真っ先に逃げようとする。犯罪者でいっぱいの家に残るほど、不快なことはないはずだ。

母は優雅に肩をすくめて見せた。「いつもと変わりないように見せるためよ。わたしは普段どおり、あれが欲しい、これを持ってきてと、いろいろと注文するわ。だれも、なにかが進行しているなんて思わないでしょうね」

「でもお母さま、危険だわ。疑われたらどうするの？」

母は射すくめるような視線をわたしに向けた。「あなた、わたしがこの時代でもっとも優れた女優だっていうことを忘れているんじゃない？　わたしはどんな人でも、どんなことでも信じさせることができるの。あなたが年老いた祖父を元気づけるためにドライブに連れ出したって、みんな信じるわ」

「お母さまさえいいなら、そうしてくれるととても助かる」わたしは母を抱きしめた。母はいたって満足そうだ。

「クイーニーがいるから、お互いに気をつけているわ」

母とクイーニーは家のほうに、祖父とわたしはガレージへと、それぞれが向かう分かれ道にやってきた。砂利を踏むタイヤの音が聞こえたのはそのときだ。小さなバイクにまたがった郵便配達人だった。

「お嬢さまに手紙です」配達人は帽子を軽く持ちあげて挨拶をすると、またすぐに去っていった。

封筒をひっくり返すと、紋章があった。「マルムスバリー伯爵からまた手紙だわ」わたしは封を切った。

親愛なるレディ・ジョージアナ

先日の手紙を送ったあとで、チャールズ・プランケットについて問い合わせてきたのは、彼を雇いたいと考えているからかもしれないと妻に指摘されました。残念ながら、彼は昨年亡くなったことをお知らせしておきます。

敬具

マルムスバリー

七月四日　木曜日
あらゆる場所

事態は刻々と複雑になっていく。もしもおじいちゃんの知人の警察官が、本当に協力してくれるなら……。


ベントレーに乗りこんだわたしたちに、母が階段の上から手を振った。

「そうそう、あの特別な石鹸を買うのを忘れないでちょうだいね、ジョージー。ヘイワーズ・ヒースの薬局で売っているはずだから」何百万人という観客を魅了してきたあの声で、母が呼びかけた。母は時々、本当に素晴らしい。

祖父とわたしは車を走らせた。ミセス・ホルブルックの家の玄関をノックしても応答はなかったが、裏庭の物干し用ロープからシーツを取り入れている彼女を見つけることができた。

彼女はわたしたちを見るとすっかりあわてて、乱れた髪を撫でつけようとした。

「すみません、お嬢さま。とんでもないところをお見せして。洗濯物を取り入れていたところなんです。雨が降りそうなもので」

「どれどれ、手伝いましょう」祖父はそう言うと、次のシーツを留めている洗濯ばさみをはずし始めた。

「とんでもない。ご親切にありがとうございます、サー」彼女はますます狼狽（ろうばい）しているようだ。

わたしたちはシーツを洗濯用バスケットに入れ、家のなかに運んだ。

わたしは祖父を紹介すると、ミセス・ホルブルックが紅茶をいれましょうかと言いだす前に切りだした。「またお邪魔してごめんなさい。でもアインスレーでなにか妙なことが起きているので、警察に行く前にいくつか確かめたいことがあるんです」

「警察？」彼女は不安そうな顔になった。「なんとまあ。なにが起きているんです？」

「はっきりとはわかりません」わたしは答えた。「犯罪に関することかもしれません」

「あの新しい男は気に入らなかったんですよ。どこかおかしいってずっと思っていたんです。古い使用人たちをくびにしたやり方もね。ろくにお礼も言わずに追い出したんですから」

「レディ・アンストルーサーのことをお訊きしたいんです。サー・ヒューバートが母親を施設にいれたとき、あなたはまだアインスレーにいらっしゃいました？」

彼女の顔に笑みが浮かんだ。「ええ、いましたとも。実のところ、大奥さまは乗り気ではなかったんです。大騒ぎでしたよ。でも大奥さまのためだからって、旦那さまが説得したんです。自分は、長いあいだ留守にするんだからって。大奥さまは転んで、腰の骨を折ったことがあったんです。でもあの家にはお世話をするだけの使用人がいないし、施設でちゃんと面倒を見てもらって、話ができる相手がいるほうがいいって、旦那さまは考えたんですよ。それで、大奥さまも納得されたんです」

「その施設の名前はわかるかしら？」

「ダウンズビューだったと思います。ルイスの郊外にあります」

「ミセス・ホルブルック、本当に助かったわ」

彼女はにっこりと微笑んだ。「お役に立ててうれしいですよ、お嬢さま。お会いできてよかったです、サー」

彼女がにこやかに祖父にほほ笑みかけたことに気づいた。

「新しい女性の崇拝者ができたみたいね、おじいちゃん」再び車を走らせながら、わたしは言った。

「女性の崇拝者はもうたくさんだよ」

「ごめんなさい、無神経だったわ。ミセス・ハギンズが亡くなったばかりなのに。おじいちゃんにとっては、とても辛いことだったわよね」

祖父は大きく息を吸った。「ここだけの話だが、実を言うとほっとしているんだ。いや、誤解しないでくれ。かわいそうなヘッティがあの世に行ったことは気の毒だと思っている。

だが、彼女と結婚するのが正しいことなのかどうか、わからなくなっていたんだよ。最初は料理をしに来てくれるだけで、別になんてことはなかったんだ。だがいつのまにか彼女は結婚だの、一緒に暮らすだのと言いだすようになった。わしもずっとひとりだったからな、だれかがいるのもいいかもしれないとちらりと考えたんだ。だが、ずっと彼女がそばにいることになるとようやく気づいて、どれほどいらいらさせられるだろうと思ったときには、もう引き返せなかった。だから、いまほっとしている自分がうしろめたいんだよ」

わたしはちらりと祖父の顔を眺め、笑顔で言った。「そんなことないわ、おじいちゃん。おじいちゃんのおかげで、彼女は幸せだったんだから。結婚式を本当に楽しみにしていたわよね」

「まったくだ!」祖父は無理に笑って見せた。「まさに有頂天だったたね。全身全霊を傾けるってやつだ。パラディアム・シアターからダンサーを呼んでいなかったのが、意外なくらいだよ。テノール歌手のジーリに歌ってもらおうとしたかもしれんな!」

祖父の笑い声が途切れ、それからしばらくわたしたちは黙って車を走らせた。

「おじいちゃん、アインスレーでわたしたちといっしょに暮らしてくれるなら、大歓迎よ」わたしは言った。

「とんでもない。新婚夫婦に、こんな老いぼれは邪魔なだけだ」

「あそこは広い家よ。全然邪魔になんてならない。おじいちゃんは、好きなように暮らせるのよ」

「親切にありがとうよ、ジョージー。だがわしはいまの小さな家が気に入っているし、自分の暮らしぶりに慣れているんだ。だが、時々はおまえを訪ねていって、新鮮な田舎の空気を吸わせてもらうことにするよ」

わたしたちは笑顔で見つめ合った。

車は海岸に向けて南へと走っていた。前方にはサウスダウンズの美しい丘陵地帯が広がっている。わたしたちは印象的なお城と古風な趣があるルイスの町に立ち寄り、警察署に寄って道を尋ねた。警察官たちは親切に、一・五キロほど離れたところにあるダウンズビューまでの行き方を教えてくれた。ここからロンドン警視庁に電話をかけてもらおうかとも考えたが、祖父は名乗りたくなさそうだったし、この場で状況を説明する気にもなれないようだったので、公衆電話からかけることにした。何人かにたらいまわしにされたあと、ようやくガーランド警部につながったので、わたしは受話器を祖父に渡した。警部の提案で、わたしたちがロンドンに行くのではなく、彼のほうから来てくれることになったのでヘイワーズ・ヒース駅で二時に会う約束をした。

「よかった」電話ボックスを出ながら、祖父は笑顔で言った。「昔からいいやつだった。頼りになる男だよ」

「おじいちゃんには一目置いているのね」

祖父はうなずいた。「まあ、いくつか教えてやったことはあるからな」控えめな言葉だった。

わたしたちは車に戻り、羊や牛たちが草を食んでいる野原を抜け、田舎道を進んだ。やがて、真鍮のプレートが取りつけられた立派なレンガの門が見えてきた。ダウンズビューだ。門を抜け、長い私道を走った。きれいに手入れされた芝地が両側に広がっている。クロケットをしている住人がいるかと思えば、そぞろ歩いている人も、ベンチに腰かけて新鮮な空気を楽しんでいる人もいた。前方にジョージア王朝風の立派な建物が現われ、わたしたちは列柱のある入り口の前で車を止めた。とても精神科病院には見えない！ 玄関のドアは開いていて、わたしたちは大理石のタイルが敷かれたホールに足を踏み入れた。低いテーブルに美しい花が飾られている。部屋のひとつから話し声と笑い声が聞こえてきた。どこからかピアノの音が流れている。なにもかもがとても洗練されていた。

どこに行くべきだろうときょろきょろしていると、白い制服姿の女性が現われ、わたしたちを見て驚いたように立ち止まった。「なにかご用でしょうか？」

「看護師長さんにお会いしたいのですが」わたしは言った。

彼女は面白そうな顔になった。「看護師長？ ここは病院ではないんですよ。ここは、老齢の方々の住まいなんです」

「そうですか。それじゃあ……」わたしはふさわしい言葉を探した。「お世話をする必要のある人はいないんですね？」

「ええ、ここでは完全介護はしていません。階段をあがるのに手を貸す必要のある方は何人かいらっしゃいますが、その程度です」

「それでは……記憶が混乱しているような人は？」

彼女は笑顔で答えた。「確かに、ご自分の世界で生きている方は何人かいます。たとえば、ここはインドだと思いこんでいる女性がいて、飼っていた象はどこにいるのかと何度も訊かれたりします。でもほとんどの方は、あなたやわたしと同じでごく普通ですよ。住人の方々の世話をする責任者がいますが、彼女はいまある方をお医者さまに連れていっているんです。まもなく戻ると思いますけれど」

「それなら、あなたにお尋ねしてもいいかしら。レディ・アンストルーサーが以前、ここに住んでいたと思うんですが」

「ええ、いらっしゃいましたよ」彼女の表情が内心を物語っていた。

「あまり付き合いやすい人ではなかったみたいですね」

「ええ、そう言ってもいいでしょうね。ああ、もう本当に。ここで、彼女と争わなかった人はひとりもいないと思いますよ。彼女はなにひとつ気に入らなかったんです。食べ物も口に合わない。アクティビティも嫌い。それに彼女が飼っていた猫ときたら……」

「猫？」

「ええ。ここの住人はペットを飼ってもいいことになっているんです。彼女は二匹の大きなペルシャ猫を連れてきたんですよ。ラジャとラニ。みんなの悩みの種でしたよ。ここの職員はみんな、レディ・アンストルーサーの部屋に入ったときに、あの怪物のどちらかに足首を引っかかれたことがあるはずですよ。彼女が猫を連れて出て行ったときには、本当にほっとしたものです」わたしたちが何者なのかを知らないことに気づいて、彼女は不意に口をつぐんだ。「あら、わたしったら軽はずみなことを。まさか、彼女の親戚じゃないですよね？」

「違います」わたしは答えた。「わたしたちはただ、レディ・アンストルーサーがここに住んでいたことを確かめたかっただけです。あと、いつ出ていったのかを」

「彼女が出て行ったのは元日でした。わたしたちのクリスマスと新年の祝い方が気に入らなかったらしくて、もっと静かに過ごしたいと言って家に帰ってしまったんです」

「だれも止めなかったんですか？」

「もちろんです。ここは病院ではありません。言ってみれば、上流階級の方が暮らすホテルみたいなものですから。好きなように出たり入ったりしてくださってかまわないんです。ただ、ここの責任者は彼女を説得しようとしたはずです。息子さんが母親をここに置いておきたがっていたのを知っていましたから。でも彼女は聞く耳を持ちませんでした」

「そのとき、彼女の精神状態はどうでしたか？」わたしは尋ねた。「そういうことを決められるくらい、頭ははっきりしていましたか？」

「頭がはっきりしていたかですって？」彼女は首を振った。「相手をするのが難しい人ではありましたが、自分がしていることはよくわかっていましたよ。頭のいい人でした。毎朝〈タイムズ〉紙のクロスワードパズルをしていましたしね」彼女は腕時計に目をやった。「すみません、もうよろしいでしょうか？　午後のピアノリサイタルの準備ができているかどうかを確かめなくてはいけないんです。有名なクラシックのピアニストが住んでいるんですよ。

応接室で責任者が帰ってくるのをお待ちになりますか？」

「いえ、けっこうです。訊きたかったことは全部わかりましたし、このあとヘイワーズ・ヒースで約束がありますので」わたしは応じた。

七月四日　木曜日
ヘイワーズ・ヒース　サセックス州

　ようやく進展があった！　レディ・アンストルーサーが殺されて、何者かが彼女の替え玉になっていることがこれでわかった。問題は、なぜそんなことをする必要があったのかということだ。早く答えが見つかるといいのだけれど。今回の件はあまりにも謎に満ちている。

　わたしたちは建物を出た。目の前に広がるダウンズの緑地が美しかった。少なくともこの建物に、ダウンズビューという名前はふさわしい。

「ようやく進展があったわね」わたしは車を走らせながら祖父に言った。「レディ・アンストルーサーが完全に正気だったたっていうことがわかったわ。ひどく不愉快な人みたいだったたけれど。替え玉になっている人は、彼女の頭がおかしいだけじゃなくて危険だってわたしに思わせたかったのよ。わたしをあっちの棟から遠ざけておくために。それに、部屋を飛びまわっていたあの鳥――彼女が偽者だっていうはっきりした証拠じゃない？　二匹の大きな猫を大事にしている人が、鳥を飼うはずがないもの！」わたしは勝ち誇った顔で祖父を見た。「それに、その猫が埋められた場所もわかっているわ。レディ・アンストルーサーといっしょに殺されたのよ」

「やつらを捕まえよう」祖父が言った。「あの家の西棟に盗難品が隠してあっても、わしは驚かんぞ」

ヘイワーズ・ヒース駅に着いたときには、わたしたちはかなり上機嫌だった。約束の時間までまだ少しあったので、向かいにあるカフェでソーセージロールと紅茶を頼んだ。ソーセージロールが驚くほどおいしかったので、甘いロールパンを追加した。

ガーランド警部はひと目でわかった。砂色の髪をした彼は長身で肩幅が広く、威厳のある雰囲気を漂わせていた。すぐに祖父に気づき、手を差し出しながら近づいてきた。

「スピンクス巡査、久しぶりにお会いできてうれしいです」

祖父がわたしを紹介した。イーストエンドの下っ端の巡査にレディと称号のつく孫娘がいたことに驚いていたとしても、彼は顔には出さなかった。ここに来るまでにあらかじめ調べていたのかもしれない。

「わざわざ呼び出したりしてすまんな」祖父が言った。「だがこいつはかなり重大な事件で、地元の警察の手には余ると思う」

「重要なことだろうと思っていましたよ。そうでなければ、わたしに連絡してきたりはしないでしょうからね」ガーランド警部が言った。「あなたの判断はいつだって正しかった」

祖父は謙遜するようにかすかに笑った。

「どこか、座れるところはありますか？」警部が尋ねた。

わたしたちはさっきまでいたカフェに戻り、静かなところに座ると、また紅茶を飲みながら警部にこれまでのことを語った。

「話を整理させてください」彼が言った。「あなたの執事を務めている男性は偽者で、その名前の本当の持ち主は死んでいるのですね？　そして、やはり死んでいる女性の身代わりをしている女性がいるというのですね？　その背後にいる何者かが、ビーチー岬の下で死体となって見つかった財務顧問の失踪に関係している。そういうことですね？」

わたしはうなずいた。「突拍子もない話に聞こえるのはわかっています。自分でも信じられなかったくらいですから。でも棺桶のなかの死体をこの目で見たんです。彼女の猫が埋められている場所も知っていますし、わたしの命も二度狙われたんです」

「本当ですか？」警部は本当に心配してくれているようだ。

「この家に来た最初の夜、だれかがわたしの部屋のガス栓を開けたんです。幸い、ラノク城で育ったせいで、窓を全部開けて寝る習慣があったので助かりました。それから今朝、祖父とわたしは地下埋葬室に閉じこめられました。運よく、母とメイドが助けてくれましたけれど」

「なぜそんなことをしたんだと思いますか？　どうして、何人も人を殺したりしたんでしょう？」

「最近、このあたりで盗難事件が多く起きていると聞きました。いまわたしたちが滞在している家からも、なくなっているものがたくさんあると母が言っています。母はサー・ヒューバートと結婚していたことがあって、以前あの家に住んでいたのでよく覚えているんです」

「なるほど。その家の主人が留守のあいだ、強盗団がそこを拠点として使っていたのではないかと考えているわけですね？」

「彼らにとってはとても都合がいいと思いませんか？」わたしは言った。

警部はうなずいた。「完璧ですよ。だれも大邸宅を強盗団のアジトだとは考えませんからね」

わたしはしばし考えてから、言葉を継いだ。「ひとつわからないのは、どうしてレディ・アンストルーサーのふりをする必要があったのかっていうことです。わたしは彼女があの家に住んでいたことすら知らなかったんです。頭のおかしな老女の部屋で鳥が飛びまわっているなんていうばかげたお芝居をするんじゃなくて、彼女のことは黙っていればすんだのに」

「鳥？」

「はい。ある夜、彼女の部屋に連れていかれたんです。彼女は頭からショールをかぶっていたので、顔はよく見えませんでした。大きなオウムがわたしの頭に止まって、もう一羽の鳥が部屋のなかを飛びまわっていました。とても怖かったんです」

警部の顔に妙な表情が浮かんだ。「いまの話を聞いて、ある人物のことを思い出しましたよ」警部は祖父に向き直った。「あなたが引退してからのことだったと思うんですが、腕のいい強盗団がロンドンに出没したことがありましてね。それを率いていたのがバードマンという男でした。フィル・〝バードマン〟・ヴォーゲルです」

「ああ、その男のことなら、記事を読んだことがある」祖父がうなずいた。「わしの担当地域に現われたことはないが、名前は知っていたよ」

「その人は、鳥を飼っていたからバードマンと呼ばれていたんですか？」わたしはそう尋ねながら、庭師がフィルという名前を口にしていたとクイーニーが言っていたことを思い出していた。

「理由は三つあります」警部が答えた。「ひとつは、彼の名前がドイツ語で鳥を意味するヴォーゲルであること。それから、彼が鳥をペットにしていたこと。そして、彼は忍びこむのがあまりに巧みだったので、空を飛べるんじゃないかと言いだす者がいたからなんです。壁をよじのぼって、不可能としか思えないような上の階の窓から侵入することができたんですよ。それで、彼は空を飛んでいるという噂が立ったんです」警部はにやりと笑った。「結局は逮捕されて、一〇年の刑を言い渡されました」考えこんでいるような表情が警部の顔に浮かんだ。「しばらく前のことになりますから、模範囚として早く出所している可能性はありますね」

「わお」それしか言葉が見つからなかった。

「彼の仲間はどうなった？」祖父が尋ねた。

「ほとんどは捕まったはずです。ひとり、女がいましたね。ほっそりした小柄な女で、窓から忍びこむのに彼女を使ったこともあったんじゃないかと思います。名前はなんと言ったかな。パーソンズ……ジョアン・パーソンズ。そう、そんな名前だった」

「ジョアニー！」わたしは思わず声をあげた。「ジョアニーという、まさにそのとおりのメイドがいます。自分は人に仕えるような仕事をする人間じゃないし、長くメイドをするつもりはないって、わたしのメイドに言ったそうです。あの夜、わたしの部屋のガス栓を開けたのは、きっと彼女だわ」

「興味深いですね」ガーランド警部はうなずいた。「あなたの家には強盗団が集合しているのかもしれない。寝ているあいだに殺されなかったのは運がよかったんですよ」

「料理のできないスペイン人の料理人もいます」わたしは告げた。

「ルーニー・ロペス」警部はうれしそうに指を振った。「覚えていますか、アルバート？そうだ、彼に違いない」

「それからアイルランド人の従僕、マクシー」わたしはさらに言った。

警部は首を振った。「その名前には心当たりがありませんね。彼はまともな男なのかもしれない」

「いつもおどおどしているキッチンメイドのモリーもいます」

「彼女も仲間ではないでしょう」

「庭のことをあまり知らず、育てた作物を売っていたふたりの庭師」

「なにが起きているのかを知らない、地元の人間かもしれませんね」

「いいえ、彼らはよく知っています。わたしたちを地下埋葬室に閉じこめたのは、そのどちらかですし、レディ・アンストルーサーの猫を埋めたのは彼らに違いありません。ひょっとしたら、レディ・アンストルーサー本人も」わたしは一度言葉を切った。「それから、レディ・アンストルーサーのふりをした人間と彼女の看護師がいます」

「老婦人のふりをしていたのがフィル本人だったとしても、わたしは驚きませんね。以前パーティーの最中に豪邸に忍びこんだときは、女装していたことがありましたから」

「だからささやくような声しか出さなかったのね。男だって気づかれないように」わたしは言った。「看護師は？」

「それはわかりません。強盗団にはほかにもメンバーはいましたから――取り巻きのようなやつらが」

「プランケットはどうですか？ プランケットと名乗っている男のことですけれど。四〇がらみのずんぐりした男です。髪を真ん中から分けて、隠そうとしていますけれどコックニーなまりが少しあります」

ガーランド警部は顔をしかめて、考えこんだ。「わたしが知っているメンバーのなかに、そういう男はいませんね」

「イニシャルはＥＰです」

警部は首を振った。「心当たりはありません。まともな使用人だったのが、うまく言いくるめられたんじゃないでしょうか？」

「本物のチャールズ・プランケットは死んでいることがわかっています。この男は、彼の名をかたっているんです」

ガーランドは長いあいだ、わたしを見つめていた。「よくそこまで調べましたね。驚きました」

わたしには顔を赤らめるだけの慎みがあった。

「それで、このあとはどうする？」祖父が尋ねた。

ガーランド警部は歯と歯のあいだから息を吸った。「地元の警察に話を通さなくてはなりません。領分を侵すわけにはいきませんからね。それからチームを招集して家を見張り、突入します」

彼がそう言っているあいだに、わたしは重要なことを思い出した。

「それだけの時間はないかもしれません。執事宛のメモを見たんです。木曜日の船のことが書いてありました。それを読んだときは、逢引の話かと思ったんですけれど」

警部の顔色が変わった。「フィル・ヴォーゲルの強盗団は、盗んだ銀器や骨董品をヨーロッパとアメリカに船で運んでいたんです。彼がまた盗みに手を染めているのなら、盗品をのせる船の手配をしたのかもしれない。そして今日が木曜日だ」彼は立ちあがった。「すぐに行動を起こしたほうがよさそうだ。手順を踏んでいる時間はありません。やつらが逃げ出す前に捕まえなくては」

「わたしたちはどうすればいいですか？」わたしは尋ねた。

「どこかに出かけてください。なにか口実を作って、今夜は出かけるんです。映画かコンサートにでも行くと言って。あなたたちを危険な目にあわせたくありません」

「彼らは逃げる前に、わたしたちを殺そうとするでしょうか？」わたしはあまり不安そうな口ぶりにならないようにしながら尋ねた。

「万一のために、だれかひとりを人質として連れていこうとするかもしれません」警部が答えた。「そんな危険は避けたいですよね？　やつらが動くのは暗くなってからでしょう。わたしたちはそれを待ちます。あなたたちは家から離れるようにしてください。わかりましたね？」

「ええ、そうします」わたしは答えた。

七月四日　木曜日
アインスレーに戻る

ついに事態が動きだした。警察が彼らを捕まえてくれることになって、心底ほっとしている。同じ家のなかに強盗団がいたなんて！　わたしたちの身になにも起きなくて、本当に運がよかった！

家へと戻るあいだ、祖父とわたしはほとんど口をきかなかった。祖父も、今後起こりうるあらゆる可能性を考えていたのだと思う。家に帰り着いたら、無事に逃げ出すまでなにごともなかったように振る舞わなければならないことはわかっていた。家で待つ母や、ルーニー・ロペスかもしれない男といっしょに台所にいるクイーニーのことを考えた。ぐっとアクセルを踏みこみ、細い道を走るベントレーの速度をあげた。

「焦るんじゃない」祖父が言った。「溝にはまりでもしたら、困ったことになるんだぞ」

少し速度を落とした。永遠に家に着かないような気がした。ようやく門を抜け、私道を走っていると、心臓が激しく打ち始めた。車を止めたとたん、プランケットが階段を駆けおりてきた。

「ああ、ようやくお戻りですか、お嬢さま」運転席のドアを開けながら彼が言った。「どこにいらしたのかと思っていました。お母さまも心配しておられました。買い物に町に行っただけなのにとおっしゃって」

「そのつもりだったの。でも偶然、祖父の昔の知り合いに会って、いっしょにお昼を食べてきたのよ」

プランケットの手を借りて車を降りていると、母が玄関に現われた。

「やっと帰ってきたのね、いけない子。心配していたのよ。あなたに馬力のあるその車が運転できるのかしらと思っていたところ」

「わたしは大丈夫よ、お母さま。おじいちゃんの昔の同僚とばったり会ったの」

「引退したあとこっちに引っ越して、いまは蘭を育てている男でね」祖父が言った。「昼食に誘ってくれたんだが、実のところ、蘭の話を聞くほど退屈なことはなかったよ」祖父は笑い、わたしも笑った。

「わたしの石鹸は買ってきてくれたのかしら？」母が訊いた。

「もちろんよ。最優先事項だもの」わたしはハンドバッグに手を入れた。買い物に行ったという証拠作りのために、ヘイワーズ・ヒースを出る前にあれこれと買っておいたのだ。母のいわゆるフランス製石鹼は、チェーン店の薬局で買ったものだった。

母は石鹼のにおいを嗅いだ。一番先に目についたものを買っただけだから、ひどいにおいがしたはずだ。「薔薇の香りね。大好きなのよ。ありがとう」母はうれしくてたまらないといった顔で言った。

「車はわたしが戻しておきます」プランケットは、わたしを押しのけるようにして運転席に座ろうとした。

「あら、その必要はないわ、プランケット」わたしは言った。「ヘイワーズ・ヒースでコメディ映画をやっているのよ。それを観て楽しく笑ったら、気分も上向くんじゃないかと思ったの。だから今夜はハイ・ティーにして、そのあと映画を観に行くわ」

「今夜ですか?」プランケットの顔が一瞬引きつったが、すぐに平静を装った。逃亡にベントレーを使う計画だったのかもしれないとわたしは考えた。

「ええ、そうよ。今夜でだめな理由はないでしょう?」

「料理人とお嬢さまのメイドがもう夕食の準備を始めているかもしれないと思ったものですから。置いておけるかどうか、わかりません」

「それなら、戻ってきてから食べるわ。三〇分後にお茶を用意するようにクイーニーに言っておいてちょうだい。茹で卵かなにか、軽く食べられるものが欲しいわね」

「承知しました、お嬢さま」プランケットはなにか言いかけたが、結局そのままその場を離れていった。これほど緊迫した状況でなければ、それを見て笑っていたかもしれない。

「なにかわくわくするようなものを買ってきてくれた？」母はわたしが持っているバッグをのぞきこむふりをした。

「お母さまったら。ここはヘイワーズ・ヒースよ。オックスフォード・ストリートじゃないんだから」わたしは笑って答えた。「新しいフェイスクリームを買ったわ。それだけよ。見せてあげるわ。お母さまの気に入るのがあるかもしれない」

「ジョージー、イギリスの化粧品は顔をだめにするって、前にも言ったじゃないの」祖父を従えるようにして階段をあがりながら、母は声を張りあげた。「そういうものはパリで買わなきゃいけないの。今度行ったときには、あなたの分も作らせるわ……」

ここまで来れば、プランケットにわたしたちの声は聞こえない。まっすぐわたしの部屋に向かい、ドアを閉めた。わかったことを話すと、母は目を丸くした。

「わたしたちみんな、殺されていたかもしれないのね」母が言った。

「その可能性はおおいにあったわね」

「あなたがどこに行ったのかをプランケットがあれほど気にしていたのはそのせいね。何度も尋ねられたわ。車はいつ戻ってくるだろうとまで訊かれたのよ」

「ベントレーも盗むつもりだったのかもしれないわね」

「恐ろしい人たち。この家にあった高級品は全部、盗んだんだと思うわ。海の向こうに運んでしまう前に、警察が捕まえてくれるといいんだけれど。ヒューバートが知ったら、さぞ怒るでしょうね」母は不安げな表情になった。「銃撃戦になんてならないわよね？　わたしたち、大丈夫かしら？」

「お母さま、ここはサセックスよ。シカゴじゃないのよ」わたしは言った。「でも念のために、家にはいないほうがいいって警部に言われたの。だから、今夜わたしたちは映画に行くのよ」

お茶の時間になって階下におりたときも、わたしは冷静でいることができた。クレソンとキュウリの上品なサンドイッチ、細切りのパンを添えた茹で卵、アイシングをした小さなケーキ、どれもとてもおいしそうだったけれど、わたしはひと口も食べられる気がしなかった。どんなときも女優で自分のすべきことがよくわかっている母は、おいしそうに食べている。祖父とわたしはテーブル越しに視線を交わした。

「ジョージーとわしは、たっぷりした昼食をとってからまだあまり時間がたっていないんだ」祖父が言った。「だからお代わりはやめておけと言ったんだがな」

ほぼ食べ終えたところに、クイーニーがやってきた。「お嬢さまたちは今夜、映画に行くんで、ディナーはいらないんだって聞きました。でも心配ないですよ。帰ってくるまで、冷めないようにしておきますから。シェファーズ・パイをあたしが作ったんですよ。あのフェルナンドっていう男は、まったくもって役立たずですね。なにひとつできやしない」クイーニーはひと呼吸置いて、言葉を継いだ。「サンドイッチはもういいんですか？」お皿を取ろうとして、テーブルの向こうから手を伸ばす。わたしに顔が近づいたところでささやいた。

「おかしなことが起きてますよ、お嬢さん。サンドイッチに入れようと思って、チャイブを摘みに行ったんですよ。そうしたら知らない男が、家の向こう側のフランス窓からばかでかい絵を持って出てきたんです」

「絵？」

「そうです。額に入っているやつですよ。その男は、それを馬小屋に持っていったんです。なんだってそんなことをするんです？お嬢さんに言っておいたほうがいいと思って」

「ありがとう、クイーニー。よく気がついたわね」今夜、一緒に映画に行こうとクイーニーを誘いたくなったけれど、あまりにも慣習にはずれたことだからそれは無理だ。クイーニーは大丈夫だと信じるしかなかった。使用人を傷つける理由はないし、彼女のような体形の娘を人質に取ろうとする人間もいないはずだ。引きずって連れていくには、クイーニーは大柄すぎる。それでも、事情は話しておきたかった。「クイーニー、六時になったら着替えを手伝いに来てちょうだい。映画には黒のドレスを着ていきたいんだけれど、背中にボタンがたくさんついているのよ」

クイーニーはなにか言いかけたが、考え直したらしい。「合点です、お嬢さん」そう言って、わたしにウィンクをした。彼女は、わたしが考えていたほど頭は悪くないと思うことが時々ある。

「気持ちのいい午後になったわね」わたしは言った。「庭を散歩しましょうか？」

「いい考えね」母が答え、わたしたちは玄関を出て、噴水を眺めた。水の跳ねる音が話し声を消してくれた。

「馬小屋を見てくる」わたしは言った。「お母さまたちは近くにいて、だれか来るのが見えたら合図をしてほしいの」

「どうやって？」母が訊いた。「フクロウみたいに鳴くの？」

「フクロウは昼間は出てこないわ。モリバトはどう？　真似をするのは難しくない」

「ホーホー」祖父が鳴き声を真似た。ひどくおかしかったので、笑わずにはいられなかった。

「ホーホー？」今度は母だ。

「ふたりともひどいわ」笑いが止まらなかった。「お母さま、わたしの名前を呼んでくればいいわ。庭を散歩しているんだから、不自然じゃないでしょう？」

「そうね、そのほうがいいでしょうね」

祖父が顔をしかめた。「わしは気に入らんな。危険すぎる」

「でも、確かめないと」

「もしも馬小屋に見張りを置いていたらどうする？」

「ごまかすわ。そもそもここはわたしの家なんだもの。馬小屋を見に行っても不思議じゃないでしょう？　〝あら、こんにちは。あなたは新しい庭師？〟みたいなことを言って、にこやかに笑いかけて、それから新しい馬を買うような話をしながら、馬小屋の設備を確かめるの」

「それでも気に入らん。人質に取られたらどうする？」

「危険は承知のうえよ。行きましょう」わたしたちは西棟に近づかないようにしながら、家の反対側へと歩き始めた。フランス窓とその向こうにある馬小屋がよく見える、イチイの生垣の向こう側に出たところで足を止めた。なにも動くものはない。本物のモリバトがムラサキブナの上で悲しげに鳴いている。薔薇のまわりを蜂がブンブンと飛びまわっている。当たり前の夏の午後だ。

わたしは大きく息を吸った。「行ってくるわ」そう言い残して、馬小屋のほうへと歩きだした。足を速めたり、あたりを見まわしたりしたくなるのをかろうじてこらえた。いまはガレージとして使われている馬小屋までやってきた。ひとつめのドアが開いている。ベントレーを入れるのだろう。二番めのドアを開けたわたしは、驚いて一歩あとずさった。そこにはバンが止められていた。後部ドアが開いていて、なかには木箱や容器がぎっしりと押しこまれている。壁際には小さな木箱がいくつか積みあげられていた。彼らは逃げ出す準備を調えている。わたしが今夜ベントレーを使うと言ったことが出発を早めたのかもしれない。ガーランド警部に警告しなければいけないようだ。

ガレージを出ようとしたちょうどそのとき、母の声がした。

「ジョージー？　そこにいるの？」

わたしにそっくりな声が返事をした。「わたしはここよ、お母さま。来てみて。鹿の親子がいるの」

ほぼ同時に、こちらに向かってくる足音が聞こえた。どうすることもできず、わたしはバンのうしろに隠れた。彼らがいまバンに乗りこんで出発したら、わたしは間違いなく捕まるだろう。足音がさらに近づいてきた。

「ガレージのドアが開けっぱなしじゃないか、ばかやろう」聞いたことのない声だった。

「ちゃんと閉めたさ。ラッチがばかになっているんだ」こちらも知らない声だ。「それより、聞こえたか――あいつらが庭にいるぞ。なにか探っているんだろうか？」

「心配しなくていい。あいつらは森に向かった。戻ってくる頃には、おれたちはここにはいないさ」

「これだけのものを積んでいるのに、こんな時間に出発したらだれかに見られるんじゃないか？」ふたりめの男が言った。「どうして暗くなるのを待たないんだ？」

「潮の関係らしい。船長がそう言っていた」

バンのドアが閉まり、わたしはぎくりとした。

「こいつはもうロックしたほうがいいだろうな。積みきれないものがあっても、仕方がない」もうひとつのドアが閉まった。「出発の準備ができたら、みんなが乗れるようにおれが車を移動させる。今度はちゃんとガレージのドアを閉めておけよ」

いきなり、あたりが真っ暗になった。わたしは手探りでバンの反対側にまわり、ドアまで移動した。内側から簡単に開けられる、ラッチが手に触れたのでほっとした。今回は閉じこめられずにすんだようだ。もう安心だと思えるまで待ってから外に出て、馬小屋の陰を伝って移動し、それから母と祖父のところに戻った。ふたりとも心配のあまり、顔が青ざめている。

「だからやめておけと言ったじゃないか」祖父が言った。「警察に電話しようとしていたところだったんだぞ」

「いますぐ、警察に電話しないといけないわ。ガレージに、盗品をいっぱいに積みこんだバンが止まっていたの。すぐに出発するつもりよ」

玄関に戻ると、プランケットが待っていた。「散歩していらしたんですか、お嬢さま、奥さま？」

「ええ、そうよ。林に子鹿がいたわ。素敵じゃない？」

「そうですね。いいことです。映画には何時に行かれますか？」

「七時からだから、六時少し過ぎには出たほうがいいでしょうね。それでいい、お母さま？」わたしは母に向き直った。

「ええ、かまわないわ。それじゃあ、着替えてくるわね」母は階段をあがっていった。

「クイーニーに着替えを手伝ってもらうことになっているの。彼女をよこしてくれるかしら、プランケット？」

「承知しました、お嬢さま」プランケットは小さくうなずくと、その場を離れていった。

わたしはちらりと祖父に目をやってから、受話器を手に取った。西棟にはまだ電話がつながっていて、だれかに話を聞かれるおそれがあると考えておくべきだろう。すぐに受話器を取れるほど、近くにいないことを祈るだけだ。

「番号をどうぞ」交換手が言った。

「ヘイワーズ・ヒース警察署を。緊急なの」わたしはできるだけ声を潜めた。

ややあって、しわがれた声が聞こえてきた。「こちらは警察署、ウィリス巡査です」

「こんにちは」せいいっぱい明るい声を出した。「ガーランドおじさんと話がしたいんです。ロンドンからそちらに来ているのはわかっているんですけれど、いまは留守ですよね？ そうだと思いました。伝言をお願いできますか？ わたしは姪のジョージアナで、計画しているパーティーのことなんです。残念ながら、前倒ししなきゃいけなくなったみたいで。どうしても庭で宝探しがしたいんですけれど、暗いところではできないでしょう？ だから、相談がしたいのでできるだけ早く来てほしいって伝えてください。早くお会いしたいって言っておいてくださいね」

「番号を間違えていませんか、お嬢さん？」巡査が言った。

「いいえ、間違っていないわ。彼に会ったら、すぐに伝えてくださいね。大切なことなんです」わたしはそう言って受話器を置いた。頭のおかしな人間がわけのわからないことを言っていると思われるだけかもしれない。けれど、これがわたしにできるせいいっぱいだった。

七月四日　木曜日
アインスレー　サセックス州

なにをすればいいのかわからない。警察署で電話を取った巡査が、わたしのことを頭のおかしな女だと思わないことを祈るだけだ。もしも彼らが早く出発することにしたら、わたしたちに止めるすべはない。


部屋にやってきたクイーニーに、どこまで話すべきかを考えた。いいえ、慣習なんてどうでもいい。彼女を危険な目にあわせるわけにはいかない。

「クイーニー、あなたにも一緒に来てほしいの。今夜はここにいると危険かもしれないのよ」

クイーニーは首を振った。「だめですよ、お嬢さん。変に思われます。あいつらがとんずらするつもりでいるなら、あたしがお嬢さんと一緒に行くのを見たとたんに逃げちまいます。だから、あたしは残ります。心配いりませんよ。近づかないようにしてますから」

わたしは自分でも信じられないほど、クイーニーが愛しくなった。

「あなたは勇敢ね、クイーニー。でも、危険な目にあわせたくないのよ」

「あたしなら大丈夫ですって。家のなかがやばくなってきたら、庭のどこかに隠れますから。あいつらは、あたしみたいな人間を気にかけたりしませんよ」

「本当に……」わたしが言いかけたところで、母が顔をのぞかせた。

「玄関の前に見たことのないバンが止まったのよ」

「警察の車じゃないの？」わたしは期待をこめて尋ねた。

「商人が乗るような車でもないの。男の人が降りてきたわ。正面の階段に向かっているみたい。建物の陰になっているから、よく見えないのよ」

「行きましょう」わたしはすでに部屋を出ていた。「彼らの仲間なら、後悔させてやるわ」

わたしは階段を駆けおりた。怒りが分別を上回っていた。ここはわたしの新しい家だ。それを彼らがめちゃくちゃにしたのだ。そのうえ、サー・ヒューバートの大事なものを盗んだ。わたしは玄関ホールにあった傘立てから、持ち手が銀の杖を手に取った。

母がわたしのすぐうしろにいた。「ジョージー、だめよ。ただの商人だったらどうするの？」

「商人なら勝手口にまわるはずよ。違う？」わたしは玄関のドアのうしろに立った。彼がただの来客なら、呼び鈴を鳴らすだろう。もう一台のバンで彼らの逃亡を手助けするために来たのなら、それにふさわしい対応をするまでだ。わたしたちを上回る数の強盗団がまだこの家にいることは、頭から消えていた。階段の上に祖父が現われた。

「なにごとだ？」階段をおりながら尋ねる。

わたしは唇に指を当てた。ドアがゆっくりと開き始めた。ただの来客ではないということだ。思ったとおりだ。わたしは重い杖を振りかぶった。まばゆいほどの日光がドアの隙間から射しこみ、男の黒い輪郭だけが浮かびあがった。男は家のなかに入ってくると、うしろ手にそっとドアを閉めた。わたしがまさに杖を振りおろそうとしたそのとき、男はあたりを見まわしながら声をあげた。「こんにちは。だれかいますか？」

そうしてくれたのは幸いだった。でなければ彼は、銀の持ち手の杖で殴られて床に昏倒していたところだ。わたしの手から杖が落ちて大理石の床でけたたましい音を立て、わたしは彼に飛びついた。

「ダーシー！」どっと涙があふれた。

「おや、たいした歓迎だね」ダーシーがわたしを抱きしめた。「きみを驚かせたかったんだ。駅から配管工のバンに乗せてもらってきたんだよ。うまくきみを驚かせたみたいだが、なにもぼくが帰ってくるたびに泣かなくてもいいんだ」

「そうじゃないの」わたしはすすり泣きながら、ようやくそう言った。「もう少しであなたを殺すところだったわ。そこまでじゃなくても、昏倒させていたでしょうね」

「よくわからないな」ダーシーはわたしの体を離すと、涙に濡れた顔を眺めた。「どうしたんだい？　きみらしくないね。なにがあった？」

「モーニングルームに行きましょう」わたしは彼の手を取り、廊下を進んだ。プランケットの姿は見えない。庭師たちのように、事態が悪くなる前に逃げたのかもしれない。わたしはダーシーを連れて、モーニングルームに入った。母と祖父もついてきた。祖父はいつでも行動を起こせるように、ドアの前に立った。わたしはできるだけ理路整然と、これまでのことすべてをダーシーに語った。彼の表情はどんどん懐疑的になっていった。「間違いない？」

「もちろんよ。絶対に間違いないわ。ロンドン警察の警部が、すぐに彼らの正体に気づいたのよ」

「きみはどうしてここを出て、ロンドンに戻らなかったんだ？」

「わかったのがついさっきだったの」わたしは答えた。「それまでは、頭のおかしな老婦人がここに住んでいるだけだと思っていたのよ。今夜、警察が来ることになっているわ。間に合うといいんだけれど。強盗団は逃げ出す準備を調えているみたいなの。ベントレーも持っていくつもりだったみたい。担当の警部に伝言を残したんだけれど、わかってくれたかどうかはわからない。だれかに盗み聞きされているといけないから、彼の姪のふりをしなきゃいけなかったのよ」

ダーシーは不安げな顔でわたしを見つめていたが、やがてにっこりと微笑んだ。

「ジョージー、きみはどうしていつもこういうことに巻きこまれるんだろうね？」

「好きで巻きこまれたわけじゃないわ。初めての自分の家で暮らせることを楽しみしていたのよ。わたしの部屋のガス栓を開かれたり、地下埋葬室に閉じこめられるなんて思っていなかったもの」

「それで、これからどうするつもりだい？」

「みんなで映画を観に行って、ここには近づかないようにって警部に言われたわ」

「いい考えだ。やつらに車を盗まれる前に、いますぐ出かけよう」

「でも、警察が来る前に、彼らが逃げてしまったらどうする？」わたしは尋ねた。「盗んだものを全部持って、逃げてしまったら？」

「きみにはそれを阻止できないよ」ダーシーが言った。「ぼくたちにやつらを止めることはできない。武器を持っているかもしれないんだ」

「でも、出発を遅らせることはできるわ。お母さま、おじいちゃんとふたりでベントレーで出かけてもらえる？　そうすればわたしたちはみんないなくなったって、彼らに思わせることができる。そのあとでダーシーとわたしは、彼らのバンになにか細工をするわ」

「どんな細工だい？」ダーシーが訊いた。「ローターやディストリビューターを取り外すなんていう話を読んだことはあるが、実際にしたことはないよ。それに、やつらが荷物を積むために出てきたら、ボンネットを開けたことに気づかれると思う」

「そうだわ！」わたしは興奮した声をあげた。「鳥よ！」

「鳥？」

「あのね、そのフィルという男はバードマンって呼ばれているの。ペットに鳥を飼っているのよ。とても大切にしているから、いなくなったらきっと探しに行くわ」

ダーシーは難しい顔をしてわたしを見た。「きみは、犯罪者として知られている男から鳥を盗むつもりなのかい？」

「そうよ。彼らの出発を遅らせる方法は、それしか思いつかないんだもの」

「きみはどうかしているよ」

「そんなことないわ。そんなあだ名で呼ばれるくらい彼が鳥を大切にしているなら、きっと捜しに行くはずよ。運がよければ、もう鳥かごに入れられていて、運び出すばかりになっているかもしれない」

「運がよければ？　飛んでいる鳥を捕まえることになるかもしれないのか？」

「飛んでいる鳥を捕まえる必要はないわ。フランス窓を開けて、追い出せばいいだけだもの。そのあと、手紙を残しておくのよ。鳥は預かったから、林まで捜しに来いって」

ダーシーは首を振った。「ジョージー、うまくいくとは思えないよ」

「それはわからないわ。試してみてもいいと思うの。そこから出入りしていたから、フランス窓は鍵がかかっていないはず」わたしは手を伸ばして、ダーシーの袖に触れた。「とりあえず、やってみましょうよ。もし見つかっても、彼らはあなたを見たら動揺すると思うの。ほかにも応援が来ているのかもしれないって考えるわ」ダーシーの返事は待たなかった。ライティングデスクに近づき、紙を一枚取り出して、大きな文字で黒々と書いた。〝鳥は預かった。捜しに来い〟

ダーシーは首を振った。「ばかげているよ、ジョージアナ」

彼がその名でわたしを呼んだのは初めてだったと思う。一瞬動きが止まったが、それでも考え直すつもりはなかった。

「わたしはやるわ。あなたは好きなようにして。せめて、見張っていてくれれば助かるけれど」

「その大きな鳥かごをきみはひとりで林まで運べると思っているの？」

「やってみなければわからない」

ダーシーはため息をついた。「わかったよ。きみひとりにやらせるわけにはいかない。それなら、始めよう。どこに行けばいいのか、教えてくれ」

「わたしたちは出発しましょう、お父さん」母が言った。

映画が楽しみだとか、最後に映画を観たのはいつだっただろうなどと言葉を交わしながら、わたしたちはそろって玄関に向かった。母と祖父は車に乗りこみ、ダーシーとわたしは物陰に身を隠すようにしながら家の横手にまわった。幸い、一番低い窓でも、わたしたちの頭よりは高かった。角を曲がったところで、足を止めた。フェルナンドとマクシーが、凝った装飾を施した時計を抱えてフランス窓から出てくるところだった。馬小屋のほうから女性の声がした。「急いで。のんびりしている暇はないよ」ジョアニーが現われた。メイドの制服ではなく、小粋なドレスに帽子という格好だ。「それで最後？」

だ。

「あといくつか残っている」マクシーが答えた。彼もやはり仲間のひとりだったということ

「だが、あいつらはついいましがた、車で出かけた。「出かけたぞ」フェルナンドが怒鳴るように言った。

「もう？　まったく！」ジョアニーが言った。「出かけるのは六時過ぎだと思っていたのに。

それじゃあ、残りの品物はあきらめるしかないね。バンにこれ以上のせるのは無理」

「品物なんてどうでもいい」フェルナンドが言った。「おれたちはどうなる？　バンに六人は乗れないぞ」

「ふたりは、自分で船まで来てもらうしかないね」

「おい、おれは最初からフィルと組んでいたんだ。いまになって、放り出されるつもりはないからな」マクシーが言った。「ブランケットを置いていけばいい。どっちにしろ、あいつは役には立たない」

「もちろん置いていくよ。あの男の役目は終わり。もう必要ないもの」ジョアニーが吐き捨てるように言った。

「おれたちを置いてはいかせないぞ」フェルナンドの目は怒りでぎらぎらしていた。「おれたちが乗れるように、うしろの荷物をいくつかおろすんだ。いいな？」

「わかったよ。そんなに怒らないで」ジョアニーは向きを変え、馬小屋のほうへと歩きだした。

「この時計はどうする？」マクシーが彼女の背中に呼びかけた。

「持ってきて。気に入っているんだ。あたしが膝にのせる」

「フィルはどこだ？」フェルナンドが尋ねた。

「ブランケットのところ。話をつけてる」

三人が馬小屋に向かって歩きだすのを待って、ダーシーとわたしは足音を忍ばせてフランス窓に近づいた。鳥がいた部屋は廊下の突き当たりだったから、ここがその部屋のはずだ。ノブをまわし、ガラス戸を開いた。わたしはなかをのぞきこみ、笑顔でテーブルを指さした。布をかけた鳥かごがふたつのっている。思ったとおり、すぐに運び出せるようになっていた。ダーシーが先に部屋に入り、大きいほうの鳥かごを手に取った。わたしは手紙をテーブルに置き、小さいほうの鳥かごを持って急いで部屋を出た。あまりにも簡単だった。だれかに見られるおそれがある芝地は走り抜け、じきにイチイの生垣の裏側にたどり着くと、そこから林を目指した。木立に入ってさほどもいかないうちに、ワラビを踏みしだきながら近づいてくる足音が聞こえた。ダーシーが急いで鳥かごを置き、木の向こう側に隠れた直後、バードマン・フィルとおぼしき男が追いついてきた。

「このばか娘が」彼が怒鳴った。「こんなことをしてどうなるかわかっているのか？　おれに見つからないとでも思ったか？　捕まったらどうなるか、考えなかったのか？　子供のお遊びじゃないんだぞ。後悔してももう遅い……」

「いいえ、後悔するのはあなたのほうよ」わたしは大きいほうの鳥かごの覆いをはずすと、扉を開いて鳥が外に出やすいように少し傾けた。願っていたとおり、鳥かごから出た鳥はばさばさと翼をはばたかせて木立のなかへと飛んでいった。バードマン・フィルは怒りと絶望の交じった声をあげた。「チャーリー！　パパのところに帰ってくるんだ、チャーリー。ほら、いい子だ」そう言いながら、片手をあげた。ダーシーが木の陰からそっと出てくると、フィルの首に両手をまわし、軽く絞めたように見えた。フィルはぬいぐるみのようにどさりと地面にくずおれた。

「昔、アルゼンチンに行ったときに習ったんだ」ダーシーは満足そうな笑みを浮かべた。

「死んだの？」

「いいや。すぐに目を覚ますよ」ダーシーはベルトをはずし始めた。「ズボンが落ちないといいんだが」そう言いながらフィルをうつぶせにし、両手を背中にまわしてベルトでしっかりと縛りつけた。それから体を起こし、自分のポケットを探った。「あったぞ」再び、うれしそうに笑った。「出かけるときは必ずきれいなハンカチを持てと、子供の頃いつも子守に言われていたんだ。彼女は正しかったね」ダーシーはそのハンカチをフィルの口に押しこんだ。

「これからどうする？」わたしはワラビのなかに倒れているフィルを見おろしながら訊いた。

「ほかのやつらがぼくたちがフィルを見つける前に、身を隠すんだ」ダーシーが言った。

「あとは間に合うように警察が来ることを祈るだけだ。もし間に合わなくても、港に行く途中で捕まえることができるはずだ。さあ」ダーシーはわたしの手を取り、その場を離れようとした。頭上でオウムが叫んだ。「やあ、バード。チャーリーにキスして」

「あのオウムを捕まえて、鳥かごに戻さなくてもいい？」わたしは訊いた。「フィルがここにいることがわかってしまうわ」

「仕方がない。それよりはやつらと充分な距離を置くことだ。門が見えるところで隠れ場所を探そう」

わたしたちはできるかぎり音を立てないようにして林を抜け、建物の陰に身を隠しながら進み、一本の木の背後から別の木の背後へと移動した。家と門の両方を見渡せる古いオークの木を見つけ、そのうしろに隠れた。そして待った。さらに待った。時折、話し声や怒鳴り声、オウムの鳴き声が聞こえた。門のほうを見ても、警察の車はいない。ガーランド警部にわたしの伝言は届いているのだろうかといぶかった。彼は何時に逃亡を阻止するつもりでいるのだろう？

「警察が間に合わなかったら、わたしたちにできることはある？」わたしは小声で尋ねた。

「きみはなにを考えているんだい？　バンの前に飛び出して〝悪党ども、止まりなさい〟とでも言うつもりかい？」ダーシーは首を振った。「行かせるしかないよ。でも、やつらが出て行ったらすぐに警察に電話をかけよう」

「わたしたちのどちらかが家に戻って、電話をかけたらどうかしら？」

「危険すぎる。まだだれかが家のなかにいるかもしれないんだぞ。それにおそらく武器を持っているはずだ」ダーシーはわたしに腕をまわした。「勇気と無謀は違うんだ」そう言ってわたしを見つめる。彼の顔がすぐ目の前にあった。「きみを危険な目にあわせるつもりはないよ。大事な花嫁なんだからね！」ダーシーがわたしにキスをした。エンジンの音が聞こえて、わたしたちは顔を離した。西棟の裏からだ。バンのエンジンをかけたのだ。車が見えてきて、わたしたちは息を殺した。逆光になっているせいで、車に何人乗っているのかは見えない。わたしは無力さと怒りを覚えた。彼らは高価なものを山ほど盗んで逃げようとしているのだ。飛び出して彼らを止めようとするかもしれないと考えているのか、わたしをつかむダーシーの手に力がこもった。

車が門に近づいたところで、わたしは初めてそこが閉じられていることに気づいた。門番がいないので、開けたままになっていたはずなのに。だれが閉じたのかを考えている時間はなかった。ここを出ていくときに祖父が機転を利かせたのかもしれない。車はブレーキをきしらせながら止まった。フェルナンドが降りてきて、門に駆け寄った。重い門を片方開き、さらにもう一方を開き、また車に戻ろうとしたそのときだった。青い制服姿の人々が私道になだれこんできた。

「どこかにお出かけかね、バードマン？」ガーランド警部が訊いた。

七月四日　木曜日

ああ、よかった。悪夢が終わったことが信じられない。ダーシーも戻ってきたし、すべて丸く収まった。

警察がフィルの強盗団を連行していき、わたしたちは家に戻った。

「ブランデーを一杯飲みたいね」ダーシーが言った。「でも自分で探すよ。持ってきてくれる使用人はいないからね」

「クイーニー！」わたしは声をあげた。「ああ、ダーシー。彼女が無事だといいんだけれど」わたしは一瞬たりともためらうことなくベーズ張りのドアを押し開け、台所へと続く階段を駆けおりた。だれもいない。配膳室へと足を踏み入れ、わたしは恐怖に凍りついた。プランケットが喉を切り裂かれ、机の前で倒れていた。死んでいる。フィルがプランケットと話をつけているとジョアニーが言っていたのは、こういうことだったのだ。プランケットは自分から進んでこの計画に乗ったわけではなかったのだろう。かわいそうに。彼を気の毒に思うことがあるとは夢にも思わなかったが、ますますクイーニーが心配になった。

「クイーニー?」広々とした台所にわたしの声が響いた。「いるの?」

食料品庫のドアがゆっくりと開き、クイーニーが顔をのぞかせた。「びっくりしましたよ、お嬢さん。これまでかと思いました」大きな包丁を見せつけるようにしながら、食料品庫から出てきた。そのうしろには、怯え切ったモリーがいた。

「ああ、お嬢さま。ああ、神さま、ありがとうございます。あのフェルナンド。あの男は悪魔でした。クイーニーにナイフを突きつけたんです」

「本当に?」わたしはクイーニーを見つめた。

クイーニーは肩をすくめた。「あたしみたいないらつく女はバラバラにしてやりたいって言われましたよ。ひとことでも声を出したら、戻ってくるぞってね。なんで、モリーとあたしは食料品庫に隠れたんです。あいつが戻ってきたらいけないんで、包丁を持って」

「もう心配いらないわ」わたしは言った。「警察がみんな捕まえたから。かわいそうなプランケット以外は。あの人たち、逃げる前にプランケットを殺していったのよ」

「なんか恐ろしい音は聞こえてました。そうだよね、モリー? 喧嘩してるみたいな音とひどい悲鳴と」

「彼は配膳室よ。近よらないようにしてね」

「心配いりませんよ。なんにも触ったりしませんから」クイーニーはドア口に立つダーシーに気づいた。「おやまあ、びっくりですよ。ミスター・ダーシーじゃないですか。シェファーズ・パイをいっぱい作っておいてよかったですよ。オーブンで温めますか？」

ダーシーはしばしクイーニーを見つめていたが、やがて笑いだした。

「クイーニー、きみはたいしたもんだよ。危うく殺されそうになったというのに、冷静にシェファーズ・パイの話をしているんだからね」

「食べるのは大事ですからね。でも付け合わせはマローで我慢してもらわなきゃいけません。庭にマメを摘みに行く気にはなれませんよ」


母と祖父が戻ってきて、なにがあったのかを知ると興奮と恐怖の入り交じった顔になった。

「かわいそうなブランケット。なんて恐ろしい」母が言った。「彼のことが気に入っていたわけではないけれど、きっといつのまにか巻きこまれて、逃げられなくなっていたのね。でもこれでありがたいことにすべて終わって、あなたの結婚式のことだけ考えていられるわ」

「あなたの結婚式はどうなったんですか？」ダーシーが尋ねた。「お父さんの結婚式もありますよね？　そっちのほうが先だし、楽しみにしていらっしゃるんでしょう？」

「わたしと父の結婚式はなくなったの」母はまさにドラマのような口調で言った。「死がわたしたちから幸せになる機会を奪ったのよ」

「マックスが亡くなったんですか？」ダーシーが言った。

「彼の父親が亡くなったの。そんなときに結婚するべきじゃないって、彼は考えたのよ」

「かわいそうなヘッティ・ハギンズは心臓発作で死んだ」祖父が説明した。「興奮しすぎたんだな」

「大勢亡くなったんですね」ダーシーはわたしを見た。「それがぼくたちへの凶兆じゃないことを願うよ。結婚式まで、ぼくは一瞬たりともきみから目を離さないからね、ジョージー」

「わたしもあなたから目を離さないわ。突然、海外に行ったりするのはなしよ、ダーシー」

「行かないよ、約束する」妙な表情が彼の顔をよぎった。「実をいうと、外務省からちゃんとした仕事をもらえることになったんだ。デスクワークだよ。安全な仕事だ。突然、どこか遠いところに行かされることはもうないよ」

わたしは彼を抱きしめた。「ああ、ダーシー、なんて素敵。なんていい知らせかしら」

「そうだろう？　毎日、ディナーをいっしょに食べられるんだ」

わたしたちは上等のボジョレーを飲みながら、シェファーズ・パイを食べた。プランケットの死体を運び出し、家を出たり入ったりしながらあちこち捜索している警察官たちのことは、気にしないことにした。

食事を終えたダーシーとわたしは庭に出た。噴水の音が穏やかに響き、昼間の最後の光が西の空を彩っている。あまりにものどかで、ほんの数時間前まで自分たちの命が危険にさらされていたことが信じられないくらいだ。プランケットの死体を見つけるまで、わたしは自分たちがどれほど危ない橋を渡っていたのかをわかっていなかったのだ。仲間の喉をあっさりと切り裂くような人間は、わたしたちを殺すことを一瞬たりともためらわないだろう。

「あなたが間に合うように帰ってきてくれて、本当によかった」わたしはダーシーに言った。

「ぼくもだよ。もしもきみがひとりであのバードマンという男と対峙していたら、今頃きみは林のなかで死体になっていたかもしれない」

わたしは身震いした。「やめて。本当に恐ろしかったんだから。どうやったらここを素晴らしい家にできるかしらって、あれこれ考えていたのよ。なのにサー・ヒューバートが戻ってきて確認するまで、盗まれた品物に手を触れることもできないんだわ。そのうえ、証拠として提出しなければならないのよ」

「サー・ヒューバートに連絡は?」

「どうやって彼を見つければいいのかわからないの。南米のどこか、というだけじゃ電報も打てないもの」わたしは笑ったが、ダーシーが言った。「ぼくがブエノスアイレスの大使館に電報を打つよ。つてがあるんだ。彼らが見つけてくれるはずだ」

「あなたって、こういうときにも役に立つのね」わたしはうっとりと彼を見あげた。

「まあ、それなりに使い道はあるだろうな」ダーシーは笑顔を浮かべ、わたしを抱きしめた。

「結婚式が終わって、新婚旅行に行くのが待ちきれないよ」わたしの耳元に鼻をこすりつける。

「わたしもよ。まずは結婚式を楽しみたいけれど、でも新婚旅行のほうがずっとわくわくするわ」

ダーシーは笑いながら、わたしの鼻のてっぺんにキスをした。

「きみはきっと情熱的だとずっと思っていたよ」

「新婚旅行で思い出したけれど……王妃陛下がバルモラルを使えばいいって言ってくださったのよ」

ダーシーは体を離し、ぞっとしたような顔でわたしを見た。

「まさか、イエスと言ったわけじゃないだろうね?」

「もちろんよ。よくお礼は言ったけれど、あなたがなにか計画しているはずだからって答えたの」

「助かったよ。タータンチェックの壁紙の部屋で眠ったり、夜明けにバグパイプの音で起こされるのはごめんだからね」

わたしは声をあげて笑った。「それにあれだけの使用人にまわりをうろつかれるのもね。それで、あなたはなにを計画してくれているの?」

「言えないね。秘密なんだ」

「そんなのずるい。どこに行くのかわからなければ、荷造りのしようがないでしょう? ブライトンに行くのか、ベイルートに行くのかでずいぶん違うわ」わたしは彼を見あげた。「あなたにもわからないのね? まだなにも考えていないんでしょう?」

「いくつか候補があるんだ」ダーシーが答えた。「まだ決めていないんだよ。でもどこであろうと、素晴らしいものになるさ。まず行くところは決めてある。友人がテムズ川のハウスボートを貸してくれることになったんだ。式が終わったら、ふたりでそこに行こう。船の上でふたりきりだ。使用人もいない。ホテルでもない」

「素敵。素晴らしいわ」

「うん。そのあとのことは心配しなくていいよ。ちゃんとするから」

「わたしはハウスボートで満足よ。どこにも行かなくていいわ」

「それはまた考えよう」わたしの腰にまわしたダーシーの腕に力がこもった。「いまは……」それからしばらく、わたしたちは無言だった。

家へと戻る途中で、ダーシーが言った。「警察とのあれこれが全部終わったら、ぼくはロンドンのゾゾのところに戻るよ」

「わたしより、彼女と一緒にいるほうがいいの?」わたしはからかった。

「結婚式前に妙な噂はたてられたくないからね。花婿の不適切な振る舞いとか、花嫁の貞節とか」ダーシーが言った。「結婚式を文句のつけようのないものにするんだ」

家へとたどり着いたちょうどそのとき、警察の車が到着して、ガーランド警部が降りてきた。

「一件落着ですね」わたしたちに足早に近づきながらそう言ったところで、彼はダーシーに気づいた。「おや、こちらはどなたです?」

「婚約者のジ・オナラブル・ダーシー・オマーラです」わたしは答えた。「ダーシー、こちらはロンドン警視庁のガーランド警部よ」

ふたりは握手を交わした。「到着されたばかりですか？」警部が尋ねた。

「ちょうど間に合いましたよ。ぼくの未来の花嫁は、強盗団のリーダーの鳥かごを持って林に逃げこもうとしていたところだったんです」

「本当に？」

「どうにかして、彼らの出発を遅らせる必要があったんです。警察が到着する前に、逃げようとしていたんですもの。でも、うまくいきましたよね？　ダーシーとわたしで鳥かごを持って林に入ったんです。フィルが追いかけてきたので、ダーシーが彼を昏倒させて縛りつけたの。仲間たちが彼を見つけるまで、三〇分は稼いだはずです」

ガーランド警部は首を振りながら、わたしを見つめた。「ずいぶん危険なことをなさるんですね、お嬢さん」

「わかっています。わたしは考える前に行動してしまう癖があって」

「すべて丸く収まってよかったですよ。まったくとんでもない事件でしたね。やつらは全員逮捕しましたし、盗品はすべて押収しました。それにしても、あなたはとても聡明な人だ、レディ・ジョージアナ。あの電話がなければ、彼らはいまごろ船の上だったでしょう。ニューヘイブンの港にいた船も押さえましたよ」

「電話を受けた警察官がまともに受け止めてくれるかどうかはわからなかったんですけれど、内線電話でだれかに聞かれるおそれがありましたから」

警部はにやりとした。「運のいいことに、ちょうど彼が受話器を置いたときに、わたしがその前を通りかかったんですよ。〝どこかの頭のおかしな娘がガーランドおじさんと話がしたいと言ってきましたよ〟と言って笑ったので、〝わたしがガーランドおじさんだ。彼女はなんて？〟と訊き返したんです」

「一杯いかがですか、警部？」ダーシーが尋ねた。

「ありがとうございます。ですが遠慮しておきますよ。死体発見現場で確かめておかなければならないことがあるんです。今度は数年の服役じゃすまない。バードマン・フィルは絞首刑になるでしょうね」

「やっぱり、プランケットは彼らの一味ではなかったんでしょうか？」

「彼の記録はありませんでした。おそらく執事としてここにやってきた彼は、目をつぶっているようにやつらに脅迫されたか、買収されたかしたんでしょう」

警部はわたしたちと一緒に家のなかへと入り、祖父と言葉を交わした。

「しばらくロンドンの家に戻られるんですよね？」警部がわたしに尋ねた。「あいにく、この使用人は全員捕まえてしまいましたし、こういう家には人手が必要ですしね」

少し考えてみたけれど、わたしはここを出て行きたくなかった。まだ祖父をあの家に帰したくはなかったし、ロンドンに戻れば母はホテルを探さなくてはならない。

「わたしたちでなんとかやっていけると思います。料理はクイーニーができるし、モリーと母のメイドもいますから」

「家を片付ける手伝いならわしもできる」祖父が言った。

「とんでもない。おじいちゃんはお客さまなのよ。どちらにしろ、村の女性たちが掃除に来てくれているから、もっと頻繁に来るように頼めばいいことよ。菜園はベンが面倒を見てくれるし、落ち着くまでのあいだ、きっとミセス・ホルブルックが家政婦として戻ってきてくれると思うわ」

全員が納得したようにうなずいた。

七月六日土曜日とその後
アインスレーとラノクハウスにて

結婚式まで秒読みとなった！　ついに現実になるなんて信じられない。ようやくすべてが順調に運び始めた。

そういうわけで、アインスレーはわたしたちだけになった。期待していたとおり、ミセス・ホルブルックはくびにされたふたりの地元のメイドと共に、当面のあいだ、家政婦として戻ってきてくれることになった。ベンは庭師の見習いとして若者数人を連れてきて、アインスレーはスムーズに運営され始めた。新しい執事はいらないとわたしは考えるようになっていた。執事というのはだいたいがありえないくらい高慢だし、それほど役には立たないものなのだから！

土曜日には、祖父といっしょにミセス・ハギンズの葬儀に参列した。一緒に連れていったクイーニーは、〝ものすごく金持ちのとんでもなくでかい家〟で料理人として働いているのだと、散々自慢していた。勢ぞろいしたミセス・ハギンズの家族を見たわたしは、祖父が彼女と結婚しなくてよかったと、心のそこから安堵した。家へ帰る道すがら祖父はいつになく口数が少なかったから、きっと同じことを考えていたのだと思う。

数日後、ガーランド警部が訪ねてきた。わたしたちは証人として召喚されるだろうが、ミスター・ブロードベントの死には触れないほうがいいと忠告された。おそらくわたしの推理は正しいだろうが、それを証明するすべはないし、陪審員を混乱させるだけだからだ。明らかな殺人事件が一件あれば充分で、証明しなくてはいけないのはそれがだれの犯行であるかということと、ほかの仲間たちを共犯者として起訴できるかどうかということだと警部は言った。

「レディ・アンストルーサーはどうなんですか？」わたしは尋ねた。「彼女も殺されたことを証明できますか？」

「残念ながら無理なんです。彼女の体に外傷はありませんでした。窒息させられたのかもしれないし、毒殺されたのかもしれませんが、いまとなっては知るすべがない」

「彼女を殺さなければならなかった理由はわかります」わたしは言った。「彼女が不意にアインスレーに戻ってきて彼らが住み着いていることを知ったなら、家の状態や使用人の質がひどいと言って大騒ぎをしたでしょう。そのままにしておくわけにはいかなかった。でもどうして替え玉を作ってまで、彼女が生きているふりをしなくてはいけなかったのかしら？」

ガーランド警部はにやりと笑った。「理由のひとつは金ですよ。老婦人はかなりの額の手当を受け取っていたんです。それに債券や株や宝石を山ほど持っていた。彼らはそれをせっせと売っていましたよ。彼女の財務顧問だったミスター・ブロードベントはなにかおかしいと気づいて、会いにきたんでしょう」

「気の毒に」

「理由はもうひとつあります」警部は言葉を継いだ。「この家に頭のおかしな気難しい老女が住んでいると思えば、近隣の人たちは近づかないでしょうからね」

「ミスター・ロジャースが階段から突き落とされたのか、それとも単なる事故だったのかは、わからないままなんでしょうね」わたしは考えこんだ。「プランケットはどうなんですか？彼が何者だったのか、わかりましたか？」

警部はうなずいた。「ええ。彼の本名はエドワード・プランケット。執事だったチャールズ・プランケットの甥でした。エドワードは従僕だったんですが、つまらない窃盗を働いて刑務所に入っていたんです。出所後はおじのところにいましたが、そのおじが死んだ。その死に彼が関わっていたのかどうかはわかりません。単に、年のせいで死んだのかもしれない。ともあれエドワードはおじの推薦状を見つけて、それを利用して割のいい仕事を手に入れようとした。ところが――」警部は顔をあげ、わたしたちに向けて指を振った。「――刑務所で一緒だったバードマンの仲間のひとりが彼を見つけて、この家を乗っ取るように脅したというわけです」

「そうだったんですか。それじゃあ、庭師は？　あのふたりも仲間だったんですか？」

「いや、彼らはプランケットが雇ったんです。ふたりともけちなチンピラで、自分たちの手には負えないことに巻きこまれているとすぐに気づいたんでしょうね。彼らも共犯者として裁判にかけられますよ」

「だれもが似たり寄ったりだったということね」わたしは言った。「みんな捕まって、本当にほっとしました。いまはすべて順調なんです」

「あなたの結婚式ももうすぐですしね」

「ええ」

「婚約者の方は？」警部は部屋を見まわした。

「ロンドンに戻りました。結婚前ですから」

ガーランド警部は笑って言った。「そうでしょうとも。ふしだらなことがあるよりは、家のなかに強盗団がいるほうがいい」わたしも笑った。

警部の車を見送ったあと、わたしは玄関に立ったまま、傾きかけた光のなかで戯れる噴水を眺めながら、今回の一件について考えた。一週間のうちに四人が死に、ふたつの結婚式が中止になった。明るく振る舞い、楽観主義を装ってはいたけれど、それがわたしたちの結婚式への凶兆ではないかという不安が心の奥にあった。ダーシーがここにいてくれればよかったのにと思った。結婚式が無事終わり、晴れて彼の妻になって、新婚旅行に出発できることを心から願った。わたしはため息をつきながらドアを閉め、家のなかに戻った。

翌週わたしは、再び仮縫いのためにロンドンに向かった。ベリンダはこれまで以上の腕前を見せてくれた！　それは、このうえなくわたしを引き立ててくれる見事なドレスだった。少女趣味すぎることもなく、クラシックなラインがわたしのほっそりした体形を最高に美しく見せてくれる。波打つように広がるトレーンを見て、わたしは優雅な気分になった。

「ベリンダ、あなたって天才だわ」わたしは言った。

「その台詞は、ブライズメイドのドレスを見るまで待ってちょうだい」

わたしたちはそのドレスを持って、ピカデリー一四五番地のヨーク公爵夫妻の自宅を訪れた。王女たちはそのドレスを試着し、エリザベスはその場でぐるりと回って見せた。「これを着ると、王女さまになった気分」彼女が言った。

幼いマーガレットは冷ややかなまなざしを姉に向けた。

「いまだって王女さまじゃないの。ばかみたい！」

結婚式の一週間前、アインスレーでお茶を飲んでいたときだった。玄関をどんどんとノックする音がして、ミセス・ホルブルックが出迎えに行ったかと思うと、うれしそうな叫び声が聞こえてきた。わたしは好奇心に負けて、居間を出た。玄関ホールに立っていたのは、日に焼けて元気そうなサー・ヒューバートだった。

「旦那さまがお帰りになった！」ミセス・ホルブルックが声をあげた。「お帰りになった！」

サー・ヒューバートが両手を広げ、わたしは彼に駆け寄った。

「なんてうれしい驚きかしら」

「きみの結婚式に出ないわけにはいかないだろう？」彼はすっぽりとわたしをくるむように抱きしめた。

「でもどうやって帰ってきたの？　南米にいたんでしょう？」

彼は喉の奥を鳴らしながら笑い、その息がわたしの頬をくすぐった。

「飛行機と呼ばれる、素晴らしい発明品のおかげさ。それも複数のね。まずはブエノスアイレスからリオに飛び、リオからマイアミ、マイアミからニューヨーク、ニューヨークからニューファンドランド、ニューファンドランドからシャノン、そこからロンドンに飛んで、いまここにいるというわけだ」

「わお。すごいわ。会えて本当にうれしい」わたしは言った。

「ここはなにも問題はなかったかい？」彼が尋ねた。「田舎暮らしを楽しんでいる？」

「ええ、いまは」

彼はいぶかしげにわたしを見つめた。

「ブエノスアイレスの大使館から電報を受け取らなかった？」わたしは訊いた。「あなたを捜してくれたはずなんだけれど」

「いや、受け取っていない。アルゼンチンは三週間前に発ったんだ。なにかあったのかい？」

「お茶にしましょうか。ゆっくり話すわ」

わたしは彼を連れて居間に向かった。彼はドア口で足を止め、眉間にしわを寄せた。

「馬に乗っている男の絵はどうしたんだ?」

「長い話なのよ」母が答えた。

サー・ヒューバートはようやく母の存在に気づいたようだ。「クレア?」

「ヒューバート」母は輝くような笑みを浮かべて立ちあがり、両手を彼に差し出した。「あなたに会えて、本当にうれしいわ」そう言いながら近づいてきて、ふたりはハグをした。母は万一マックスが戻ってこなかったときのために、保険をかけるつもりかもしれないというわたしの疑念は正しかったようだ。

彼は椅子を引いた。母が紅茶をいれ、わたしたちはすべてを語った。

「ジョージー」彼はわたしの手に自分の手を重ねた。「大変な思いをしたね。それにしても、おそろしく巧妙な計画だ。すべて終わって、本当によかった。新しい使用人を見つけて一から始めるんだ。今度は経歴を入念に調べよう」

そしてもちろん、彼の母親のことがある。わたしはできるかぎり言葉を選びながら、語った。サー・ヒューバートはしばらく黙りこんでいたが、やがて首を振った。

「愚かな人だ。そもそもどうしてここに帰りたがったのかがわからないね。この家を嫌っていたのに。ここをアジトにしていた強盗団も、さぞ面食らっただろうな。決して扱いやすい人ではなかったからね」彼はかろうじて笑顔を作った。「だが、母が亡くなったからといって、悲嘆に暮れるわけにもいくまい。もう八五歳だったんだからね」

結婚式の三日前、わたしはアインスレーに母と祖父を残し、クイーニーを連れてラノクハウスに向かった。兄たちが熱心に披露パーティーの準備をしてくれていたのは、うれしい驚きだった。家は見事に飾り立てられていた。いたるところ花だらけだ(そのうえ、応接室のテーブルにはたくさんの箱が積まれていた)。出席者が多いので、家の裏側にある舞踏室を開放することにしたようだ。シャンデリアがきらめき、白いクロスをかけた借り物のテーブルと椅子があちらこちらに置かれている。天気がよければ、奥にある庭にも置くらしい。どれもこれもとても豪華に見えた。

フィグはわたしにもかなり礼儀正しかった。ついにわたしを厄介払いできるのがうれしいのかもしれない。古い革の箱を持って、わたしの寝室にやってきて言った。

「さあこれよ、ジョージー。我が家に伝わるティアラ。あなたのおばあさまの結婚式にヴィクトリア女王がくださったものよ」

フィグが箱を開けると、ダイヤモンドがキラキラときらめいた。早速つけてみると、わたしの髪によく似合った。かなりの重さがあったけれど、きっと当日は気にならないだろうと思った。トレーンに足を引っかけることばかり心配しているだろうから。

「既婚婦人になって初めて、正式な場でこれをつけることが許されるのよ」フィグが言った。

「ロンドンの銀行に預けておくといいわ。わたくしがスコットランドでこれをつける機会なんて滅多にないでしょうから」

子供部屋に行くと、ポッジとアディが歓声をあげて迎えてくれた。

「ジョージー叔母さん、ぼくはページボーイになるんだよ」ポッジが言った。「ぼくの新しいキルトを見てよ」

「あたしもページボーイ」アディが言い張った。

「なれないよ。おまえは女の子だもん。ページガールなんていうものはないんだよ」ポッジがばかにしたように言った。

「あなたはきれいなドレスを着て、頭にお花を飾るのよ」わたしは言った。「きっとシンデレラみたいになるわ」

「ほんと？　あたし、シンデレラ」アディは満足そうに答えた。

台所におりていくと、ミセス・マクファーソンがウェディングケーキを見せてくれた。驚くほどの出来栄えだ。「あなたは我が家の奇跡だわ、ミセス・マクファーソン」

「フルーツはたっぷりブランデーに浸したんですよ」わたしの言葉に彼女はうっすらと頬を染めた。「当日はこの上に本物のクチナシの花と花嫁と花婿の人形を飾ります」

ゾゾがヴーヴ・クリコを二ケース持ってやってきた。「泡が足りなくなったときのためにね、ダーリン」彼女は言った。「いいことを教えてあげるわ、ジョージー。今日、モーニングを試着しているダーシーを見たんだけれど、彼ったらものすごく素敵だったわ。わたしがものにしておけばよかったって、思いそうになったくらい」

「彼のお父さまはいつ来られるのかしら？」わたしは訊いた。

「もう来ているわよ。昨日着いたの。モーニング姿の彼もなかなかおいしそうなのよ」ゾゾは小さく笑った。「わたしたち、見栄えのするカップルになると思うわ——シンプソン夫人がわたしと同じドレスを着ていなければね！」

「彼女は招待していないの」わたしは言った。「国王陛下と王妃陛下がいらっしゃるんですもの。国王陛下は具合がよろしくないのよ。彼女の姿が目に入ったりしたら、心臓発作を起こすかもしれないわ」

ゾゾはくすくす笑った。「ダーシーがデスクワークをすることにしたって聞いたけれど」

「ええ。ようやく規則正しい生活ができるって、喜んでいるみたいだったわ」

「本当にそう思う？」

ゾゾはそれ以上言わなかったが、彼女がとても鋭いことがよくわかった。

結婚式の二日前、王妃陛下の秘書を交えて最終リハーサルを行った。両陛下がいつ、どうやって入場し、どこに座り、おふたりの前を通るときにはわたしはどうやってお辞儀をするのかといった細かい儀礼がたくさんあった。どれも不安になることばかりだったし、なにかがうまくいかない可能性もおおいにあった。疲労困憊（こんぱい）の一時間が終わり、ダーシーとわたしはパークレーンからハイド・パークへと逃げこんだ。

「こんな大変なことになるなんて、想像していたかい？」ダーシーが尋ねた。

「わたしのせいじゃないわ。わたしがおふたりを招待したわけじゃないもの。出席するって自分からおっしゃったのよ。駆け落ちしていればよかったって、いまでも思うわ」わたしは大きく息を吸った。「あなたの新しい仕事のことだけれど……」

「始まるのは、新婚旅行から帰ってきてからだよ」

「その仕事をすることに決めたの？」

「そういうわけじゃない」ダーシーはじっと前を見つめたまま答えた。

大きく枝を広げた栗の木の下でわたしたちは足を止めた。「気が進まないんでしょう？あなたはいまの仕事が気に入っている。どこに行かされるのかも、なにをするのかもわからないのが好きなんだわ」

「ジョージー、ぼくは結婚して責任を負うことになるんだよ。安定した収入が必要だ。それに世界中を飛び回っているあいだ、放っておかれるのはいやだってきみが言ったんじゃないか」

「そうしてほしいとは言えないわ。でもわたしのために、あなたが惨めな思いをするような仕事をしてほしくもないの」

ダーシーはわたしを抱き寄せた。「きみは本当に優しいね。知っていたかい？その話は結婚式が終わってからにしよう。決めるのはそれからだ」

わたしはうなずいた。

「次に会うのは、きみが教会の身廊を歩いてくるときだね」ダーシーが言った。「明日は独身最後を男たちで祝うスタッグパーティーだ。あいつらはいったいなにを企んでいるのやら」

「お願いだから、二日酔いで結婚式に来ないでちょうだいね、ダーシー・オマーラ」

ダーシーは笑った。「ぼくを二日酔いにするには、相当な量の酒がいるぞ。留置場に放りこまれたりしないといいけれどね」

「ダーシー！」わたしはぞっとして声をあげた。

ダーシーはわたしの額に軽くキスをした。「心配いらないよ。父さんもいっしょだから。ぼくが羽目を外さないように、父さんが見ていてくれるさ」

「お父さまはあなたよりたくさん飲むじゃないの！」

ダーシーはにやりと笑っただけだった。

七月二七日　土曜日

結婚式当日！　やっと。

その日がやってきた。母と祖父がサー・ヒューバートと一緒にアインスレーから到着した。母は、喪に服しているふりをするのをすっかりやめていた。体にぴったりした水色のシルクのドレスにオストリッチの羽根のついた帽子という装いだ。サー・ヒューバートが何度か、うっとりしたまなざしを母に注いでいることに気づいた。今日のために借りたモーニングを着た祖父は、なかなか見栄えがした。母がわたしの部屋に来て、身づくろいを手伝ってくれた。

「わたしの小さな娘が結婚するなんて、信じられないわ」母は目に涙をにじませながら言った。「なにもかもうまくいって、本当によかったわね」

「お母さまもきっとうまくいくわよ」わたしは母の手を握った。

「お嬢さんってば、すごくきれいじゃないですか」母に手伝ってもらってベールとティアラをつけたわたしを見て、クイーニーが言った。

「さあ、あとは白いサテンの靴を履くだけね」わたしは言った。

「合点です」クイーニーはあたりを捜し始め、やがて言った。「片方ありましたよ」靴を片方差し出した。

わたしは不安におののいた。「もう片方も見つけてちょうだい」

「ここにはないみたいなんですよ」

冷静さを失うまいとした。「クイーニー、靴が片方しかないってどういうことなの？　どうやって身廊を歩けというの？　ぴょんぴょん跳ねるわけにはいかないのよ」

クイーニーと母は部屋中を捜しまわった。引き出しを開け、ベッドの下をのぞいたが、見つからない。「どこにいったのかしら？　靴が勝手に消えるわけはないわ。まさか捨てたんじゃないでしょうね、クイーニー？」

「いくらなんでも、そんなばかなことはしませんよ」クイーニーは怒ったように言い返したが、その顔に妙な表情が浮かんだ。「最後の仮縫いにミス・ベリンダのところに行ったとき、靴を持っていきましたよね？　裾の長さを合わせるために。そのときに片方、置いてきちまったんだと思います」

「思います？　クイーニー、荷物を管理してもらうためにあなたを連れていったのよ。全部きちんとまとめて持って帰ってきてくれないと困るわ」

「すいません、お嬢さん。あの部屋はかなりごちゃごちゃしてたもんで。いまからあそこに行って捜してみるには、ちょっとばかり遅いですよね？」

「ベリンダはもう教会に向かったと思う」いまにも涙がこぼれそうだ。「普段履きの靴で身廊を歩くわけにはいかないのに」

「大丈夫よ、ダーリン。なにかないか、捜してくるわ」母はそう言うと、自分の部屋へと大急ぎで駆けていき、白い革のパンプスを手に戻ってきた。「これしかなかったけれど、でも少なくとも白いわ」

履いてみた。わたしにはかなり小さかったけれど、ないよりはましだ。「足を引きずりながら身廊を歩かなくてはいけないわね」

クイーニーはすっかりしょげている。「ミス・ベリンダの家に行って、靴を見つけたら教会に持っていきます。そうすれば、式のあとで履けますよね」

「そうね、家にはメイドがいるはずよ。ベリンダがまだメイドを置いていればの話だけれど」わたしはまだ涙をこらえていた。「タクシーで行くといいわ。ほら」財布から数枚の硬貨を出してクイーニーに渡した。

クイーニーが出て行き、母と祖父が車で出発した。あとはビンキーとわたしだ。彼の部屋のドアをノックした。「ビンキー、用意はできている？」

返事はない。

そろそろとドアを開けた。だれもいない。どうして？　わたしを置いていったわけじゃないわよね？　ビンキーがいくらかぼんやりしている人なのは知っているけれど、でも……わたしは呼び鈴を鳴らした。ハミルトンがやってきた。「お呼びでしょうか、お嬢さま？」

「お兄さまを見なかったかしら、ハミルトン？　もう教会に行かなければならないのに」

「しばらく前からお見かけしていません。捜してまいります」

心配になってきた。残っていた車でひとりで行ってしまうほど、ビンキーが愚かなはずがない。

「ビンキー？」呼びかけると、その声が廊下と階段に反響した。ノックのような音が聞こえた気がした。わたしはトレーンとベールを引きずりながら、その音をたどって小さすぎる靴でゆっくりと階段をあがった。

「ビンキー？」もう一度呼んでみた。

「ここだ！」その声は三階のバスルームから聞こえた。わたしはもう一階分、階段をあがった。

「こんなところのバスルームでなにをしているの？」閉じたドア越しにわたしは叫んだ。

「大丈夫？」

「わたしたちの階のバスルームはずっとふさがっていたので、静かなところで心を落ち着けようと思ってあがってきたんだ」ビンキーが答えた。「少しばかり、神経が高ぶっていたのでね。出て行こうと思って鍵を回そうとしたら、いまいましいことに手から滑り落ちて、床板の割れ目に入ってしまったのだ」

「まあ、なんてこと」わたしはドアのノブを回そうとしたが、まったく動かない。しっかりと鍵がかかってしまっていた。

「ドアの下からピンセットを渡したら、鍵を拾える？」

「無理だと思う。かなり深いところに落ちた音がしたから。どうも厄介なことになったようだ」

「厄介なこと？　ビンキー、最悪の事態よ。もう出発していなければいけない時間なの。両陛下を待たせることになるのよ。時間を守ることについておふたりがどうお考えなのか、お兄さまだってわかっているでしょう？」

「ごめんよ、ジョージー。わたしは緊張すると、手足がうまく動かなくなるのだよ」

その点は遺伝らしい。「ハミルトンを呼ぶわ」

ハミルトンがやってきた。「お兄さまが床板の隙間に鍵を落としてしまったの。予備の鍵はあるかしら？」

「ある鍵を全部持ってまいります」優秀な執事らしく、不安そうな素振りは一切見せなかった。

従僕を数人従えて、ハミルトンが戻ってきた。メイドがふたり、階段から興味深そうにこちらを眺めている。どの鍵も合わなかった。「錠前師を呼ぶ必要がありそうです、お嬢さま」ハミルトンが言った。

「錠前師なんて呼んでいる場合じゃない」ビンキーがドアの向こうで怒鳴った。「ハンマーを持ってくるんだ。ドアを壊せ！」

「心配しなくて大丈夫だ、ジョージー」ようやく車に乗りこんだところで、ビンキーが言った。「花嫁は適度に遅れていくものだよ」

「両陛下がいらっしゃらないのなら、それでもかまわないのよ。陛下が時間にうるさいのは知っているでしょう？　大勢の人を待たせたといって、きっとお怒りになるわ」

「怒らせておけばいい」ビンキーはわたしの手を軽く叩いた。「今日はおまえが主役なんだ。楽しむんだよ」

車が教会の外に止まった。歩道が大勢の人であふれていたのは予想外だったけれど、王家の人間のまわりには人が集まるものだということを思い出した。わたしが車から降りると歓声があがり、フラッシュがたかれた。靴がきつくてたまらなかったけれど、わたしはせいいっぱい優雅に歩いた。教会に入ったところで母とベリンダが待っていた。

「大丈夫よ、クイーニーが靴を持ってきてくれたから」母がささやき、わたしは大急ぎで履き替えた。

「気がつかなくてごめんなさいね」ベリンダが言った。「生地の下に隠れてしまっていたのよ。そのうえ、間に合うように自分のドレスを仕上げるのに必死だったものだから」体にぴったりしたオフホワイトのドレスに羽根で縁取りをしたケープをまとったベリンダは、このうえなくあでやかだった。

「ああ、やっと来たのね」フィグがポッジとアディを連れて、暗がりから現われた。「なにかあったんじゃないかと心配していたのよ。さあ、行きなさい、ポッジ。がっかりさせないでちょうだいね」フィグがポッジの背中を押した。ポッジは胸に白いひだ飾りのついたブラウスとキルトという格好で、不安そうな顔をしている。

わたしは勇気づけるように微笑みかけた。

「わたしたちについてくればいいのよ、ポッジ。大丈夫」

ポッジはしかつめらしくうなずいた。

ふたりの王女は子守といっしょに待っていた。どちらも本当に愛らしい。わたしのブーケに合わせて、クチナシとオレンジ色の花を髪に飾っている。エリザベスはいたって真面目な表情だったが、マーガレットはその場でくるりと回ってはスカートが広がるのを見て遊んでいる。「行儀よくするのです、マーガレット」スコットランド人の子守が厳しい口調でたしなめた。「あなたの親戚や家族の評判を落としてはなりません」

「とてもきれいね、ジョージー」エリザベスが言った。「わたしも結婚式には、そんなドレスが着たいわ」

ビンキーがわたしに腕を差し出した。「用意はいいかい、ジョージー?」

わたしは大きく息を吸った。「だと思う。いつでも大丈夫」ビンキーの腕に手をからめた。

ビンキーがわたしの手を叩いて言った。「ここだけの話だが、とてもきれいだよ。オマーラは運のいい男だと思うね」

ひそやかな演奏を続けていたオルガンが、『花嫁の登場（ヒア・カムズ・ザ・ブライド）』の曲を弾き始めた。参列者が立ちあがる。わたしたちは身廊に足を踏み出した。

「おまえのトレーンを踏みませんように」ビンキーがつぶやき、わたしたちは笑みを交わした。

だれもが笑みを浮かべていたが、どの顔もぼやけて見えた。国王陛下と王妃陛下、そのほかの王室の方々が座っている、最前列までやってきた。わたしは足を止め、彼らに向き直ってお辞儀をした。わたしは転ばなかったし、ビンキーはトレーンを踏まなかったし、王女たちはベールを落とさなかった。メアリ王妃が励ますようにわたしを見て微笑んだ。年配の大おばさまたちやほかの親戚の方々も。王位継承権を失っても、この人たちがみな親戚であることに変わりはないのだと、わたしは改めて思った。再び祭壇に向き直り、そちらに向かって歩いていくと、前方右側の信者席から彼が歩み出た。わたしのダーシー。あまりに素敵すぎて、思わず息を呑んだ。彼はわたしを見つめ、ウィンクをした。

式のことはよく覚えていない。ふさわしいときに、ふさわしいことを言ったのだと思う。〝誓います〟と答えたことは覚えていた。聖具保管室に行き、婚姻登録簿にサインをした。戻ってくると、教会内に不意にけたたましい音が響いた。祭壇の階段の下でバグパイプ演奏者が待ち構えていたのだ。わたしたちが身廊から外に出て車に乗りこむまで、演奏は続いた。

「どうだった、ミセス・オマーラ？」車で教会をあとにしながら、ダーシーが尋ねた。

「ああ、ダーシー。終わって本当にほっとしたわ」

披露パーティーは滞りなく終わった。両陛下は上座に座って、スピーチのあいだ礼儀正しく笑みを浮かべていた。ビンキーはいくつかのひどいジョークを交えて、なんとかスピーチをこなした。ダーシーのベストマンはさっそうとした青年だったが、ダーシーの悪行を題材にしてとても機知に富んだ話を聞かせてくれた。わたしたちはケーキをカットし、シャンパンで乾杯をした。それからわたしは新婚旅行用のドレスに着替えるため、ベリンダと母と一緒に二階にあがった。

「本当に使用人も連れずにハウスボートに行くの？」母がぞっとしたように尋ねた。「だれがお料理をしてくれるの？　掃除は？」

「なんとかなるわ。それがわたしたちの望みなの。完全にふたりきりになりたいのよ」

「ちゃんとした新婚旅行はどこに行くのか、まだわからないのね？」

「そうなの。そろそろダーシーが話してくれると思うけれど」

「話してくれなかったら、荷造りができないじゃないの」

「心配いらないわ、お母さま。そのときになったら考えるから」

「ひとつだけ忠告しておくわね」母が言った。「クイーニーに荷造りを任せちゃだめよ」

わたしたちは階段をおりた。投げたブーケはゾゾがつかんだ。これってなにかの予兆かしら？　彼女がダーシーの父親をちらりと見たことに気づいた。母がサー・ヒューバートに視線を向けたことにも。ベルグレーブ・スクエアを出ると、お米と薔薇の花びらが一斉に舞い、わたしたちはそのなかを駆け抜けなければならなかった。待っていた車に乗りこみ、手を振る人々がバックミラーのなかで小さくなるのを眺めながら、その場をあとにした。

ハウスボートは町の外にあった。ヘンリーの近くでテムズ川に係留してあるという。そこに文明らしきものはなにもなく、ただ緑豊かな牧草地のなかを曲がりくねりながらゆったりと流れる川があるだけだった。シダレヤナギの先端が川面にたゆたい、その向こうをカモや白鳥が泳いでいく。柵の向こうにいる牛に見つめられながら、わたしたちは引き船道を進んだ。やがて、ヤナギの木の脇に係留されている船が見えてきた。鮮やかな色に塗られた、古い運河船だ。ダーシーはスーツケースを置くと、わたしを抱きあげ、船に乗せた。デッキにはテーブルと二脚の椅子が置かれ、アイスバケットに入ったシャンパンが用意されていた。

「いいね。注文どおりだ」ダーシーはわたしをデッキにおろしながら言った。「下には上等のディナーが用意してあるはずだ」わたしの手を引いて、キャビンへの階段をおりていく。テーブルには料理がずらりと並んでいた。ダーシーは手品師のような身振りをしながら言った。「牡蠣(かき)。スモークサーモン。ロブスター。サラダ。パリパリのパン。どうだい?」

「すごいわ」頬が自然に緩んだ。「お腹が空いて死にそうなの。朝からなにも食べられなかったし、披露宴では食べている暇もなかったんだもの」

「それじゃあ、いまから食事にする?」ダーシーの視線の先が、テーブルからその向こうにある寝室へと向けられた。「ぼくはもっといいことを考えていたんだが……」

わたしは急に恥ずかしくなって、ためらった。「あら」

ダーシーは笑い声をあげ、わたしに近づいてきた。

「ばかだな、ぼくたちは結婚したんだよ。なにひとつ問題はない。もうきみは、ヴィクトリア女王もどきの良心と闘わなくてもいいんだ」ダーシーはそう言って、わたしのドレスのボタンをはずし始めた。ボタンは山ほどあった。「これは上等のドレスだよね？　破いたら怒るかい？」

「もちろんよ、ダーシー。わたしは上等のドレスをほんの少ししか持っていないこと、知っているでしょう？　新しいシルクの下着も破いたりしないでね」

「それはわからないな」ダーシーは笑ってわたしを抱きあげ、寝室へと連れていった。低いドア口で彼が頭を打ったりしなければ、とてもロマンチックなシーンになっただろうに。

そのあとのことについては、わたしには慎みというものがあるので、ただひとこと、このうえなく素晴らしかったとだけ言うにとどめようと思う。

訳者あとがき

〈英国王妃の事件ファイル〉シリーズ第一二巻『貧乏お嬢さまの結婚前夜』をお届けいたします。

ようやく、ついに、とうとう、この日がやってきました!! 一〇巻で駆け落ちを決意したものの、ダーシーの父親に殺人容疑がかけられたことで実現せず、一一巻ではイタリアで出産を控えたベリンダのもとに行こうとしているジョージーにメアリ王妃がまたもや面倒な依頼をし、といった具合でなかなか進展が見られませんでしたが、本書の冒頭に掲載されたふたりの結婚式の招待状を見て、ほっとしてくださっている読者の方々も多いことと思います。

王位継承権の放棄が議会から認められ、結婚式の日取りも決まり、あとは細々したことをまとめていくばかりでしたが、実はそこからが大変でした。ダーシーはカトリック教徒なのでカトリック教会で式をあげなくてはいけないのですが、国王陛下はそれをよく思わず、ウエストミンスター寺院かブロンプトン礼拝堂で式をあげさせようとするし、メアリ王妃はヨーロッパ中にいるジョージーの王家の親戚すべてを招待しなくてはいけないと言いだします。

ベリンダがデザインしたウェディングドレスは現代的すぎで似合わず、祖父の婚約者であるミセス・ハギンズは、孫娘を強引にジョージーのブライズメイドにしようとする始末。なかでも一番の問題は、結婚後に住む場所でした。ロンドンの家賃は高騰していて、ふたりの手に届くような部屋はひどくじめじめしていたり、ものすごく狭かったりと、新婚生活を始めたいと思えるようなところではありませんでした。落胆するジョージーのもとに、一通の手紙が届きます。かつて母のクレアと結婚していた、サー・ヒューバート・アンストルーサーからでした。彼には子供がおらず、かわいがっていたジョージーを相続人に指定していたのですが、彼女が結婚することを聞いて、とても寛大な申し出をしてくれたのです。自分の屋敷アインスレーを、ジョージーたちの新居として提供してくれたのでした。彼は趣味の山登りのために常に世界を旅していて、アインスレーにいることはほとんどないので、ぜひ使ってほしいというのです。そのうえ、屋敷を維持していくための費用まで出してくれるという、これ以上ない申し出でした。もちろん、断る理由などありません。式までに屋敷を自分好みに設えるため、ジョージーは嬉々としてアインスレーに赴きますが、そこは子供のころに過ごした美しい屋敷ではなくなっていました。使用人がわずか四人しかおらず、まったく管理ができていなかったのです。無礼な執事、生意気なメイド、ろくに料理のできない料理人……。ジョージーは落胆しながらも、なんとかして自分好みに屋敷を調えようとしますが、不可解なことが次々と降りかかってくるのでした。

アインスレーという名前に聞き覚えのある方もいらっしゃることでしょう。このシリーズを第一巻からお読みくださっている方は、ぜひもう一度、読み返していただければと思います。ラノク城を出て、ロンドンでひとり暮らしを始めたジョージーは、家事などしたこともないにもかかわらず、メイドとして生計を立てようとしたのでしたね。そんななかメアリ王妃からスパイ任務を申しつけられて、本書にも少しだけ登場するミセス・マウントジョイが暮らすファーロウズというお屋敷に赴き、そこで殺されかけたのでした。アインスレーも執事のロジャースも第一巻に出てきています。当時のジョージーは世間知らずで、不器用で、見ていてはらはらするほどでしたが、ずいぶん立派になったものだと本書を訳しながら胸が熱くなる思いでした。

次作ではハネムーンとして、ジョージーとダーシーはケニヤに向かうようです。せっかくのハネムーンとはいえ、もちろん、そこでまた事件に巻きこまれることになるのですが。一三巻は二〇二一年三月ころの刊行予定です。どうぞお楽しみに。

コージーブックス

英国王妃の事件ファイル⑫
貧乏お嬢さまの結婚前夜

著者　リース・ボウエン
訳者　田辺千幸

2020年5月20日　初版第1刷発行

発行人　成瀬雅人
発行所　株式会社　原書房
〒160-0022 東京都新宿区新宿1-25-13
電話・代表　03-3354-0685
振替・00150-6-151594
http://www.harashobo.co.jp
ブックデザイン　atmosphere ltd.
印刷所　中央精版印刷株式会社

落丁・乱丁本はお取り替えいたします。
定価は、カバーに表示してあります。
 ISBN978-4-562-06106-8 Printed in Japan